EL HUEVO DEL JUICIO

CAMILO JOSÉ CELA

EL HUEVO DEL JUICIO

Seix Barral Biblioteca Breve

Cubierta: «La escala de fuego» (fragmento), cuadro de René Magritte

Primera edición: marzo 1993

ISBN: 84-322-0677-6

Depósito legal: B. 4.663 - 1993

Impreso en España

CONSIDERACIONES SOBRE SU UTILIDAD

El día de San Bruno, confesor, del año 1978 publiqué en *El País* una «Píldora desde la tercera edad» con el título que ahora asciendo al epígrafe de esta seccioncilla naciente: *El huevo del juicio*. Las posibilidades son múltiples y todas ilusionadoras y benéficas. ¡Ahí es nada, romper el cascarón del huevo y ver aflorar el juicio como un pollo piador que ha de convertirse —tiempo al tiempo— en gallo de pelea, en halcón altanero o en loro proclive a los discursos de juegos florales y a las conmemoraciones de las efemérides de ambas suertes: las patriótico-calenturientas y las lírico-cómico-bailables!

La duda estriba en saber si el huevo del juicio ha de salir entre denuestos como la muela del juicio, o ha de cascarse con delicadeza como el huevo pasado por agua del desayuno, o ha de ser roto mimosamente y desde dentro como el huevo fuente de la vida al que la gallina clueca dio ya el calor bastante y necesario. Sea lo que fuere, del huevo del juicio fluye la esperanza de las dichas mejores y mana, al igual que de la bucólica fuentecilla del monte el chorro de la ilusión que jamás cesa, ni se interrumpe, ni abdica. El buen juicio es, por esencia, justo, y la vara que ha de medir (y también imponer) la justicia no ha de doblegarse, al decir de Cervantes, con el peso de la dádiva sino con el de la misericordia. Nótese por escépticos, descreídos y demás suertes de desconfiados que el buen criterio habita en el meollo del huevo del juicio, cuya clave es tan fácil, aunque parezca tan difícil, como la del huevo de Juanelo Turriano, el cremonense que inventó un ingenio para subir las aguas del Tajo hasta la imperial Toledo. ¿Sabe usted, gentil mocita con mirar de gacela enamorada, de qué color era el caballo blanco de Santiago?

Sí; bajo el prisma del huevo del juicio ha de contemplarse el arco iris de la minúscula o inmensa historia que nos rodea —¡cualquiera sabe!— y por cuyas aguas navegamos como mejor podemos y nos dejan. El mundo es ya muy viejo, quizá demasiado viejo, pero los hombres utilizamos muy raquíticas herramientas para medir el tiempo del mundo: el cumplido y el que ha de cumplir. Quizá sea ésa —y no ninguna otra— nuestra gran defensa y lo que nos salva del hastío. El reloj y el calendario son maquinitas de no mucha confianza ni precisión, pero tampoco tenemos otras que mejor nos valgan y la conformidad —recuérdese— es una de las más ciertas señales de la sabiduría.

El hombre, ese aburrido animal que se muerde la cola de la monotonía, no ha desaparecido aún del planeta porque, aunque muy harto, todavía no está harto del todo y sin remisión posible. Con el huevo del juicio en buen funcionamiento cabe colegir que algo se hará para el mejor orden y vaivén de las cabezas, que somos muchos —por fortuna— quienes queremos salvarnos del hastío y de la pegajosa letanía sin fin de las calamidades. Corneille prefería sufrir el mal a merecerlo, porque del sufrimiento se sale —o se puede salir— pero el merecimiento se arrastra de por vida y se hace carne de nuestra propia carne.

Asomémonos ilusionadamente al mirador del huevo del juicio, ese balconcillo abierto a todos los paisajes, y oteemos el horizonte hasta donde la vista y la buena voluntad puedan alcanzarnos. Las vueltas y revueltas de la historia tienen sus gajes y sus amarguras, bien es cierto, pero tampoco se nos presentan del todo huérfanas de bendiciones clementes; todo es cuestión de acertar a verlas y de no permitir, pase lo que pasare, que hubieran de escapársenos como liebres veloces y zigzagueantes. No; en la viña del hombre, como en la viña del Señor, hay de todo, y el huevo del juicio muy bien pudiera ser el filtro que nos decanta la nata de lo mejor o, al menos, de lo no irremisiblemente peor.

EL NENE FILEMÓN

Al nene Filemón, de veinte años de edad e inusitadas pujanzas, lo detuvo la guardia civil como presunto violador de cinco mocitas, cinco, y la tía de una de ellas que era bordadora, oficio a extinguir. ¡Jo, que tío, el nene Filemón, y qué arrestos imperiales! El suceso (quizá mejor fuera decir los sucesos en cadena y sin perder demasiado el tiempo) acaeció en la Casa de Campo y a la luz del sol, detrás de una mata de lilas y con buena voluntad por parte de todos.

—¡Así da gusto! ¿Verdad, usted?

—¡Y usted que lo diga, doña Micaela, y usted que lo diga! ¡Aquí, el que no corre, vuela, y así se las ponían a Fernando VII, que en paz descanse!

El nene Filemón se peina con brillantina, es hincha del Rayo Vallecano, toca la armónica, juega al futbolín y —según dicen por el barrio— también es anarcopasota; a mí me parece que hace divinamente porque ¿para qué privarse? El nene Filemón es una fuerza de la naturaleza.

—¿Quiere usted decir como los tifones del mar de la China, un suponer?

—Más o menos, como el flujo y reflujo de las mareas, otro suponer.

—¡Caray!

—¡Como usted lo oye! Y las fuerzas de la naturaleza, para que se vaya dando cuenta de lo que significan, no tienen por qué andar explicando nada a nadie. ¿Se entera?

—¡Sí que me entero!... Pero, oiga, ¿ni al señor juez tan siquiera?

—¡Ni al señor juez tan siquiera, téngalo por seguro!

—Bueno, bueno...

El nene Filemón, como un Joey Travolta mesetario, sonrió con aires de triunfador cuando la guardia civil lo puso en la calle.

—¿Y no tuvo cómplices?

—Parece que sí: las cinco mocitas y la tía bordadora de una de ellas.

—¿De cuál?

—De la más baja.

—¡Ah, ya!

El cronista no quisiera restar mérito alguno al nene Filemón, pero la historia es más creíble admitiendo las complicidades y las tolerancias.

—¿Y las complacencias?

—También. Y las demás facilidades, en general. Si no, no se explica.

—¡Hombre! ¡Al menos cuesta más trabajo explicárselo, aunque ahora pasan cosas muy raras!

—No crea; en ese terreno se varía muy poco y no hay mayores novedades.

—Sí; eso también es verdad.

La otra noche, un grupo de admiradores de uno y otro sexo (de ambos sexos también había alguno) le dimos una cena de homenaje al nene Filemón. Nos reunimos en Casa Cirilo, vinos y comidas, y a los postres hubo hasta discursos y poesías. El nene Filemón estaba muy emocionado pero así a lo tonto, a lo tonto, le metía pierna a doña Pura, la de la mercería, que le quedó a la derecha.

—¡Pero si podía ser su madre!

—¡Anda! ¿Y eso qué malo tiene, me quiere usted decir, so anticuado, que es usted un anticuado?

—Dispense, le juro que no he querido ofenderle.

—¡Más le vale!

Después de la cena, el nene Filemón y algunos leales se llegaron a la discoteca Apricot Jam (y nunca peor) a ver si ligaban.

—¿Y ligaron?

—Pues, sí; lo más probable. El nene Filemón y sus amigos trabajaban siempre muy sobre seguro. La aventura de la Casa de Campo le dio mucho renombre y las chicas del barrio se lo rifaban. ¡Ése es el sino de los triunfadores!

—Ya, ya...

Don Olegario se quedó como pensativo.

—Lo que a mí me gustaría es adivinar el porvenir y saber lo que le aguarda al nene Filemón cuando cumpla algunos años más.

—¿Y a usted qué le importa?

—No; yo lo decía por curiosidad..., tan sólo por curiosidad. A veces, cuando estos mozos sientan cabeza se ponen latosísimos...

MI AMIGO EL HERRERILLO

Mi amigo el herrerillo vuela llevando el compás y parece como mecerse en el aire, de rítmico y cadencioso como se presenta, para después salir huyendo en zigzag e incluso con cierto irrespetuoso descaro. ¡Qué vivalavirgen gracioso, con su cabecita azul, su lomo verde, su panza amarilla y su pico que remata en el color de la nieve! Todos los días, a eso de la media mañana, mi amigo el herrerillo viene a visitarme, golpea dos o tres veces el cristal, se posa y se columpia un poco en la enredadera, me mira con sus ojos atónitos y negrísimos y se va con su vuelo de flecha a seguir zascandileando en busca del insecto y la lombriz. A mí me gustaría no ser tan limitado y poder hablar con mi amigo el herrerillo, quien quizá tuviera muy bellas y complicadas fábulas que contarme: había una vez una princesa de medio palmo de altura que vivía en un nido de barro colgado de la rama más alta de un rosal trepador...

Es probable que yo no sea el único amigo de mi amigo el herrerillo, pájaro sociable —aunque quizá un sí es no es asustadizo— y visitador mañanero de quienes contemplamos el paisaje sin cansarnos jamás y con los ojos siempre atónitos y pasmados. Esto de vivir en el campo tiene sus servidumbres, cierto es, pero también sus premios y sus compensaciones: saber las fases de la luna, conocer a los pájaros por sus nombres, sentir de dónde sopla el viento, leer en el cielo las señales de la lluvia o la bonanza, curarse el mal de amores con yerbaluisa, etc.

Supongo que mi amigo el herrerillo debe tener su escondite no demasiado lejos de mi ventana, quizá en la mata de almendros que queda al lado del sendero que lleva hasta casa del cura. El herrerillo no es pájaro aventurero, aunque se vista con descaro, sino avecica de hábitos mansos y paisajes de muy recoleto sosiego. Los almendros ya están en flor y el herrerillo, salpicándose de pétalos blancos y de color de rosa, anticipa un carnaval para él solo y su deleite levísimo y montaraz. ¡Da gusto verlo, gozando y derrotando las flores del aire, y saltando de copo en copo de aire, y meciéndose en la más mínima sombra al sol del aire! A veces pienso que el milagro de vivir es un premio no demasiado merecido. En fin, ahuyentemos de la cabeza los venenosos pensamientos.

Las mañanicas de sol, el herrerillo se baña en el charco de las ranas, que ahora duermen su sueño del invierno y no se despiertan hasta San José. Chapuzándose entre las piedras, el herrerillo reparte el agua con dos o tres jilgueros, un cagachín minúsculo y una nube de gorriones de aburrido color y divertido y alborotador jolgorio. Un día creí ver dos herrerillos —mi amigo y un amigo suyo— pero cuando quise fijarme, ya habían volado.

Sí; mi amigo el herrerillo vuela a saltos, muy bien medidos, eso sí, y tiene más paciencia y más lealtad que nadie: todos los días golpea el cristal de mi ventana —ya se sabe, dos o tres veces y sin alborotar— y cuando supone haberme ya saludado, se larga, con su mohín gracioso y elegante, hasta el día siguiente. En la ciencia que estudia los pájaros y sus costumbres, probablemente se dice que el herrerillo es un apuesto paladín, un caballero de saludables costumbres a la antigua usanza.

Cuando me voy de viaje, echo de menos a mi amigo el herrerillo y me hago la ilusión de que él también me echa en falta; a lo mejor me equivoco y al herrerillo le es lo mismo por dónde pueda yo andar o no pero, en todo caso, prefiero ni pensarlo. Uno también tiene sus sentimientos y el derecho a cuidarlos igual que a flores delicadas.

Es posible que yo no sea el único amigo de mi amigo el herrerillo —decía—, pero también es probable que mi amigo el herrerillo no tenga ningún otro amigo mejor que yo.

PRIMUM VIVERE

Aquí no hay más cáscaras —ni tampoco más cera de la que arde— y en este mundo traidor cada cual come lo que puede y le dejan y lo que su paladar, su estómago y su bolsillo aguantan; a mí me parece que esta regla general tiene muy pocas excepciones. En unos países se comen yerbas y animalitos que repugnan en el país de al lado pero, cuando la necesidad achucha, no se suelen hacer demasiados dengues ni remilgos. En Madrid, durante la guerra civil, se comían collejas —¡y nunca peor!—, que suele ser forraje de conejo de corral pero no de cristianos; el diccionario dice que se come «en algunas partes» y me imagino que esto acontecerá donde no hay otra cosa mejor que llevarse a la boca. Los gallegos comemos pulpo y lamprea y centollas —y además nos chupamos los dedos—, deliciosos manjares que espantan a no pocos foráneos, y a mí me estremece pensar el valor que hubo de echar al trance el primer hombre que se tragó una ostra cruda y la primera mujer a la que se le ocurrió guisar un plato de callos. Todo va en gustos y necesidades, cuando no en lágrimas y suspiros, porque lo que el hombre intenta sin regatear esfuerzo alguno por conseguirlo, es subsistir y continuar con ambos pies pegados a la tierra.

La FAO, en su preocupación porque la especie humana se alimente, cosa que está por ver si se consigue, nos recomienda a todos que comamos ratas, monos, gatos, saltamontes, grillos y lo que se tercie, siempre que los individuos a ingerir estén sanos, claro es, porque su carne es tan rica en proteínas como la de la ternera o el pollo y además casi no tiene grasa. Los comentarios pueden ser para todos los gustos, pero yo creo que la FAO tiene razón: el hombre, con harta frecuencia, se niega a comer lo no habitual por manía, por prejuicio, por asco (es posible que más psíquico que físico) o por lo que fuere, con lo que automáticamente quedan descartadas unas posibilidades de nutrición que quizá le hubieran sido necesarias.

El maestro Ruperto de Nola, en su *Libro de guisados, manjares y potajes*, nos explica cómo se debe condimentar el gato sin más precaución que «cortarle la cabeza y echarla a mal porque no es para comer, que se dice que comiendo de los sesos podría perder el seso y juicio el que la comiese». Uno de los problemas de las ciudades es que sobran gatos y los alcaldes no saben lo que hacer con ellos.

El 23 de enero de 1958, hace por ahora veintiún años, mis amigos de La Puebla, aquí en la isla de Mallorca, me invitaron a comer rata, lo que acepté. Como algunos de mis anfitriones, llegada la hora de la verdad, se echaron a la parte de afuera, mandé llamar a un notario para que diese fe del suceso y de mi conducta, cosa que hizo mi buen amigo don Damián Vidal Burdils, quien levantó el acta cuya copia conservo y que, según mi también amigo don Américo Castro, es uno de los documentos notariales más disparatados que vieron los siglos. Pues bien, puedo y debo declarar solemnemente que la rata estaba riquísima pero que, cuando me acordaba de que era rata, se me revolvían las tripas y tenía que hacer un gran esfuerzo para seguir. Es tal la influencia de la imaginación sobre el estómago que dos de los amigos que pasaron a la rata, no obstante no haberla probado y casi ni mirado, se pusieron enfermos y tuvieron que salir a tomar el aire.

A mí me parece que sería buena cosa para todos el que nos comiésemos todo lo comestible y nos dejásemos de zarandajas y caprichos. Recuérdese que en Madrid —y no es de las ciudades más enratadas del mundo— se toca a dos ratas y pico por habitante. En el Tercer Mundo se pasa demasiada hambre y, para los expertos de la FAO, España, Portugal y Grecia, a estos fines de las calorías en mala distribución, caen dentro del Tercer Mundo.

RECUERDO DE DON GUIDO

Tengo un vecino que se llama don Guido, que compone poesías líricas (octavas reales, sonetos y serventesios) y que gasta peluquín. Don Guido también tararea zarzuelas (romanzas, arias y dúos haciendo las dos voces), colecciona vitolas de puros habanos y ciñe faja ortopédica para disimular los desfondes. Don Guido es muy amable con las señoras, muy cortés con los caballeros, muy caritativo con los pobres, muy simpático con los niños y muy cumplido con las autoridades eclesiásticas, civiles y militares. Don Guido, los domingos y días de precepto, lleva una flor en el ojal, un nardo, un clavel o una violeta, según las estaciones y las ocasiones. Don Guido calza zapatos de charol y se enfunda las manos con guantes de cabritilla. Don Guido se toca con bombín. Don Guido se cubre con un gabán de paño con las vueltas de terciopelo. Don Guido tiene un diente de oro que da gusto mirarlo y remirarlo. Don Guido padece con suma resignación una hermana solterona, suspiradora y alérgica, por este orden; a la criaturita le mataron el novio durante la guerra civil y no pudo encontrar suplente. Don Guido demuestra un gran amor por la caligrafía, arte que no se le da mal. Don Guido se va a morir el otoño que viene, allá por Todos los Santos; se lo dijo una gitana que echaba la buenaventura.

—¿Y si se equivoca?

—¡Ah! ¡Eso ya no es cosa mía! Si se equivoca, se equivocó, y de tal día en un año. ¡Ojalá se equivoque!

—Sí; eso también es cierto.

Don Guido tiene una moneda de oro, un dibujo de Jean Cocteau (hay dudas sobre si es original o falso), una pulserita de pelo de elefante y un terno color café, en mediano uso, de corte elegante aunque quizá ya no a la moda.

—¿Y usted cree que se debe ir a la última?

—Pues, no; yo pienso que los caballeros deben vestir

con un poco de retraso. Hace como más discreto, ¿verdad usted?, más «chic».

—Sí, hija; a mí, tal me parece.

Don Guido pinta a la acuarela y es muy aficionado a tomarse una copita de malvasía y una lengua de gato, a la caída de la tarde. Don Guido lee al Padre Coloma, aunque lo encuentra algo osado.

—¿Muy osado?

—No; ligeramente atrevido, pero ya me percato de que ahora todo cambia y se debe ser más tolerante.

—¡Claro!

Don Guido se afeita con navaja barbera y después se da piedra alumbre en la cara.

—En esto hace excepción a la regla.

—¿A qué regla?

—Nada, siga; yo ya me entiendo y bailo solo.

—Como guste.

A don Guido le gustan las natillas.

—¿Lo ve cómo lo raro es lo de la piedra alumbre?

—No maree.

Don Guido juega al parchís con doña Andrea, la viuda del practicante Alvarito Máiquez, y se deja ganar para que no sufra. Don Guido es aficionado a resolver crucigramas aunque no siempre acierte con lo de yunque de platero, manto de los beduinos, río de Holanda, etc.; se conoce que la memoria ya no le es del todo fiel. Don Guido, de joven, sabía freír torrijas con verdadero arte; después fue perdiendo la maña, y ahora la verdad es que ni prueba siquiera.

—¿Le falla el pulso?

—No; yo creo que lo que le falla es la ilusión.

Don Guido estuvo muy enamorado, allá por los años de la dictadura, de la famosa canzonetista Rubita de Mazcuerras, después doña Consuelo Carrascosa de Martínez, pensionista, que la verdad es que nunca le hizo demasiado caso. Ahora, como don Guido está viejo y es muy amigo mío, yo pongo cara de interés, e incluso de gran interés, cuando me cuenta las tremendas trolas de sus amores.

—Una vez en París, saliendo del Moulin Rouge, un apache se quedó mirando con descaro para Rubita. Entonces yo, con mi bastón de estoque...

A veces, don Guido se duerme pero yo, como no tengo prisas ni tampoco a dónde ir, suelo esperar a que se despierte.

HILO DIRECTO CON GANÍMEDES

Al príncipe lo representó en bronce el florentino Benvenuto Cellini, orfebre, y al planeta lo descubrió en vuelo el pisano Galileo Galilei, astrónomo. Ganímedes es nombre designador de criaturas (vivas o difuntas) de tanta belleza y sabiduría como ilustre tradición poética y ahora, según parece, harto de mitologías y de astronomías, se quiso vincular a este bajo mundo y tiene cerca de un centenar de amigos en Sabadell, a las puertas de Barcelona.

—¿Se refiere usted a Ganímedes el príncipe troyano, el hijo de Tros y de la ninfa Callirroe?

—No, dispense; yo aludía al satélite de Júpiter. El que tiene amistades en Sabadell es el satélite de Júpiter.

—¡Ah, ya!

Los amigos sabadellenses de Ganímedes, el cuarto satélite de Júpiter y no el copero de Zeus en el Olimpo, se comunican con el astro por medio del llamado método del bolígrafo, que los legos en la materia no sabemos bien lo que es, pero que por lo visto funciona con eficacia y a las mil maravillas. Los aficionados a mutaciones, apariciones y travestismos están muy emocionados con el asunto por dos razones, ambas evidentes: porque haber conseguido hilo directo con Ganímedes es algo que no había logrado, ni va camino de lograr, la NASA con sus millones, y porque los ganimedeños, o ganimedinos, o como se diga, que en esto hay dudas, parecen ser personas simpáticas y tratables y nada engreídas.

—Pero, ¿usted cree que son realmente personas?

—¡Hombre! No podría jurárselo, bien lo sabe Dios, pero yo creo que personas sí deben ser, aunque no resulten exactamente como nosotros.

—A lo mejor parecen alemanes.

—O tártaros, ¡vaya usted a saber!

—Sí: eso queda un poco raro imaginárselo.

—Ya.

—Oiga, ¿y en qué se entienden? ¿En catalán?

—No; me parece que se hablan en latín, por eso de la neutralidad. Eso, al menos, es lo que me dijeron.

—¡Ya me percato! Ahora, con eso de las lenguas hay que andarse con mucho miramiento porque, al menor descuido, al personal le entra la hidrofobia, ¡y que Dios nos coja confesados!

Con los extraterrestres, los terrestres tenemos poca práctica, digan lo que digan, y andamos siempre como desconfiados y recelosos. Si aquí en el planeta Tierra nadie se fía ni de sus vecinos, ¿a santo de qué vamos a fiarnos de quienes no lo son? Los habitantes de Ganímedes, según dicen sus amigos de la minoría de la comarca del Vallés, son amables y benéficos y, a lo que parece, demuestran tener buenas inclinaciones.

—Bueno; por si acaso, yo no me fiaría demasiado.

—¡Anda! ¿Y por qué no?

—¡Psché! Por nada; pero yo pienso que más vale prevenir que curar.

—Sí; en eso quizá tenga usted razón.

La plática a dos suele ser muy instructiva cuando se respetan los turnos de cada cual y las demás reglas del juego.

—¿Usted sabe cómo se maneja el bolígrafo para que atiendan los de Ganímedes?

—No; yo, no. Y además, tampoco sé si vale cualquier bolígrafo.

—Ni yo. A mí me parece que, a este paso, no vamos a conseguir nada.

—Quizá sea mejor empezar por unas pruebas de magnetismo mental.

—Es que yo tampoco sé...

—O de espiritismo. ¿A usted se le da bien el espiritismo?

—No, señor; a mí, muy mal. Un día fui con mi señora a una sesión de espiritismo y a ella, cuando estábamos convocando al karma de Napoleón Bonaparte, la palparon por el escote bien palpada y de arriba abajo; yo no sé si quien la toqueteó, ¡qué descaro!, fue un espíritu o un contribuyente, eso no pude averiguarlo jamás. ¡Para mí que fue el de la fonda!

El más bajito de los dos interlocutores pidió otra cerveza y se quedó como medio pensativo.

—Mire usted, don Frumencio, a mí me parece que lo mejor es que dejemos a Ganímedes en paz. No sé cómo decirle, pero a mí me da como reparo, ¡qué quiere!

—¿Es usted supersticioso?

—No, señor; eso no. Y además he descubierto que, eso de ser supersticioso, trae mala suerte.

STOP

Parece ser que la señal de tráfico de *stop* no se respeta. Parece ser que unos mil españoles anuales se van para el otro mundo a resultas de esa falta de respeto, propia o ajena. Parece ser que el número de muertos tiende a aumentar. Parece ser que el suceso tiene parentesco muy inmediato con la carencia de sentido común —y de sentido cívico— de los automovilistas. No parece ser, sino que es evidente, que todo cuanto queda dicho es vergonzoso. Más vale vergüenza en cara que mancilla en el corazón, nos dejó dicho Miguel de Cervantes en *El Quijote*. Más vale vergüenza en cara y en donde fuere —pudiéramos parafrasear ahora—, que féretro sobre cuatro ruedas y con marcha atrás.

Un hombre sentado al volante de su automóvil es siempre un enigma por descifrar y un misterio que a lo mejor pierde encanto si se descifra. Los entendidos hablan de agresividad que se dispara como el amor o el odio; de afán de dominio que no encuentra más oportunos cauces que los que rompe; de adecuación de la norma general al entendimiento propio y caprichoso que de ella haya de tenerse en cada caso, etc. Pudiera ser, aunque a mí me parece que todo esto son ganas de querer buscarle los tres pies al gato y de no decidirse a llamar a las cosas por su nombre: en este caso, falta de educación.

En cuatro países europeos crece la proporción de víctimas por la causa que consideramos: en España, en Portugal, en Yugoslavia y en Grecia, que dicho sea de paso, son también los cuatro países más atrasados o, dicho con mayor caridad, menos desarrollados y, en triste consecuencia, menos educados; de Albania, que se empeña en seguir en *offside*, no hay datos fiables. ¿Por qué en el resto de Europa el número de accidentes disminuye, pese a aumentar constantemente la cifra de los automóviles rodando? Quizá los españoles, los portugueses, los yugoslavos y los griegos debiéramos hacer examen de conciencia y respondernos a nosotros mismos con la verdad. Si de la norma general a que antes aludíamos solemos tener por válida —y querer imponer por verdadera— nuestra propia interpretación, ¿por qué no hemos de ensayarla también con algo tan profundo en nosotros mismos como la conciencia y su verdad, ese rayito de luz que —aunque quisiéramos— no conseguiría engañarnos?

El automóvil debe ser una prolongación del automovilista, de sus reacciones, de sus aficiones y de sus inclinaciones; jamás una máscara disfrazadora y, aún mucho menos, una droga, una patente de corso o una jaca a la que no se puede —o no se sabe— dominar. O el hombre lleva al coche o el coche al hombre; en este segundo caso lo más prudente es apearse, aunque sea en marcha.

No; el ir sentados al volante, como el ir —con un pie tras otro— por la calle, no nos da derecho más que a trasladarnos a voluntad, sí, pero también con arreglo a pacto tácitamente admitido. Y el que no entienda un supuesto tan elemental como el que queda dicho, lo mejor que puede hacer es no volver a conducir en su vida, por respeto a su propia vida y a la de los demás.

Yo perdí afición a conducir el automóvil cuando el parque nacional se saturó y se hizo incómodo lo que antes era placentero. En el campo —donde vivo— el coche no me hace falta para nada y, cuando se trata de ir al dentista o al sastre, por ejemplo, o a algún sitio concreto y determinado, siempre encuentro un alma caritativa que me lleva. El coche es menos necesario, mucho menos necesario de lo que el hombre cree, y algún día, cuando ese hombre discurra con mayor aplomo y sin coacciones familiares (a lo mejor ese día no llega jamás), dejará de creer en esa falacia. ¡Tiempo al tiempo! Y mientras tanto, damas y caballeros, no se maten por no atender una señal de tráfico. Es demasiado doloroso y también demasiado amargamente ridículo.

SOBRE DIVORCIOS Y OTROS GAJES Y SINSABORES

Las causas de separación o anulación matrimonial, o recuperación de la soltería, o como quiera llamársele, son seis o siete, según la Iglesia católica, pero sus variantes y entendimientos son infinitos como las arenas de la mar o los cuartos y las paciencias que cada cual arrime al lance a tenor de sus posibilidades y voluntades. Hay cónyuges muy propensos a gastarse la hijuela pleiteando y, con sus inclinaciones al dispendio, hacen las delicias de la curia y de los curiales, que sacan la panza de mal año mientras ellos encogen y se desinflan como globos a los que va faltando el fuelle. Otros, por el camino inverso, ejercitan la ilustre sabiduría de que más vale malo conocido que bueno por conocer, se conforman con lo que tienen en casa —¡y nunca peor!— y se gastan los ahorros en señoritas, alcoholatos, bingos y otras sabrosas licencias, y no en papel timbrado ni en buenas palabras de abogados (civiles o eclesiásticos, según la libre —y siempre incierta— elección de cada cual). Aunque estaría dispuesto a admitir que a veces hay excepciones, a mí me da el pálpito de que la sensatez no suele ser virtud que acompañe al matrimonio. Hay quienes dicen que sí, que es de lo más cuerdo y sensato que se produce, pero yo me barrunto que es muy peligroso el suponerlo, muy arriesgado y montaraz.

—Oiga, ¿usted cree que ahí pega eso de montaraz?

—No, señor. ¡A quién se le ocurre!

—¡Ah!

Una vez, el día del cumpleaños de mi tía Pastorita, que era de la quinta de don Alejandro Lerroux, quizá un poco mayor, una señora que se llamaba doña Librada Coscoja de Camposantiánez, mientras se hinchaba de engullir bartolillos, deglutir rosquillas del santo y pimplar zarzaparrilla, le explicaba a don Caralipo López-Betanzos y López-Betanzos, coronel del arma de caballería que había perdido la carrera por masón.

—Mire usted, don Cara: a mi hermana política la Irenita, que es una furcia que no se la salta ni uno de los corceles que usted montaba en su ya lejana juventud...

—No tan lejana, mi buena amiga, no tan lejana...

—Bueno, déjelo estar. A mi hermana política la Irenita, como le iba diciendo, no la consiguió echar viva de casa mi hermano Paco, y entonces tuvo que recurrir a echarla muerta.

—Pero, ¡qué dice!

—Lo que oye, don Cara, lo que usted oye: mi hermano Paco, que era un verdadero *gentleman*, estranguló a su señora una noche de luna.

—Pero, ¿así, a lo vivo?

—Sí, señor: mi hermano Paco la mató a lo vivo, en eso no se anduvo con rodeos.

—Ya, ya...

Doña Librada Coscoja de Camposantiánez, la amiga de tía Pastorita, se abanicó la cumplida pechuga con un paipai y le dijo al coronel, clavándole el mirar en el mirar:

—¡Escuche y no se distraiga! ¡No sea usted veleidoso!

—No, señora.

—Mi hermana política la Irenita, ¡qué paciencia tuvo siempre su santo esposo!, decía pompis, jolines y cocretas y, para colmo de provocación, dejaba el meñique tieso cuando cogía la taza. ¿Qué se hubiera podido hacer con ella, quiere usted decirme?

—Sí; verdaderamente.

—Entonces mi hermano Paco, como le digo, una noche que la luna estaba crecida...

—¿Como en el romance de Abenámar?

—Exacto..., pues la trincó del gaznate, apretó un poco y, ¡zas!, enviudó.

—¡No me extraña!

—Bueno. ¿Pues quiere usted saber cómo hubiera podido evitarse lo del violento óbito de la interfecta, con lo que todos —y ella la primera— nos hubiésemos ahorrado molestias y papeleo? Pues se lo voy a decir a usted: concediéndole el divorcio a mi hermano Paco, que era talmente como un ángel.

—Pero, ¿lo había pedido en debida forma?

—No; eso no.

Las malas lenguas dicen que el coronel se entendía con doña Librada y con mi tía Pastorita al tiempo. No debe repetirse mucho por discreción, porque verdad, ¡vaya si es verdad!

—Y ellas, ¿lo saben?

—Claro que lo saben.

—¿Y se siguen tratando?

—Y con suma cordialidad, don Camilo, y con suma cordialidad.

El amor todo lo perdona.

CONTEMPLANDO VIEJAS FOTOGRAFÍAS

Todas las amarillentas fotografías del viejo álbum familiar retratan muertos con cara de muerto. Algunos fueron muertos ecuánimes y de buenos principios, muertos hacendosos que daba gusto verlos, pero otros, en cambio, fueron muertos muy descarados y vivalavirgen, transitadores por la vida como un torbellino que camina en pos de la muerte: rompiendo moldes, destrozando corazones, apedreando los mansos y moribundos usos establecidos y no dejando títere con cabeza. El común denominador de los unos y los otros es la cara de muerto, porque a los muertos, ¡no falla!, se les pone cara de muerto en las fotografías; es una regla cierta aunque no tenga demasiada explicación.

—¡Qué cara de muerto se le puso al pobre tío Genaro, fíjate bien, con lo que le gustaba vivir y bailar el pasodoble aunque fuera con una portuguesa gorda!

—Sí. ¡Qué pena! ¿Verdad? Oye..., ¿tú qué tienes contra las portuguesas gordas?

—Yo nada, ¿por qué?

En las fotografías del pariente muerto, aunque sea la primera de todas, aquella en la que aparece desnudito encima de un almohadón, se adivina siempre la edad a la que murió..., si joven, o maduro, o viejo..., no sé, no sé, es como un ligero tembleque que se les posa en el bigote...

—¿Y se refleja en las fotografías?

—Sin duda; es como el certificado de origen, algo que no falla jamás.

—¡Puede que sí!

—A los muertos y a las muertas de las fotografías también se les nota la muerte que tuvieron, no es difícil leérselo en la mirada: los caballeros, en duelo a pistola, en la guerra contra los moros o en vuelo en aerostato, y las señoras, de viruela, de parto triple o de languidez.

—¿Y los desaparecidos?

—A ésos se les pone la carita confusa y sonríen como implorando misericordia. ¡Dan mucha pena los desaparecidos, con sus solapas estrechas, sus pantalones arrugados y su gorra de visera terciada incluso con gracia! En algunos países, las autoridades mandan quemar las fotografías de los parientes desaparecidos, de los tíos y primos de los que nunca se supo jamás nada, se conoce que para que no puedan dar mal ejemplo a la juventud.

—¡Sabia medida!

—Sí; aunque quizá un poco cruel. Los desaparecidos también tienen derecho a la misericordia.

—¡Psché! ¡Según como se mire!

En el viejo álbum familiar de las familias con cierta prosapia hay siempre una señorita tañedora de arpa y peinada con tirabuzones sobre cuyos devaneos pasan todos como sobre ascuas.

—Ésta es la tía Margot, que fue una loca de mucho cuidado.

—¡Pues yo creo que tenía carita de pardillo!

—No, fíjate bien. ¡Mira como una dogaresa!

—¿Tanto?

—No lo dudes. ¡Bajo su rictus angelical late la propensión a los deleites carnales, o sea, la lascivia!

—¡Caray!

—¡Y tanto que caray! En la familia no quieren que se sepa, pero era tan ardiente que el abuelito, tras un escándalo que tía Margot dio en Jamaica, tuvo que dejarla a invernar en las islas Spitzberg, para que se enfriase.

—¡Qué barbaridad! ¡Qué temperamento!

—¡Y tanto! ¡Para que ahora digan que si tal y cual!

Los ricos casuales, los ricos de las quinielas y el golpe de fortuna, los ricos sin tradición y sin abuelitas escandalosas o, al menos, ligeramente descaradas y airadamente escotadas, deben buscarse cuanto antes un álbum de viejas fotografías e inventar, sobre la marcha, las más disparatadas aventuras a cada antepasado. ¿Cómo, si no, quieren que se les considere en sociedad?

—Una vez, mi abuelita Apolonia, que tenía un harén de amantes filipinos, mandó ahorcar a uno a resultas de un gatillazo...

—¡No diga!

—¡Pues claro que digo! ¡Menuda era mi abuelita Apolonia!

Desde el público, un señor con bisoñé me hizo señas como diciéndome:

—No le haga caso. Es un fanfarrón y su abuelita Apolonia no tuvo jamás un solo amante, ni filipino, ni del país. Su abuelita Apolonia fue una mujer ejemplar que tuvo un fotomatón en la calle de Luchana y que murió por mor de las emanaciones del brasero.

SOBRE LOS MIEDOS Y LAS EDADES

Un viejo inteligente, José Pla, escribe inteligentemente sobre la vejez, edad que según supone viene condicionada por cuatro miedos y por dos tendencias. Los viejos, al hilo de su pensamiento, temen a las caídas, al frío, al viento y al ridículo, y propenden al pesimismo y al cinismo. Yo no creo que esto sea exactamente así, pero, en todo caso, sí pienso que puede ser expresión de un sentimiento —e incluso de un testimonio— que nunca estará de más considerar con la cierta y debida cautela que se merece.

José Pla no es un viejo del montón, sino un escritor singular que ha llegado a viejo, que ha cumplido ya los ochenta y dos años y que continúa con la cabeza clara y la escritura ágil y ocurrente; una cuartilla de José Pla sigue siendo una delicia y muchos jóvenes escritores aún pueden beber en su prosa las frescas y galanas virtudes de la donosura y la lozanía. José Pla es un caso muy curioso de gran escritor sin grandeza, a ver si me explico, de gran escritor de todos los temas mínimos e inmediatos, cotidianos, pequeñoburgueses y domésticos. En literatura no hay temas nobles o cagarraches, sino talento o estulticia, y cuando don José Ortega dio título a su ensayo *Azorín o primores de lo vulgar*, tampoco tuvo intención peyorativa alguna, sino buenos deseos de acertar y de ser preciso en su diagnóstico. En este sentido, no tan sutil ni huidizo, debe entenderse lo que vengo diciendo de José Pla.

El miedo a las caídas también está presente en la primera infancia, aunque la flexibilidad y la elasticidad de entonces compense de todos los traspiés posibles, y el miedo al frío —que no el frío que se pasa o se puede pasar— no creo que funcione de acuerdo con el calendario, sino con el mapa; los sabañones, la marca de fábrica del subdesarrollo que adorna las orejas de no pequeña parte de la especie humana, florecen con mayor agresividad y violencia en los países donde el sol no ayuda a prevenirlos. El miedo al viento también salta por encima de las edades y, contra lo que Pla imagina, no es exclusivo del Mediterráneo, sino que se presenta allí donde sopla y azota. El miedo al viento no es sólo físico —el miedo casi poético a que nos lleve volando por los aires como la hoja seca del otoño—, sino también psíquico: el miedo casi metafísico a que nos barra los sesos y nos oree las buenas y malas facultades dejándonos pasmaditos y de un aire. El miedo al ridículo, por último, no lo entiendo como compañía del viejo, sino más bien como escudo protector del maduro coqueto y no demasiado valiente; la cosa no queda muy clara, bien lo sé, pero ruego al lector que me crea por la palabra ya que explicarlo me llevaría demasiado lejos y, sin lugar a dudas, fuera de esta página propia.

No sé, no sé, pero a mí se me hace que el pesimismo y el cinismo son cualidades más propias de la juventud que de la vejez; en todo caso, la juventud, al acentuar las actitudes, puede dar mayor pesimismo al pesimista y más cinismo al cínico. La juventud, en su postura de entrega abnegada y heroicamente literaria, puede teñir con los más negros tintes todo cuanto le rodea. Nada más pesimista —ni más amargo y doloroso— que un suicida adolescente, supuesto que por desgracia existe, y nada más cínico que un niño mentiroso, evidencia a todas luces poco preocupadora y, si bien se mira, hasta jolgoriosa y optimista.

Las consideraciones de José Pla cumplen con uno de los más sagaces fines de la palabra escrita: el de ayudar a discurrir y a darle vueltas a las cosas en la cabeza.

EL ROSARIO DE LOS ANACOLUTOS

—Mire usted, dolicocéfala Mauricia, paloma prístina del olivar: lo malo no es un hombre en cueros trotando o galopando por el pasillo sino un recaudador de contribuciones en camiseta —y sólo en camiseta— haciendo flexiones en el montante de la puerta del water y pidiendo a voces empanadillas de bonito.

—¿Ante el estupor de la patrona?

—Sí, amiga mía, y el de sus más variados pupilos.

—¡Vaya por Dios!

El rosicler de la aurora se fue extendiendo en pausadas ráfagas mientras Mauricia parecía como recapacitar.

—Sí; la verdad es que queda algo raro...

—¡Y tanto, mi buena amiga, y tanto! ¡Ahora se ven cosas muy raras! ¿No querían ustedes democracia?

Sentado a la sombra de un cedro, un libanés diríase que reumático hacía solitarios con la baraja.

—¿Qué es más importante: que las mujeres le quieran a uno por sí mismo o por su obra? ¡Cualquiera lo sabe! —se respondía—. Antes, cuando era más joven y violento, agradecía mucho que me quisieran por mí pero ahora, con esto de la incesante subida del petróleo y con aquello del ayatollah Jomeini que no acaba de sentar la cabeza, ya me es igual. El caso es que le quieran a uno, que todo lo demás importa poco, Servando.

—¿Quién es Servando?

—Lo ignoro.

—Habla usted como un santo...

—¡Bah! Se hace lo que se puede. ¡Los buenos ojos con que usted me ve!

—No lo dude, Roberto, no lo dude ni un solo instante.

Alfredito Garrut, alias Paul de Lafontaine el Mozo, lucía las características de los paladines de la Tabla Redonda: el pelo crespo y de zanahoria, el mentón huido y el mirar bisojo y como legañento.

—¿Y usted piensa que eran tan feos?

—¡No lo sabe usted bien! ¿A qué, si no, cree que se podían atribuir las distonías neurovegetativas de doña Ginebra?

—Sí..., ¡eso también es verdad!

Alfredito Garrut, o sea Paul de Lafontaine el Mozo, duro de cipote como el Caballero Casanova y blando de corazón como San Francisco de Asís, se disfrazó de pierrot y, al son de la mandolina, hizo toda su campaña de propaganda en las elecciones municipales.

—¿Y salió concejal?

—No; eso no. Eso hubiera sido pedir demasiado.

Mimí, la prima tonta de Alfredito, le dijo al auriga Servando:

—Observe usted que el diámetro mayor del cráneo de Mauricia excede en más de un cuarto al menor.

—¡Anda! ¿Y un servidor que no había caído? Se conoce que me distraje descolgando al recaudador de contribuciones del montante del excusado...

Mimí respondió muy seria.

—¡Es la única disculpa que hubiera podido admitir! Acertó usted, Servando.

—Gracias, señorita Mimí.

Fifí, la hermana gemela de Mimí, clavó su mirada en la mirada de Alberto, el palafrenero de su palafrén.

—¿Tiene usted alguna idea de Herodoto y de los anacolutos?

—No, señorita. ¡Así me castigue Dios Nuestro Señor si le miento!

—Cálmese, Alberto; la cosa tampoco es para tanto. Esta tarde, a eso de la caída del sol, acérquese usted a casa de don Braulio y dígale de mi parte que mire en la enciclopedia.

—Sí, señorita.

—Y lo que averigüe, que se lo dé apuntado en un papel; no se fíe usted de la memoria.

—No, señorita.

Fifí tiró de impertinentes y examinó a Alfredito Garrut, bueno, a Paul de Lafontaine el Mozo, de arriba abajo y con sumo detenimiento.

—Es apuesto el garzón, aunque quizá un poco descarado. Ésta es cosa que se quita cumpliendo años, esto pasa solo... Díganle de mi parte que lo invito a zarzaparrilla en mi boudoir... Adviértanle que debe lavarse los pies con jabón de olor... Y prevénganle que vaya confesado, por si las cosas se tuercen y me viera en la precisión de degollarlo como a un cordero.

—Sí, señorita.

POLÍTICA, SALUD Y FUERZA FÍSICA

Durante el año y medio que fui senador y que viví la política con un poco de proximidad pude darme cuenta de que, para ejercerla con una mínima eficacia, es preciso tener una salud a prueba de bomba y la fuerza física de un atleta muy entrenado y en plena forma. Quizá por esta causa la política vaya, de día en día, dando la espalda a los viejos y aliándose con la juventud, lo que quizá pueda entenderse como un buen síntoma para el país y ese bien común que llamamos la cosa pública. La política es posible que sea como una droga y el afán de mando debe tener una relación evidente con eso de lo que ahora se habla tanto y que los que se sienten muy actualizados denominan la erótica del poder; yo no lo sé por mí porque soy poco drogadicto y porque, en mi pueblo, lo erótico tiene connotaciones más inmediatas, pero lo digo por lo que oía y colegía a mi alrededor durante ese tiempo del que hablo. Los tutes que se dan los políticos son de órdago y hay que tener muchas ganas de estar en candelero para no pegar una patada al decorado y mandar todo a hacer gárgaras.

—¿Usted cree, doña Consuelín, que merece la pena sacrificarse hasta tal extremo por la patria?

—Yo no, hijo, ¿cómo voy a creer semejante cosa?

Antes, los ministros eran unos señores muy finchados y con la tersura del sosiego luciéndoles en la piel, que se levantaban tarde, los afeitaba el barbero, leían el periódico con calma, desayunaban con prosopopeya, se daban una vuelta por el despacho a eso de las doce, recibían un par de visitas no muy complicadoras, firmaban dos o tres papeles que ya venían leídos por el subsecretario, saludaban a una comisión que les traía una bandeja de plata en recuerdo de algo y se iban a tomar una copita de jerez, de aperitivo; por las tardes, después de dormir la siesta, se acercaban al casino a recibir incienso de los aspirantes de primera clase preferente y, por las noches, después de la cena en familia y con algunos íntimos, solían asistir a una función de teatro. ¡Así daba gusto (seguramente) ser ministro! Ahora, por el contrario, son unos desgraciados con carita de ejecutivo que van al tajo a las ocho u ocho y media de la madrugada y rodeados de policías para evitar que se los cepillen, que trabajan y telefonean y templan gaitas durante toda la mañana, que asisten a una comida de trabajo y de digestión difícil, que se vuelven a la mesa de escribir para poder entender algo de lo que traen entre manos y que, si la noche pinta propicia, cenan en una embajada o en el ministerio de Estado. Y entre medias, visitas a la Zarzuela o a la Moncloa, comparecencias ante el Congreso o el Senado y viajes a donde toque y a ver si hay suertecilla y no cae demasiado lejos. Yo, desde mi escaño que quedaba algo distante del banco azul, miraba a los ministros con envidia y con estupor. Aclaro: con envidia porque demostraban tener unas pujanzas de gladiador romano (a pesar de que casi todos eran más bien bajitos) y con estupor porque no entendía por qué gastaban tanta paciencia en responder a muchas necedades. Eso de ser político es muy raro; yo creo que es una vocación que se descubre de repente y que pone cachondo a aquel a quien le da. A mí ya me cogió algo mayor, ¡tampoco tanto!, y no tuve tiempo de sacarle el gusto.

—¿Y usted piensa, doña Pura, que un servidor hubiera podido hacer un buen ministro de Fomento?

—¡Hay, hijo, yo qué sé! ¡Hoy me aprieta la faja más que nunca y la verdad es que no puedo ni discurrir! ¿De Fomento, dice? No sé, no sé..., ¡qué compromiso! A mí se me hace que quizá hubiera estado mejor en Culto y Clero..., un padronés en la cartera de Culto y Clero siempre luce... ¿Quiere que le preguntemos a doña Paulita, que tiene muy buena mano para esto de las adscripciones de cada cual?

LA BUENA PRESENCIA

La Academia supone que la presencia es la suma del talle, la figura y la disposición del cuerpo; partiendo de esta premisa no es difícil adivinar lo que quiere decirse con la locución «buena presencia», fórmula o designación o modo de hablar en la que juegan la elegancia, la prestancia, la soltura, la sonrisa y la simpatía, con unas gotas de afectación y el toque quizá levemente cursi de una convencional guinda de mundo, el único de los tres enemigos del alma que aquí se permite. La buena presencia no es exactamente el talento, aunque sí una de las más adecuadas cajas de resonancia del talento que se pueda lucir y manejar, y los hombres y las mujeres con buena presencia, dándose cuenta de la mina que tienen, la cultivan con mimo y sin distraerse jamás, y se cuidan y acicalan y repulen con aplicación porque saben que, si su buena presencia se deteriora, su prestigio puede acabar sufriendo y rodando por la cuesta abajo del olvido. La buena presencia es noción muy quebradiza y efímera y, con ella, son siempre pocos todos los cuidados que se tengan. Quisiera redondear lo que supongo con la idea de que la buena presencia no es un valor en sí, aunque sí pueda ser una eficaz muleta de otros valores que, naturalmente, deberá aportar el interesado. Un tonto con buena presencia dura poco, pero a un inteligente sin ella le cuesta más trabajo triunfar; la cosa me parece que es bastante sencilla.

En la cotización social, digamos social, de la buena presencia influye mucho la juvenil soltura y el gracioso desparpajo, facultades que espantan al envaramiento y la solemnidad que ahora tanto molestan a las gentes y tanta clientela restan al hombre público. Están ya muy lejanos los tiempos en los que la prudente distancia y el orgulloso aislamiento eran entendidos como virtudes, y hoy el paisanaje del estado llano prefiere y tolera con más naturalidad al triunfador asequible y de aficiones e inclinaciones vulgares y compartidas, que al exquisito y lejano. Es el triunfo de la Norteamérica del cacahuete y el supermán sobre la Florencia de Maquiavelo y la daga. La torre de marfil ha claudicado —quizá haya sido mejor así— y el vulgo errante, municipal y espeso del maestro Rubén Darío se ha erigido en árbitro de conductas y en gratuito repartidor de patentes de corso (quizá no más que para andar por casa, que tampoco son buenos ni la exageración ni el desmelenamiento).

El cantante Julio Iglesias, el político Adolfo Suárez y el novelista Mario Vargas Llosa tienen buena presencia y, sin duda alguna, tienen también las dotes que cada uno de ellos necesita para lucir en lo suyo, pero quizá ninguno de los tres hubiera llegado a la altura hasta donde llegó de no haberles acompañado la figura. La buena presencia es un ingrediente más a considerar en aquellas personas que de ella gozan y, por tanto, forma parte del individuo con la misma naturalidad que la belleza o el talento o cualquier otro adorno natural. Quiero decir que a nadie puede echársele en cara el poder apoyarse, en la dura lucha por la vida y el éxito, en unas condiciones que le fueron regaladas por la genética o por la casualidad, que esto poco importa. La buena presencia, al dar aplomo a la persona, también suele regalarle simpatía, que es consecuencia fácil de colegir. Con buenos naipes en la mano no es difícil la partida, pero todos hemos conocido ganadores contra viento y marea y perdedores cuya derrota nadie se explicó jamás. Al fin y a la postre, en la timba de la vida —como decía el malevo del tango— todos acabamos pintando de oreja a oreja la sarcástica y amarga mueca de la calavera.

UNA FÁBULA ANTIGUA

En mi jardín hay un verderol que no supo qué cosa hacer con la libertad; su actitud me produjo un cierto dolor y, claro es, le reñí un poco, no mucho, y después volví a encerrarlo. Ahora explicaré todo esto.

Un día me permití hablarle a usted, alta señora de mis insomnios y mis deslealtades, de mi amigo el herrerillo, alma cándida recubierta de plumas de colores que era capaz, en su gloriosa soberbia, de reírse del mundo entero verdadero. Hoy me toca contarle a usted las quiebras de mi verderol, porque esto de vivir en el campo y lejos de gasolinas y otras nefandas ventolinas también tiene su premio, como podrá ver. Paso a contarle la aventura del pajarito.

En mi jardín hay una jaula tirando a grandecita, de planta octogonal y digamos que de unos dos metros de diagonal mayor y tres de altura, en la que viven en amor y compañía algunos jilgueros, tres o cuatro verderoles y un par de canarios, unos machos y otros hembras, que en la variedad está el gusto y un punto de promiscuidad es la sal de la vida. A veces aparto una pareja y la pongo a criar en un rincón más propicio y tranquilo, y a veces, si veo que algún pájaro está triste, le abro la puerta y lo echo a volar por el monte, para que se recupere y disfrute; esta regla no cuenta con los canarios, claro es, criaturitas artificiales que no saben vivir solos y, en libertad, se mueren de hambre o, con mayor tragedia, en las fauces de un gato de tejado.

El otro día, señora, solté un verderol que me pareció con ganas de volar más alto en homenaje a la primavera. Al día siguiente me di cuenta de mi error porque el animalito, colándose por una rendija inverosímil y por la que jamás hubiera creído que cupiese, estaba otra vez dentro de la jaula, meciéndose en su minúsculo columpio y mirándome con una mirada que no podría asegurar si era cínica y desafiadora o, en el cuadrante contrario, bobalicona y llena de susto y timidez.

—¿Qué le pudo haber acontecido —pensé— a este pájaro que rechazó la libertad?

Lo tomé en la mano y, soplándole el plumón, lo miré bien mirado y con toda calma. No tenía ni un golpe, ni un rasguño, ni la menor señal de violencia. Lo eché a volar de nuevo y, poco antes de la puesta de sol, volvió otra vez a posarse encima de la jaula, quizá esperando el instante de volver a meterse por la rendija. Le ahorré el trabajo de seguir buscando y lo metí por la puerta y con todos los honores; el coladero quizá no lo hubiera encontrado antes del oscurecer, y donde estaba hubiera servido de pasto a la voraz lechuza de la noche que siempre anda merodeando por este contorno.

Yo creo que un fabulista antiguo hubiera sacado una ejemplar moraleja de este suceso, sin duda minúsculo y, en cierto modo, insólito. Siempre se dijo que los pájaros aman la libertad y jamás se me ocurrió suponer que esto no fuera, a la fuerza y sin hacer excepción jamás, tan cierto y evidente como la luz del día. Pero yo me encontré con un verderol, que es pájaro bravo y montesino, que pensaba lo contrario y, tal como me aconteció, así se lo cuento.

Mi pajarito con alma de siervo, señora, prefiere la comida a la aventura. Hasta que lo experimenté por mí mismo, suponía que esta actitud tan sólo era posible entre los hombres, entre algunos hombres tocados de ala por las circunstancias y zurrados por la adversidad o la monotonía. Hegel habla algo de esto pero, pese a todo, yo creo que sus conclusiones no pueden aplicarse a mi verderol.

EL OCÉANO HIRVIENDO

Según los cálculos de un ilustre profesor —el doctor Wolfgang Gentner, del Instituto Max Planck de Física Nuclear de Heidelberg—, dentro de cuatro mil millones de años hervirá el agua de los océanos del planeta Tierra con una violencia tan sólo igual a la de la pegajosa pez de la caldera de Pedro Botero. ¡Pues qué bien! El suceso queda algo distante y, sin querer ser pájaro de mal agüero, supongo que para entonces ya no existiremos, lector amigo, ni usted ni yo y, si me apura un poco, ni siquiera esta revista que tiene en sus manos y las señoritas casaderas y todas de buen ver que la adornan con su figura y sus bien distribuidas proteínas. La verdad es que el plazo que nos da el sabio es bastante generoso y tranquilizador y, de momento y que yo sepa, no se le han desatado los nervios a nadie. Las tragedias a distancia, ya sea en el tiempo o en el espacio, asustan menos, y Leónidas y sus trescientos espartanos yéndose para el otro mundo —heroicamente, eso sí— desde la garganta de las Termópilas o los indios muriéndose de hambre y a millares un año tras otro, acaban por impresionarnos menos que el niño de la vecindad que se rompió un hueso saltando una tapia. El hombre es un animal de costumbres y hay costumbres para todo, incluso para el dolor y para el miedo. Sí; esto de que dentro de cuatro mil millones de años acabaremos todos cocidos como percebes es algo que no preocupa demasiado a la gente, entre otras cosas porque la gente, que propende a ser muy escamona, no se lo cree del todo.

La historia del universo está llena de sorpresas y pletórica de violencias; el cosmos parece ser que se hizo a golpes y chocando unos mundos con otros hasta hacer saltar chispas y, según previsiones fiables, la danza no terminó todavía. El consuelo que nos queda es que los plazos de estos cataclismos creadores y equilibradores proceden a escala diferente que los plazos del hombre e incluso que los de la especie humana y sus más remotos recuerdos. Al decir de los conocedores del problema, la temperatura de la irradiación solar aumenta sin darse un punto de sosiego y acabará —como explicaba poco más arriba— por hacer hervir el agua de los mares. A mí me parece que, hasta que llegue la catástrofe, puede haber una larga temporada de bonanza, por ejemplo cuando, dentro de mil millones de años, pongamos por caso, las aguas de la ría de Arosa se nos brinden clementes y templaditas a quienes, por patriotismo local, nos sentimos en el deber de chapuzarnos en ellas hacia la Virgen de agosto, día más, día menos, y salimos ateridos aunque procurando disimular.

De los planetas del sistema solar, la Tierra, a tenor de síntomas ya suficientemente estudiados, es uno de los más movedizos y zascandiles y así, mientras los otros permanecen pacientes e inmutables desde hace ya tres mil millones de años, el nuestro se entretiene todavía en cambiar su faz con una serie de aconteceres turbulentos e incómodos: el volcanismo, los seísmos, los plegamientos montañosos, la traslación de los continentes, la meteorización y toda una suerte de sucesos menores que resultaría prolijo enumerar. La Tierra, esto es, el habitáculo del hombre, ese animal peleón y no demasiado bien calculado, es plataforma temblorosa y sacudidora que quizá haya contagiado sus malas mañas a su huésped. Lo probable es que los demás planetas, en su irritante sosiego, estén deshabitados porque los seres vivos necesitan un poco de tumulto y cachondeo para subsistir. Antes de que los océanos hiervan, aquí vamos a ser protagonistas todavía de representaciones muy emocionantes.

LA SUBLEVACIÓN DE LAS MÁQUINAS

Llegará un día en el que las máquinas se subleven y atenacen al hombre. Si no nos andamos con un poco de cuidado, llegará el día en el que las máquinas amotinadas tomarán el poder y relegarán al hombre a la condición de esclavo preso en sus propias y engañosas redes. El hombre es animal muy necio y enfatuado, bestezuela que supone —con notorio error— que todo el monte es orégano, y un día se va encontrar con la horma de su zapato. Entonces sonará el instante de los ayes y lamentos y destrozará los corazones el llanto de cocodrilo de las plañideras en las que nadie, absolutamente nadie, cree aunque lo simule. El hombre inventa sus trampas para gozarse después en sortearlas, y este ejercicio, sin duda, es un deporte apasionante y arriesgado; por ahora le va saliendo bien el juego, pero el día en que menos lo piense, da un traspiés y se desnuca.

Cada piececita que se añade a una máquina, deja a un hombre en la calle. Aquí, en este problema del trabajo y su mecanización, se ha planteado la batalla al revés y, en lugar de producir horas ociosas y que pudieran ser muy rentables para la cultura, fabricamos hombres en ocio esterilizador y que puede acabar restándole el gran tesoro de la esperanza: el último asidero del hombre a su propia estrella en esa batalla que no cesa y que, para entendernos, llamamos la lucha por la vida.

Parece ser que los robots jamás podrán suplir al hombre en su último trabajo, pero sí es probable que lo sustituyan en no pocos estadios intermedios y que también le servían para comer. Los autómatas que se utilizan en Norteamérica —leo en la prensa– son muy sencillos y su funcionamiento equivale al de una persona de bajo coeficiente mental. Lo que no se calcula, quizá porque los reflejos morales no proceden con celeridad bastante, es que esa persona de bajo coeficiente mental tiene unos determinados derechos, tan sólo por estar viva y sobre dos pies, que la máquina no debiera regatearle ni disputarle.

Un sabio japonés observador de la conducta de los robots señala que la mayoría de los patronos (¿se podrán llamar patronos?) de esos robots encuentran una mejor calidad en su trabajo, comparándolo con el del hombre, aunque no un incremento en la productividad. ¡Menos da una piedra!

A mí me parece que los supuestos previos están mal planteados y que el chorro de las manufacturas debiera atemperarse al conveniente ritmo de la vida y de cada instante de la vida. Los hombres del montón, cuando nos enfrentamos con estos complejos problemas, solemos llamar en nuestro auxilio a los sociólogos, los economistas, los políticos y demás abstrusa fauna divagatoria. Es más que posible que nos equivoquemos en nuestra petición de socorro —pienso ahora que me imagino a los robots sobrealimentados y prepotentes persiguiendo a los hombres escuálidos y desnutridos por el campo abierto— porque el tejemaneje de tantas teorías y supuestos, al menos por ahora, no nos ha conducido más que a la confusión y al dar y recibir palos de ciego.

No; los robots pueden ayudar al hombre, pero no deben aspirar a suplirlo, porque el hombre, pese a su necedad, tiene un último soplo y un minúsculo esguince peculiar que lo distingue de la máquina y del muñeco de cuerda. El dolor y el gozo, el amor y el odio, la alegría y la tristeza, el sentimiento y el instinto y la vida y la muerte, pintan delicadísimas muecas que aún no pueden fingir los autómatas. El día que un robot sea capaz de crear un verso que encierre la poesía, el hombre no será ya más que un tenue y confusísimo recuerdo.

MI AMIGO EL CANDIDATO

Un amigo me felicita las pascuas a medio andar entre las que ya pasaron barriendo esperanzas e ilusiones y las que todavía están por venir, acopiando mortuorio material de derribo. Mi amigo hace bien porque, en esto de las felicitaciones, cada cual debe proceder como le da el pálpito, le da la gana y le da la vena.

—¿Y no le da nada más?

—No, señor. ¿Le parece a usted poco?

—No. A mí, no; se lo juro.

—¡Pues claro, hombre, pues claro! ¿Qué quería: que le diese también la escurribanda?

—No; ya le digo que no... Usted dispense...

Mi amigo se llama Basileo Domínguez, sin segundo apellido ni mayor tratamiento, y está apuntado en la sección de a pie (que también la hay de a caballo) de la COPACREMA, que no es un helado, sino la Confederación Patriótica del Cantón Revolucionario de la Mancha de Albacete, alternativa de poder que no sacó ni un concejal, evidencia de la que no es culpable porque la intención era buena.

—¡O no!

—Sí, señor, ¡la mar de buena! ¿A quién se le ocurriría pensar lo contrario?

—¡Ah!

Mi amigo el Basileo tiene la nariz como una berenjena, tampoco de óptima calidad, la boca en cárcava de color gris marengo y el mirar un sí es no es revirado y bisojo. El técnico en lanzamientos de candidatos le dijo que debía cambiar la imagen, pero el Basileo, ¡qué más quisiera!, no acertó a hacerlo con soltura.

—A mí me parece que así como se presenta y aparece, vamos, quiero decir que con esa cara que Dios le dio, ¡ya podría haber estado un poco más generoso!, no va usted a vender una escoba.

—Sí, eso me temo. Pero, ¿qué quiere que le haga?

—Nada; de momento, vaya usted ahorrando porque estos caprichos, a veces, salen más bien caros y se queda uno empeñado hasta las orejas.

—¡Ya, ya! ¡Dígamelo usted a mí, que ya no me fían ni en el economato!

La felicitación de pascuas del Basileo traía una palomita pintada y un letrero en el que, escrito con fina caligrafía inglesa, se leía el siguiente letrero: «Felices Pascuas. Vota a Basileo. La COPACREMA te ofrece una administración austera. ¡Viva Basileolandia, la nacionalidad hasta ahora oprimida!»

—Oiga, usted. ¿No le parece atisbar en esa felicitación ciertas connotaciones imperialistas y un manifiesto culto a la personalidad?

—¡Anda, pues no había caído! ¡Déjeme pensarlo un poco!

(Pausa, durante la cual la palomita de la felicitación del Basileo se cisca en la alfombra de las Alpujarras, artesanía pura.)

—Pues, sí... ¡Puede que tenga usted razón! Claro... ¡tantos años de desentrenamiento e hibernación dictatorial!

—¡Usted lo ha dicho! Con el desentrenamiento, se va la democracia a tomar viento.

—Exacto. Y además, muy bien rimado.

—Gracias, gracias. Y con la hibernación, se pone la democracia a capón.

—Eso queda ya un poco forzado.

—Quizá; pero eso ya no es culpa mía. Yo no soy el creador de las huidizas normas de la métrica española.

—¡Jo, qué tío! ¿A ver? ¿Quiere usted repetirlo?

—Con sumo gusto y fina voluntad. ¿El principio también?

—No, no hace falta.

—Bien: yo no soy el inventor de las huidizas normas de la métrica española.

—Me parece que no le salió a usted exactamente igual.

—Bueno; pero bastante parecido, sí. ¡No me lo niegue!

—No. ¡Dios me libre!

Mi amigo el Basileo tiene una confitería por lo modesto y húmedo en la que el género cría moho y deja mucho que desear.

—Ésas son maniobreras artimañas de mis enemigos, que ya no saben lo que inventar para desacreditarme.

—Sí; en cierto modo no le falta a usted razón, pero el año pasado se le murieron siete parroquianos por ingestión de crema pútrida.

—¡No diga usted eso, don Camilo! ¡Sea usted más misericordioso!

—Perdone, Basileo, no se lo dije con mala intención. ¿Me acepta usted un refresco de zarzaparrilla?

—¿Doble?

—Bueno, doble.

RECUERDO DEL ARCIPRESTE DE TALAVERA

Alfonso Martínez de Toledo, rodando la primera mitad del siglo XV, escribió un libro sin nombre que es una de las más señeras y cachondas luminarias de nuestra literatura. Al libro, aunque su autor no le dio título alguno, hay quien le llama Arcipreste de Talavera, en expresión de la dignidad eclesiástica de quien lo escribió, y hay quien le dice *El Corvacho o reprobación del amor mundano*, que es epígrafe muy ejemplarizador y temeroso, muy de asustar con el inclemente fuego del infierno a quienes no se porten bien y con el debido recato. Ahora me ha vuelto al ánimo la ilustre memoria del arcipreste, hombre zullenco y de inclinaciones carminativas, al enterarme de la disparatada nueva de que la Compañía Telefónica abrió expediente a una empleada porque se fue de copas, esto es, se descosió a destiempo y sin permiso de la celadora.

—¡A qué extremos pedorros puede llegar a conducirnos la democracia! —exclamó doña Ruperta de la Izaga y Fernández-Merino restregándose la pitañosa mirada—. ¿A dónde iremos a parar, Santo Dios de los Ejércitos?

El noble arte del borborigmo melódico o polifonía tripera tiene sus pautadas y convenidas normas, de las que no conviene apartarse so pena de que le apliquen a uno —o a una, como en este caso— el siempre embarazador reglamento. El conde de Romanones, que fue uno de los últimos y más grandes políticos que produjo el país, preconizaba el favor para el amigo y, para el enemigo, la aplicación del reglamento, terapéutica con la que ya iba listo y bien apañado.

A uno, en su ingenuidad, le sobrecogen las numerosas pifias gratuitas que se producen, un día tras otro, en España y entre nosotros los españoles. El glorioso e insólito suceso de la villa de Archidona, cuyo recuerdo ni se hubiera producido y cuya onda expansiva jamás hubiera traspasado la linde del término municipal, cobró entidad y fuerza porque un guardia se sintió brazo armado de la patria y defensor de las instituciones y las buenas costumbres; porque el alcalde no lo mandó callar y amansarse; porque el juez admitió la denuncia de un acto tan venial y habitual como pintoresco, y porque la audiencia se pronunció de modo solemne y carcajeante poniéndole un surrealista broche de oropel al acontecimiento. En Cáceres pasó algo parecido con la *Maja desnuda* de Goya y otro guardia urbano (fauna, a lo que se ve, meticona y peligrosa) que, en su megalomanía, se supuso inquisidor general y Catón de los tradicionales usos patrios. En España, quizá para no enfrentarse con los grandes problemas y tener distraída a la afición, no pocos funcionarios pierden el tiempo y gastan sus energías en la minúscula anécdota que brota de dos manantiales en los que no se suele saber saciar la sed: el buen orden de las costumbres, en la versión doméstica de cada cual, y el afán de mando, en el desbocado orgullo de cada quisque. A mí me parece que ése es el mal camino todo él erizado de púas y zancadillas.

La historia de la ventosidad española contemporánea está jalonada de sucesos insólitos producidos por la estulticia de la autoridad, que no por las desgracias causadas por los ciudadanos propensos al traque y cultivadores de su diapasón. En Asturias —recuérdese— un mozo fue multado porque distendió el esfínter delante del señor alcalde, ¡qué atentado a la autoridad!, y en Navarra —recuérdese también— otro zagal fue encerrado porque probó a hacer lo mismo un 18 de julio.

En los minúsculos recovecos de la política —y el «ars ventositatum» puede tener muy inmediatas connotaciones políticas— suele ser más saludable echar balones fuera que tirar de Aranzadi y agobiarle a uno con legislaciones y jurisprudencias, casi siempre contingentes y siempre confundidoras, opinables y mudadizas. Don Francisco de Quevedo y Villegas, cuya lectura jamás me cansaré de recomendar a los españoles de cualquiera de los tres sexos —masculino, femenino y epiceno—, tiene en sus *Gracias y desgracias* muy sabias instrucciones para el mejor decoro en estos menesteres no siempre bien practicados ni interpretados. A él me remito.

EL USO MATRIMONIAL DEL PRONOMBRE

Es algo que dicta la experiencia —que, para Oscar Wilde, es el nombre que damos a nuestros yerros— y algo también que no hay que ser demasiado sagaz para observarlo: cuando un marido empieza a llamar «ésta», en vez de Lolita, o Pepita, o Marujita, o lo que fuere, a su mujer, ¡mal va la cosa! El supuesto contrario también funciona con holgura y así, cuando una mujer empieza a llamar «éste» en vez de Manolo, o Juanito, o Paco, o lo que fuere, a su marido, ¡mal se presenta el cotarro! El pronombre demostrativo no tiene por qué implicar menosprecio ni, menos aún, desprecio (que ahí late un leve matiz que se le escapa al diccionario), pero lo cierto es que su uso matrimonial no suele ir acompañado del cariño. Peor síntoma todavía es el uso del neutro, y el hecho de que un cónyuge llame «esto» al otro implica muy grave situación o muy incómoda circunstancia.

Está por estudiar la relación que pudiera existir entre el amor y la gramática —y quizá algún día se escriba una tesis doctoral tratando de establecer concomitancias y disparidades—, pero que esa relación existe y no es ni siquiera misteriosa es algo que no admite la menor duda razonable.

Imaginemos algunas frases matrimonialpronominales (todo junto) en boca de uno u otro esposo y referida a su pareja.

Dice, o puede decir, el marido de la mujer:

—Cuando saqué a ésta del pueblo...

(¿Por qué no la dejaste donde estaba?)

—No creo que ésta aprenda a aparcar jamás.

(¿Por qué no le enseñas?)

—Ni yo ni nadie tiene la culpa de que ésta sea una cursi propensa a criar arrobas.

(¿Por qué no miraste para tu suegra, antes de llevártela?)

Dice, o puede decir, la mujer del marido:

—Como no se ande con cuidado, a éste se le van a enganchar los cuernos en los balcones de los segundos pisos.

(¡Tú sabrás!)

—A éste lo único que le gusta es dar coba al jefe de negociado.

(Quizá busque que no le zurren más de la cuenta.)

—Cuando a éste lo operamos de almorranas...

(No debes suponer que lo único que se propuso fue dar la lata.)

Dicen, o pueden decir, el uno del otro:

—Esto es un montón de carne que ya no tiene ni forma humana.

(Piensa que quizá lo lamente más que tú.)

—Cuando me casé con esto no sabía el traspiés que iba a dar. ¡Ahora ya es tarde para volverme atrás!

(Quizá algún día pueda consolarte el divorcio o la viudedad.)

—A esto lo que más le gusta es dormir a pierna suelta y sudar como un borrego.

(Déjalo dormir tranquilo y abre un poco la ventana.)

Se me antoja evidente que las nueve oraciones que quedaron dichas difícilmente hubieran podido espigarse de las páginas de una novelita de amor. Si en vez del pronombre se hubiera usado el nombre propio del aludido, la cosa no hubiese quedado óptima —es cierto—, pero sí, al menos, un poco más clemente y habitable. En la conversación entre hombre y mujer, en cualquier caso y omisión hecha de sus circunstancias civiles, todas las precauciones que se tomen serán siempre escasas ya que, al menor descuido, se desbarra y se dice incluso lo que se prefería callar y hubiera sido más prudente mantener en silencio. En todo caso, el uso matrimonial del pronombre no es práctica preconizable. Lo dice la experiencia —repito—, aquello que, en el sentir de Paul Auguez, no es más cosa que la suma de nuestros desengaños.

Durante algún tiempo supuse que el uso del pronombre, en el caso de que ahora venimos hablando, no era más que mala educación y escaso respeto a las normas de urbanidad, pero después descubrí que las cosas no eran tal como las pensaba ya que, sobre esa actitud, inciden dos términos condicionantes muy amargos: el odio y el hastío, que es aún peor.

LAS VENTAS POR CORREO

El correo es una caja sin fondo de sorpresas y despropósitos entre los que, a veces, asoma la tímida carta de algún amigo. Sobre mi mesa de escribir —¿cuándo tendré una hora para desbrozar la maraña de mi mesa de escribir?— duermen algunos prospectos con las ofertas más variadas y tentadoras; si tuviera tiempo, dinero y espacio suficientes compraría todo lo que se me ofrece porque mi verdadera vocación, probablemente, es la de baratillero de pueblo o de gorgotero del camino. Mis cofrades y amigos Julio Vacas, alias Portillo, y Estanislao de Kostka Rodríguez y Rodríguez, alias Mierda, q.e.p.d. ambos, chamarillero de Brihuega, el uno, y zarracatín a cielo abierto, el otro, de quienes hablo en mi *Viaje a la Alcarria*, muy bien pudieran ser el espejo de dos alindes en el que mirarme.

He aquí las nueve proposiciones —entre nueve veces otras tantas— a las que, con no poco dolor, tengo que renunciar.

1. Loción capilar que hace crecer en días la barba y el bigote. ¿Quiénes serán sus clientes, me pregunto: los mozos barbilampiños, los escribientes o dependientes hipogenitales o, por el camino contrario, los sargentos del cuerpo de carabineros? Los hombres del montón, quiero decir los ciudadanos corrientes y molientes, bastante tenemos con afeitarnos por la mañana.

2. Cabeza de Cristo, que «parece labrada en alabastro cremoso, con los rasgos reverentemente modelados, que por la noche desprende una radiante confianza». ¿Se podrá dormir? ¿No le remorderá a uno la conciencia ante tan excepcional testigo de vista? Quizá deba declarar que su uso no se me antoja adecuado para nerviosos ni piadosos.

3. Barniz dentífrico que se da con pincel y que incluso puede blanquear los dientes de oro. ¿No convendría lavar en vez de tapar? Consulte con su dentista porque, al

menor descuido, las cosas salen al revés de como se piensan. Recuérdese que debajo de una mala capa puede esconderse un buen bebedor.

4. Superalimento para engordar diez kilos y redondear el rostro. ¡Y uno, que tiene que privarse de tantas cosas para no echar más barriga de la mucha que ya tiene! ¡En este mundo traidor, nada es verdad ni mentira, todo es según el grosor que presenta la barriga!

5. Método para aprender a tocar la guitarra en diez días. Hace años busqué un profesor de acordeón y no lo encontré; tan sólo pretendió la plaza un chino que olía a anís y que tenía muy escaso repertorio: dos javas y el tango *Ya no canta Chingolo*.

6. La herradura dorada para conseguir salud excelente, amor ilimitado y felicidad suprema. De ella hay dos versiones —colgante y llavero— y vale noventa y nueve duros que, a cambio de lo que ofrece, es tirado.

7. El burrito pitillera, importado directamente de Hong-Kong. Usted le aprieta las orejas y el burrito levanta la cola y defeca un cigarrillo que ofrece a su atónito invitado. ¡Gran éxito de risa! Es de mucho efecto con las señoras que presumen de estrechas.

8. Graciosas cajitas fabricadas en alegres colores para que cada cual guarde su dentadura postiza manteniéndola limpia, segura e identificada. ¡No más enojosas confusiones! ¡No más voces destempladas que alteran la paz del hogar! (¡Devuélveme mis incisivos! ¡Toma tus caninos! ¿De quién son estos molares?, etc.)

9. Calcomanías para tapar las varices que acumula la sangre en las venas y las cabrillas que nos brinda el brasero a cambio de su calor. Tienen diversas figuras: Popeye, el Pato Donald, las pastorcitas a quienes se apareció la Virgen de Fátima, etc.

Y 10. Indelebles signos del zodiaco para el W.C. ¡Un recuerdo del amante en la loza sanitaria!

Realmente, con la cantidad de cosas que uno pudiera comprar por correo, es una lástima andar todo el tiempo como un zarandillo y con la lengua fuera, ser pobre y no tener sitio bastante. En fin, ¡paciencia!

LEYENDO EL PERIÓDICO

Siempre he leído muchos periódicos, y a cualquiera que conozca medianamente mi obra literaria no le resultará difícil rastrear la huella de esta afición que digo. Entiendo que la lectura de los periódicos es aleccionadora y emocionante, turbadora a veces y casi siempre apasionante y acuciadora de los instintos, los sentidos y las tres potencias del alma: la memoria para recordar la bonanza y la calamidad, el entendimiento para saber de qué va la cosa y la voluntad que nos mantiene alertas contra el hastío y la holganza.

Es por la mañana temprano, he desayunado ya —como cristiano viejo que soy— mis sopas de ajo y mi copita de aguardiente de orujo, he salido a saludar a los perros al jardín y he recogido el periódico en su garita de la verja. Hoy no viene ni más divertido ni más aburrido que ayer o anteayer, pero tampoco tiene desperdicio; la verdad es que en el mundo pasan a diario bastantes cosas, no hay sino que prestar un poco de oído al parche y no dejarlas huir como conejos espantados.

Un marido ofendido apuñala en medio de la calle y rodeado de mirones a su mujer sexagenaria y casquivana y la manda para el otro mundo. Descanse en paz.

A un marido inexperto se le dispara un arma sin pedir permiso y mata a su esposa que, sin comerlo ni beberlo, sale en el peor sitio del periódico. Descanse en paz.

Un indonesio llega a su casa, encuentra una colilla, la relaciona con los cuernos, pincha a su cónyuge —que no muere, ¡menos mal!— y se autocapa. Descansen en paz sus partes pudendas. ¡Los hay maniáticos!

A un avión militar norteamericano de los que sobran en España, ¿cuándo se los llevan para su país?, se le escapa una bomba que cae —aunque por fortuna no estalla— sobre el campamento de La Sotonera, en Huesca, pegándoles en susto de pronóstico a los turistas. (De pasada aclaro que la gente y los funcionarios que se ocupan del turismo llaman «camping», porque suponen que hace más fino —y lo que hace, de verdad, es más cursi—, a lo que en español le dicen campamento. Contra la vocación de colonizados es muy difícil luchar.)

Un mozo ya maduro quiere violar a una moza en las tapias del cementerio, que tampoco es mal sitio; la lleva en su coche; la amenaza con un revólver; ella finge que accede, le descarga el arma y se tira del vehículo en marcha; empieza a pedir auxilio a gritos; llega la policía; detiene al frustrado violador; no encuentran el revólver y se lo llevan, en su propio automóvil que, al poco rato, empieza a arder. El incendio fue causado por el arma que, envuelta en una bolsa de plástico, estaba oculta en los colectores de escape; quizá no eligió bien el escondite. Los violadores, como los jugadores de ajedrez, deben tener previstas todas las posibilidades y variantes.

Otros dos mozos, éstos quizá menos cachondos pero sin duda más sibaritas y peleones, rompen un bar porque se les había acabado la centolla y causan destrozos por valor de un millón de pesetas. Tengo la sensación de que en su vida —que deseo tan larga como próspera— jamás van a pagar más cara la centolla.

El gurú Maharaji, echando bendiciones a sus fieles en la Costa del Sol, recauda doscientos millones de pesetas líquidas, esto es, una vez deducidos los gastos generales y los causados por la puesta en escena. Una provincia más allá, a Clemente Domínguez, el Papa del Palmar de Troya, tampoco parece ser que la van mal las finanzas; se conoce que la latitud andaluza es proclive a la saneada rentabilidad del milagro.

Sí; la historia sin perspectiva y, en consecuencia, más a lo vivo y sin manipular, se escribe a diario en los periódicos. No hay sino que estar un poco atentos.

EL TRATO DE LOS DOS RUPERTOS

Un galán en apuros económicos vendió la novia a un vecino en apuros amorosos; lo que no consta es la suerte de pasmarote gilí de donde procedía y en la que militaba la novia que se dejó vender, aunque la verdad sea que tampoco esto importa demasiado. El vender la novia no está ni bien ni mal, o al menos ahora no vamos a entrar en estas minucias; lo difícil —y lo que sí puede estar frío o caliente— es encontrar una novia que se deje vender como si fuera una mesilla de noche de segunda mano, un pollo tomatero o una libra de pasas de Corinto. Ahora las mujeres tienen muchas reivindicaciones y pretensiones y no suelen adoptar mansas actitudes cuando se les quiere vender; a algunas mulas —perdonada sea la comparanza— les pasa lo mismo y tiran coces cuando tienen que cambiar de dueño. La mujer occidental debiera tomar ejemplo de la mujer islámica al serio gusto (es un decir) del ayatollah Jomeini —que tampoco el congrio es mal ave—, ya que ésta es hembra que ni se lava, ni se destapa, ni protesta y yo creo que ni muge. Salvo para el sentido del olfato, ¡así da gusto! ¡Qué sosiego de semoviente!

La Guardia Civil, en sus manías y reglamentos, se enteró del tejemaneje que se gastaban el que vendía y el que compraba —que se conoce que tampoco eran discretos— y enchironó a los dos.

—¡Qué horror! ¡Qué falta de garantías constitucionales! ¿Y sin estar presente el abogado de cada uno de ambos presuntos reos, quiero decir, de cada una de ambas partes?

—Sí, señor, sin estar delante nadie más que dos o tres mirones que pasaban por la calle. Para mí que lo hicieron un poco a la antigua, esto es, con una patada en el culo. Lo que no me parece es que se hayan equivocado de modo alarmante para el buen concierto de los derechos humanos.

—¡Qué horror! ¿Se imagina usted a dónde puede conducirnos ese desprecio del derecho procesal?

—¿Usted qué cree?

El mozo que vendió a la novia jugaba muy bien al bingo.

—Oiga, usted, que el bingo no se juega ni bien ni mal; en el bingo manda la suerte y no el talento.

—¡Usted se calla!

—Dispense.

El hombre que vendió a la novia jugaba muy bien al bingo y era partidario del Recreativo de Huelva; también tenía verrugas, sabía poner inyecciones intramusculares e incluso intravenosas, arreglar los enchufes de la luz que daban chispa e imitar a Raphael.

—¡Qué completo! ¿Verdad, usted?

—¡Ya lo creo! ¡La mar de completo!

—¿Y llegó a salir en la televisión, en ese programa donde unos bizquean y otros rebuznan?

—No, todavía no; bueno, por ahora no lo han llamado.

El otro, o séase el comprador, a lo que jugaba bien era al parchís.

—¡Pues tampoco crea que hace falta ser Edison para jugar al parchís!

—Mire, usted: ya me está hartando con tantas correcciones. ¡A ver si no va a poder decir uno lo que le salga del colodrillo!

—¿De dónde?

—Del colodrillo, o sea la parte posterior de la cabeza. ¿Qué creía usted que significaba?

—No sabría decirle...: quizá algo más íntimo y recoleto...

—¿Como el sobaco?

—Pues, sí..., una cosa así.

—¡Qué repugnante ignorancia!

El vendedor de la novia se llamaba Ruperto y el comprador, también.

—¡Qué casualidad! ¿Verdad, usted?

—¡Y tanto, amigo mío, y tanto! ¡Está el viejo muriendo y está aprendiendo!

—¡Ya, ya...!

—Y donde menos se piensa, salta la liebre.

—Pues también es cierto, ¡diga usted que sí! Lo que no me parece es que pegue...

—En eso tiene usted razón, no se lo niego; pegar, lo que se dice pegar, la verdad es que no pega: ni poco ni mucho.

—Bueno, pero si lo reconoce...

—Eso sí: reconocido queda. Lo cortés no quita lo valiente.

—¡Claro!

Ruperto vendió a su novia, la Marujita Marrasquino, por seis mil pesetas, un motociclo casi nuevo y una Pepsicola diaria durante un mes, incluidos domingos y fiestas de guardar.

—A mí me parece un poco excesivo porque, bien mirado, la Marujita es más bien un feto.

—No crea, ahora está todo por las nubes...

CARTA A DOÑA FESOLINA SOBRE LA FIDELIDAD

Mi distinguida amiga y benefactora doña Fesolina de Fidel y de Fidel II:

Contra lo que usted piensa o finge que piensa poniendo cara de estar pensando (a veces yerra y se le pone faz de estreñimiento, que es muy parecida), nadie ha dicho, al menos por ahora, que la fidelidad conyugal sea una forma de cultura ni de contracultura; no van por ahí las cosas y el jergón, contra lo que suponen los emitas, tiene menos influencia de la que se le atribuye en el devenir de las artes, las ciencias, el comercio, la industria y la navegación. Siento defraudarla, pero las cosas son como son y Dios las hizo y no como quisiéramos que fuesen y Dios hiciera o hubiera hecho. ¡Mala suerte, hermana, y paciencia para seguir aguantando marea!

Napoleón Bonaparte distinguía entre la fidelidad de los perros, que se brinda a la persona, y la fidelidad de los gatos, que apunta a la casa. En la fidelidad conyugal también convendría precisar determinados matices, ya que no es lo mismo que venga motivada por el cónyuge que por el mobiliario. El primer supuesto es el ortodoxo, al paso que el segundo suele ser el consuetudinario.

—¡Sí! ¡Que voy a dejar yo mi butaca con lo cómoda que es, sobre todo sabiendo hacia dónde se le tuercen los muelles!

La fidelidad conyugal, mi dilecta y siempre respetada patrona, suele ser más felina que canina, quiero decir más gatuna que perruna, porque las casas, quizá por su mutismo y su permanencia, suelen hartar menos que las personas, siempre más efímeras, mudadizas y latosas.

—Sí, eso sí; sobre todo cuando empiezan a tener achaques, ¿verdad usted?, y a padecer del hígado y otros interiores.

Para el filósofo Jorge Santayana, yanqui de Ávila, la cultura está entre los cuernos de un dilema: si es profunda y noble, queda reducida tan sólo a algunos hombres; si quiere hacerse popular, se convierte en mezquina. La fidelidad, procediendo al margen de la cultura, también se mece entre cuernos, aunque no sean los mismos, porque siempre es o inercia habitual o títere esotérico, actitudes ambas que surgen donde les da la gana y siempre sin previo aviso.

Mire usted, doña Fesolina: en la guerra de Troya se armó la que se armó —¡y se armó una de pronóstico!— porque nadie supo tener paciencia y todos se pusieron nerviosos al tiempo que cachondos, lo cual es mala mezcla. Usted de joven, doña Fesolina, fue un pendón muy conseguido, según lenguas y tradiciones, que lo mismo se daba al pelo de Fidel que a la pluma de Fidel II. Yo no se lo afeo, ¡líbreme Dios!, pero sí se lo recuerdo porque ahora, desde que se ha empeñado en sumar méritos para la más rápida salvación de su alma, se ha puesto usted pesadísima. El mantenimiento de la virtud, doña Fesolina, es más meritorio cuando el mundo es propicio, el demonio tienta y la carne no se ha convertido todavía en fláccida badana. Cuando la tentación no hay que resistirla porque ni se presenta, la virtud no tiene mayor mérito.

Usted a mí, doña Fesolina de mis entretelas, me sigue gustando más que el pan frito, pero de mi actitud amorosa no debe obtenerse consecuencia alguna, porque en este terreno uno fue siempre de boca dura y pasó (o está pasando todavía) por este bajo mundo con la doble idea de que nunca falta un roto para un descosido y que en peores garitas hizo uno guardia y, pese a todo, aquí está.

Ahora, cuando la enterremos, doña Fesolina, y no creo que falte ya mucho, porque se le ve en la cara que está usted ahorrando para el nicho, mandaré decirle siete misas, una por cada uno de los siete pecados capitales, y disparar siete cohetes, uno por cada uno de los copiosos sacrificios que el marqués de Bradomín brindó a la Niña Chole. Debo advertirle, doña Fesolina, que no me da la más mínima vergüenza ser sentimental y pecador, modestamente pecador.

RAZÓN DE AMOR

Ama y haz lo que quieras —nos dice San Agustín—: por ejemplo, dimitir de alcalde, el amante soltero, y dimitir de teniente de alcalde, la amante casada y separada del marido, que el amor ignora los estados civiles. En España todavía quedan gentes honestas y sinceras, capaces de jugarse todo por amor y de plantar cara al mundo y a sus convencionales y domésticas cortapisas, todas empeñadas en negar el amor, esa evidencia que nos mantiene sobre dos pies y nos justifica ante la insólita mansedumbre de resignada ave de corral del vecindario. A ella y a él (sus nombres poco importan) vaya, si leen estas breves y sinceras palabras, mi simpatía mejor y mi respeto. Si el amor mueve al sol y a las demás estrellas, según el verso del Dante, ¿por qué no ha de mover también los corazones de los últimos héroes y heroínas que nos van quedando, como espigas lozanas, en el yermo erial del sentimiento?

Ella y él, después de darnos a todos una lección y una razón de amor —¡ay, la razón de amor de mi paisano Juan Rodríguez, el poeta paje de Juan II de Castilla!— se aprestan a encararse con el amor y a seguir amándose durante el tiempo que el amor dure —que tampoco es prudente pedir la eternidad— porque parecen haber recordado a tiempo las hermosas palabras de San Bernardo cuando nos dice que la causa de amar es amar, el fruto de amar es amar, y el fin de amar es amar, y nos redondea su pensamiento con una bella moraleja que es casi un axioma: amo porque amo y amo para amar.

—¡Hoy pinta en citas, maestro! ¡Jo, cuánta sabiduría!

—Dispense, hermano: yo no tengo la culpa de que los poetas y los santos hayan amado con tanto entusiasmo. Y le advierto —vuelva a dispensarme— que a lo mejor no terminé todavía de citar al prójimo amoroso.

El ex alcalde y la ex tenienta de alcalde en trance de amor saben, como Novalis, que el objeto amado es el eje y el centro del paraíso, y cuando lleguen a viejos, circunstancia para la que todavía les faltan muchos años, recordarán el poético pensar de Omar Khayyam, el persa que tanto sabía de estrellas: Dices que cada nueva mañana nos trae mil rosas fragantes; es cierto, pero ¿recuerdas dónde están los pétalos de la rosa de ayer? El amor deshoja margaritas, sí, pero se columpia en la más alta rosa del rosal. ¡Qué ilusión, confundir el sentimiento con una rosa!

Ante la violencia desatada y frente al crimen gratuito y la crueldad sin objeto del hombre y la mujer deshabitados, reconforta contemplar el noble gesto del hombre y de la mujer aún capaces de renunciar a todo menos al amor y sus triunfos. La criatura humana es bestezuela que ha renunciado ya a demasiadas cosas y pienso que debe atesorar lo que le queda con heroica avaricia. El amor siempre cruza ante nosotros alguna vez, aunque no diga cuántas ni cuáles son, y al amor que se adivina debemos agarrarnos como a un clavo ardiendo antes de que se nos escape como una estrella fugaz y caprichosa. Ésa, al menos, es la buena teoría que nos reconforta y nos da fuerzas para no hartarnos demasiado de escuchar el latido de un corazón golpeando en el amargo parche de la nada.

Sí, el amor vivifica y nutre al mismo amor y gira, a veces a bandazos violentos, alrededor de su propio eje, que es el ánima del amor y no de ninguna otra cosa. Raimundo Lulio pensaba que el amor esclaviza al libre, aunque —ignoro si para jugar a la paradoja o a la buena ventura— también liberta al esclavo.

Levanto mi copa por el hombre y la mujer que, desde Besalú, supieron romper las esclavitudes de los demás para ceñir su propia y duramente defendida esclavitud amorosa. ¡Vivan los novios!

LAS ACTITUDES CONTROLADAS

En cualquier lugar público, poco importa si es su oficina, en los toros o en un restorán, alguien me resulta simpático o antipático, alguien me cae en gracia —que es lo prudente y saludable— o me cae gordo —que es todo lo contrario—, pero yo no puedo ni debo dejarlo traslucir. El ser algo conocido es circunstancia que condiciona la conducta y encorseta la espontaneidad y la voluntad, y esto que dejo dicho no es ni bueno ni malo, sino que, simplemente, es así y no de ningún otro modo; en esto hay que tener paciencia y de nada vale ni no resignarse ni protestar.

La popularidad es grata e ingrata, tanto al mismo tiempo como en estadios sucesivos, y tan malo, aunque por causas diferentes, es gozarla y sufrirla como añorarla o no tenerla ni haberla tenido nunca. Lo único cierto es que jamás llueve a gusto de todos.

Ante el coleccionista de autógrafos o fotografías, el lector que confiesa serlo y se acuerda de los libros propios mejor que uno mismo y el viejo y lejano compañero de los años mozos de quien no se guarda memoria ni del nombre, no cabe sino adoptar un sumiso gesto de simpatía y ensayar el buen funcionamiento de lo que llamo, para mejor entendernos, las actitudes controladas. A veces, la insensatez del prójimo alcanza lindes insospechadas, pero uno, mal que le pese, no conoce de ninguna otra salida que no sea la de tener paciencia y barajar.

En cierta ocasión se me acercó un señor en un café.

—¿Cómo está usted, don Camilo? ¿No se acuerda usted de mí?

Tras unos instantes de cortés silencio, le contesté:

—Pues no en este momento..., usted perdone.

El señor me dedicó su mejor sonrisa de tolerancia.

—¡Es imperdonable! ¿Se acuerda usted de que hace veintisiete años pronunció una conferencia en Albacete?

—Sí, sí..., algo recuerdo.

—Bueno, pues yo estaba allí y me honré en aplaudirle.

—Muchas gracias.

—Sí, muchas gracias, muchas gracias..., pero usted ni se acordaba.

—Dispense...

Quienes tenemos un oficio público y lo practicamos con mejor o peor fortuna, pero a diario, estamos en condiciones de inferioridad ante los espectadores que, adictos o adversos, son inevitablemente más numerosos y, con frecuencia, poco piadosos y demasiado exigentes.

Cuando alguien se me acerca y me reconoce yo se lo agradezco, pero cuando se me acerca y me confunde —cosa que a veces pasa—, yo se lo agradezco aún más todavía.

—¿Qué tal, don Ginés?

—Bien, gracias. Yo estoy como una rosa, pero no soy don Ginés.

En este momento el interlocutor puede adoptar dos actitudes: una, la de decir «Usted perdone» y seguir su marcha, y otra, nada infrecuente, la de exclamar:

—Usted, don Ginés, ¡tan cachondo como siempre y con ganas de broma! Todavía me acuerdo de que hace ya diez años, sobre poco más o menos, fue en el entierro de don Braulio, el que le puso una peluquería de señoras a la Paulita, me dijo usted lo mismo.

—¡Vaya por Dios! ¿Hace una cervecita?

—Con mucho gusto, don Ginés. No..., si ya lo decía mi padre, que en paz descanse: genio y figura, hasta la sepultura. ¡Qué tío más cachondo es usted, don Ginés!

—Eso ya me lo ha dicho antes.

—Bueno, no importa; ahora se lo repito y tampoco me equivoco.

Cuando el señor se bebió su cerveza y, a fuerza de hablar los dos de amigos y trances no comunes, empezó a dudar de que yo fuese don Ginés, a mí me entró una gran tristeza.

—Mire usted, le voy a hacer un ruego: aunque yo no sea don Ginés, usted sígame llamando don Ginés. ¿Qué trabajo le cuesta? El ser caritativo y misericordioso también tiene su premio, aunque sea en el otro mundo.

MI TÍO DON MATÍAS REBECO

Mi tío don Matías Rebeco, que tenía un molino de achicoria y una fábrica de ataúdes en Lalín, no era retrasado mental pero sí retrasado sentimental —que no es lo mismo aunque quizá pudiera serlo ya que lo más probable es que tenga cierta relación—, porque a los setenta y cinco años cumplidos aún seguía dirigiendo endechas y serventesios y otras licencias y necedades a las vecinas.

—Don Matías, ¿cuándo se quita usted de hacer el canelo?

—Cuando Cupido me atore las aurículas y los ventrículos del rijo, mozalbete, que no antes.

—¡Vaya por Dios!

A mi tío don Matías, cuya existencia fue siempre muy azarosa y alveolar...

(—¿Alveolar?

—Sí; usted ponga alveolar, a ver si cuela.)

... a mi tío don Matías, le iba diciendo, que vivió siempre peligrosamente, como quería Nietzsche, los moros lo operaron de fimosis, en el Barranco del Lobo, de un bayonetazo al biés.

—¿Qué dice?

—Lo que oye. ¡A poco más lo desgracian! Los sabios, que estudiaron el caso con sumo detenimiento, dictaminaron que la bayoneta moruna debía estar imantada y ser de propiedades contagiosas, ya que transmitió sus virtudes al exento glande de mi tío Rebeco.

—¿Y en qué se le notaba?

—En su conducta, ya que actuaba a guisa de electroimán.

—¿El glande?

—¡Claro que el glande! ¿Qué quería usted que fuese: el sentimiento? ¿Usted cree que yo confundo el glande con el prepucio, al igual que el afamado novelista cubano Lezama Lima?... Procedía a guisa de electroimán, le puntualizaba con mayor interés del que usted se merece, y dejaba a las señoras cautivas y rendiditas a sus pies e incluso zancadilleadas, o sea autozancadilleadas, por sus propios indecentes y lujuriosos ligueros.

—¡Qué horror! ¿Verdad, usted?

—¿Cómo, qué horror? ¡Qué delicia, diría yo parafraseando al rey Bayaceto!

—¿El de las paperas?

—No, el otro: el de los chascarrillos.

—Bueno.

Mi tío don Matías Rebeco se vino a pasar una temporada conmigo en Palma de Mallorca, pero tuve que devolverlo al lugar de origen porque su conducta dejaba mucho que desear.

—¿Se portó mal?

—Eso es poco; yo creo que no pudo haberse portado peor. ¡Con decirle que, a instancias del párroco, se vio precisada a intervenir la guardia civil!

—¿Pero qué hizo?

—Nada, porque pudimos enlazarlo a tiempo; pero se había subido al terrado con una carabina porque quería cazar a una alemana del vecindario.

—¿Y la alemana?

—La alemana no decía ni mu; ésa se dejaba cazar sin carabina (y además encantada, ¡menuda era!), pero a mi tío Rebeco, tanta facilidad no le cabía en la cabeza.

—¡Qué antiguo! ¿No cree?

—¿No le voy a creer? Mi tío Rebeco es un carcamal; lo que pasa es que, como está delgadito y de buen humor, quiere explicarle lo del glande magnético a las señoras. A la alemana se lo explicaba por señas y tan a lo vivo que el señor párroco lo interpretó mal y entonces fue cuando dio parte a la guardia civil.

—¡Qué susceptible!

—Pues sí... ¡Ya sabe usted cómo son algunos curas en lo tocante al sexto mandamiento!

—¡Ya, ya!

Mi tío Rebeco, cuando lo facturamos para la Península, se cabreó como un gato y, entre maullido y maullido, todos rabiosos, no acertaba a articular palabra. Después, cuando se tranquilizó un poco, me dijo entre cabizbajo y tristón:

—Miguel de Cervantes, en *La Numancia*, nos dejó dicho que cada cual se fabrica su destino...

—Siga usted, tío Matías...

—Sí, hijo. Y añadió que no tiene aquí fortuna alguna parte... Adiós, sobrino, quédate con tu colección de lepidópteros, que yo me vuelvo a la achicoria y a los ataúdes. Dile a la alemana que ella se lo pierde, pero que le juro por lo más sagrado que yo tengo el glande magnético.

EL INSTINTO EN LIBERTAD

La naturaleza humana, cuando llega el estío y el sol se desmelena y los pajaritos cantan y las nubes se levantan y el calor zurra y nos derrite las arrobas, propende al despelote —la naturaleza humana, se iba diciendo—, fenómeno socioeconómico y aún criptopolítico que es como una inercia dinámica y hasta quizá ética y estética que no hay quien la detenga. Los moralistas históricos —Joubert, San Anselmo, De Boland, San Ambrosio, Montesquieu, Balmes, Aparisi Guijarro, mi tía Obdulia...— llevan todas las de perder en este resbaladizo y tenuemente cachondillo terreno porque la tendencia a mostrar los crudos cueros al prójimo para que el prójimo juzgue por sí mismo y no por líricas referencias, tiene una pujanza que desborda todas las previsiones.

—¡Que viene una señora en cueros! ¡Sálvese el que pueda!

—¡Sálvese usted, tío lila, que yo me quedo a verla pasar pidiendo pelea y pisando como una reina! ¡Vivan las mujeres poderosas y que no temen a la murmuración!

—¡Allá usted con su conciencia y con su integridad!

—Descuide.

Una juvenil pareja de macho y hembra de la especie humana (digamos, por decir algo, que se llamaban Pepito y Carmencita) probaron a exhibirse en porreta en la playa de Gijón, que no es ni de las más cálidas ni de las más propensas a desnudeces y otros dispendios de la vista y el tacto. Los bañistas normales, quiere decirse los de la burguesía suplicante, el traje de baño incluso con ciertas licencias y la toalla de felpa estampada pusieron el grito en el cielo y, ante los oídos sordos de los mozos, llamaron a los guardias.

—¡Guardias, guardias! ¡Que ahí hay dos enseñándolo todo!

—Pero..., ¿todo, todo?

—Sí, señor; lo que se dice todo sin dejar nada...

—¡Carape! —exclamó el guardia profiriendo la interjección que hace ya más de medio siglo que no pronuncia ningún guardia—. ¡Vayamos presto!

Cuando la pareja de uniforme recriminó su actitud a la pareja en pelota, ésta se sublevó —¡también son ganas!— y rompió a decir ordinarieces y procacidades.

—¡Repórtense, jóvenes!

—¡Que se reporte su padre, tío mandria! ¡Nosotros enseñamos lo que nos da la gana porque es nuestro y no tenemos por qué tapar! ¡La madre naturaleza...!

—¡Su madre!

La conversación íntegra, según el testimonio de los más sosegados y neutrales espectadores, no es fácil de reproducir sin que a uno acaben llamándole la atención.

—¿Tanto se dijeron?

—Sí, señora: parece ser que tanto como usted piensa y aún más.

—¡Qué horror!

Al final, como casi siempre pasa, pudieron los guardias pero, cuando consiguieron meter a Pepito y Carmencita en el coche celular, uno de los guardias tuvo que pasar a la casa de socorro a que lo zurciesen un poco porque la mocita, de un mordisco, le había desgarrado el pecho sin que se le quedaran los dientes en la guerrera.

—¡Qué temperamento! ¿Verdad, usted?

—Sí, señora. ¡Y qué dentadura! El instinto, el impulso en cueros (como Pedrito y Conchita, digo, Pepito y Carmencita), es una fuerza capaz de mover montañas. Ángel Ganivet nos lo dejó bien explicado: Siempre he temido más —nos dice en su *Conquista del Reino de Maya*— al hombre que obra por impulso natural, con los medios que en sí mismo tiene, que al que ejecuta una consigna y se prepara con armas de combate. Los instintos, probablemente, no están contados y son tantos como fueran posibles las actitudes. De otra parte, tampoco me parecería sencillo trazar la frontera entre las inclinaciones, los impulsos, los instintos, los sentimientos y demás posibles suertes gesticulantes, y supongo que son nociones que con frecuencia se confunden y se interfieren. A Carmencita, ¿qué mosca le picó y qué instinto se le desencadenó para morder al guardia? Lo ignoro tanto como no ignoro lo que sabemos todos: que el mordisco también puede ser una suerte erótica.

UN TEMA LIGERAMENTE INDIGNO

En el desierto del Negev y bajo bandera israelí, van a construirse unas bases aéreas a cuyo efecto está prevista la importación de cerca de diez mil trabajadores extranjeros. Ante el temor a que con su juventud, su presumible prestancia y sus altos jornales —y a través del romántico camino de la conquista de las jóvenes indígenas, que tanto puede lubrificar el dinerito contante y sonante de cada sábado— estos obreros lleguen a hacer valer su influencia más de lo conveniente en la vida política del país, un alto funcionario sugirió el prudente arbitrio de requerir los servicios de equis centenares de prostitutas para su mejor solaz y más saludable y deleitoso sosiego.

La medida, aunque al final fue rechazada por el gobierno de Tel-Aviv, hubiera sido de gran sabiduría conservadora. La prostituta, en el sentir de las derechas del mundo entero, salvo España, es la gran defensora del «status» de la mujer burguesa y la mejor herramienta en aras de su adecuada sumisión y mansedumbre. Entre nosotros se piensa lo contrario y es la derecha quien, haciéndose el hara-kiri y tomando los molinos de viento por fantasmales gigantes, persigue a las prostitutas a palos y hasta con hoguera de la Inquisición.

El tema es muy complejo y vidrioso y pienso que la dignidad de la mujer sería el más válido argumento en la lucha contra la prostitución y sus abyectos y humillantes desmanes. Lo malo es que en nuestra latitud suele confundirse el argumento con la herramienta —el dogma de fe con el martillo pilón—, olvidándose de algo tan elemental como el hecho de que los guardias no argumentan sino que sacuden estopa cuando se les ordena. La derecha israelí, como la derecha francesa e inglesa, buscaba en la mujer ajena el burgués escudo tras el que parapetar a la mujer propia y su virtud más idealizada que comprobada. La actitud no es muy digna, debemos reconocerlo, pero quizá sí útil. Si falló el propósito del funcionario israelí fue porque quedaba demasiado al descubierto el chantaje contra la mujer a la que la sociedad —que no ella— prostituye y, a la postre, manipula con tanta frialdad como crueldad.

Distraer la posible y futura influencia política por los vericuetos del sexo es acreditado arbitrio tan viejo como el mismo mundo. Pero ocuparse de la distracción de la muy difusa influencia colectiva de quienes todavía no la tienen pero pueden tenerla, es sutileza que debiera premiarse en lugar de olvidarse.

Los diez mil trabajadores extranjeros del desierto del Negev deben sentirse arropados por la bandera israelí, pero —¡compostura, señores, por favor!— lo que no deben es sacar los pies del plato y aún ni intentarlo siquiera. En casi todas las civilizaciones vale todo o casi todo menos que el forastero aspire a marcar la huella de su paso por vía vaginal indígena, actitud que puede dar lugar a palos e incluso a verdaderas masacres; en el folclore de todo el mundo —y en el de España también, claro es— hay constancia del rito de pagar unas rondas de copas al que ha de someterse el foráneo que aspira a tener amores donde no es su casa.

El funcionario israelí partía de la premisa tan cierta como cínica de que la llegada de las prostitutas, coincidiendo con la llegada de los trabajadores, restaría virulencia a los jornales frescos y recién devengados. Y no erraba al suponer lo que suponía. Su error fue el de pregonarlo a destiempo y en un tono de voz indebido y quizá demasiado chillón. Los derechos administrativo y procesal deben ser musitados, no pregonados, y la lectura de los textos clásicos sobre el arte de engañar al prójimo debe ser muy convencional y circunspecta, puesto que la grandilocuencia es delatora.

BREVE DIVAGACIÓN

Ignoro qué es mejor, si luchar o mirar. Yo me pasé la vida luchando y mirando al mismo tiempo y no podría saber, aunque esforzase mi memoria hasta su límite, cuál de ambas empresas me ocupó más horas y me brindó más emoción o paz. Luchar es deleitoso, sin duda, y apasionante, pero el mirar brinda sosiego al ánimo y tampoco resta emoción a la existencia; el solo mirar, el manso y vago mirar qué es lo que pasa, también puede ser muy emocionante y próvido en sugerencias. Quizá el espectáculo más subreal del que guarde memoria sea el acto del amor entre dos mantis religiosas en el que la hembra, voraz y ritual, devoró al macho y empezó a zampárselo —¡hay gratitudes y homejanes rarísimos!— aún antes de que cumpliera su tributo. El marqués de Bradomín hablaba de sacrificios —léase la *Sonata de estío*—, como adivinando la relación, siempre en clave, entre el amor y la muerte. Cuando lo del yantar nupcial de las mantis religiosas, yo tenía diez u once años. La escena fue a la sombra de la montaña que dicen la Peñota o Tres Picos, en la dehesa del Barón, más allá del caserío de Matalahúga, en la sierra del Guadarrama, entre matojos de romero, de tomillo y de cantueso, y al socaire de los toros bravos de la vacada que por allí pacía; era el decorado del sano Juan Ruiz, el arcipreste, y todavía vagaban por los aires los fantasmas de sus cachondas serranas. El ritmo del doble acto, el lujurioso y el guloso, fue solemne y de mucha cautela y prosopopeya, y la hembra recién amada y preñada y reconfortada seguramente sonreía, cosa que no pude averiguar porque jamás nadie me enseñó la sonrisa de este atravesado insecto. Lo que sí recuerdo es que en aquel trance de mi niñez, me juré recibir a pedradas a la primera niña que se me acercase sonriendo.

—¿Y por qué?

—Por si acaso.

Hay quien se pasa la vida luchando y hay quien espera la muerte mirando. Tan cierto es que al primero podría preguntársele «¿por qué luchas?», como que del segundo podría inquirirse «¿qué miras?» y ninguna de ambas respuestas habría de valernos para nada puesto que casi siempre se lucha y se mira por ni mejor ni peor razón que por luchar y por mirar. Las actitudes del hombre suelen ser gratuitas y no demasiado fundamentadas. Yo recuerdo que, en la guerra, tan fácil era ganar una condecoración como que le fusilasen a uno por salir corriendo en dirección contraria y como un conejo; todo dependía del aura que soplase en cada momento en el aterido desierto del corazón.

Sí; declaro que ignoro qué es mejor para el alma y la conciencia: si luchar como un paladín o mirar como un contribuyente atónito y sorprendido. Es probable que las dos cosas sean buenas, cada una a su tiempo, o que ambas sean malas y nos vacíen y nos dejen yermos como un secarral; cada hombre nace con su estrellita puesta en la frente o en la rabadilla, y lo único cierto es eso que se dice de que a quien Dios se la dé, San Pedro se la bendiga. En la historia ha habido tantos contemplativos gloriosos como hombres de acción cubiertos de laureles; el ejemplario no habría de resultar difícil, aunque sin salirnos del marco de la historia de España. Lo que no sabemos es cuáles, o cuál en cada caso, fueron más felices y contemplaron la dicha desde más cerca. Yo pienso que la respuesta no es fácil puesto que, según síntomas, lo más probable es que sea múltiple y, a lo mejor, tan repetida como los casos que consideremos. Entre San Juan de la Cruz y Vasco Núñez de Balboa, yo me quedo con los dos puesto que los dos son igualmente enriquecedores, cada uno por su difícil sendero. La duda que se me plantea es qué es lo que es mejor para mí y para cualquier otro del montón: si liarme a cintarazos con la vida o tumbarme a dormir la siesta a la sombra del árbol de la vida. Tengo la impresión de que la mayor parte de los hombres se van para el otro mundo sin averiguarlo.

CONVERSACIÓN DE CIRCUNSTANCIAS

Cuando el rosicler de la aurora empezó a teñir la rayita del horizonte de color de tenue malva aterciopelada, don Hugo el petrolero le dijo a don Visentet el pavorde:

—Don Visentet, pijotero prepósito.

—Mándeme siempre, sensual paladín del oro negro.

—A mí me parece que eso, lo de la aurora, ya sabe, es un milagro de la Virgen de la Consolación de Uretra.

—Utrera, don Visentet, Utrera...

—Bueno, déjese de coñas y arbitrios. Lo que yo le digo es que las mujeres búlgaras son muy bellas porque se alimentan de pepinos, que son un signo fálico como el báculo, el dórico y el jónico, y de yogur, que es un símbolo seminal, como el orinal occidental autumnal.

—Oiga.

—Mándeme siempre, rijoso abanderado de la bencina.

—¿A usted lo ha visto el médico?

—No, ¿por qué?

—Por nada. ¿Quiere usted deglutir y aún degustar un sorbete de yuyuba o fruto del azufaito?

—Don Visentet.

—Mándeme siempre, acróbata, numísmata, pedagogo.

—¿A usted no le han partido nunca la boca?

—No, señor; en eso estamos iguales. Ni a usted tampoco.

—¿Y cómo lo sabe?

—Pues ya lo ve: por lo confiado que se presenta.

—¡Claro! ¡Sagaz observación! ¡Ya lo decía el pope Yodidusclowne!

—¿El que en el rito heterodoxo romano le dicen Jodidoclown?

—El mismo. Otra vez mi pregunta: ¿cómo lo sabe?

—Pues ya lo ve: ¡simple deducción agraria!

—Me está usted resultando muy sapiente.

—¡Psché! ¡Se hace lo que se puede y le van dejando a uno!

—¿Las circunstancias?

—Pues, sí..., lo más propable es que sean las circunstancias: a la ocasión le pintan la calva de verde, para que reluzca. ¿Tiene usted un pitillo, me es igual de hebra que de picadura?

—No gasto, etc.

Cuando la conversación terminó, el rosicler de la aurora se había ido a hacer puñetas tiempo ha. En ese instante don Visentet se despidió de don Hugo, que se quedó a hacer aguas en una cafetería, y se topó con quien creía ser don Claudio, el criador de caracoles y cangrejos, y fue y le dijo, dice, digo:

—¡Hombre don Claudio, cuánto tiempo sin vernos!

Y el otro fue y le dice, dijo, digo:

—Repórtese, caballero. ¡Yo no soy don Claudio!

—¡Quién lo diría! ¡Es usted igualito, lo que se dice igualito a don Claudio!

Don Visentet carraspeó antes de continuar.

—¿Y yo no le recuerdo a algún amigo, a algún vecino, a algún conocido suyo, vamos, a alguien?

El señor que no era don Claudio lo miró con detenimiento.

—¿A ver? Dése la vuelta...

Don Visentet obedeció, pero el sosia de don Claudio seguía sin caer.

—No caigo, no caigo..., el caso es que no caigo...

Entonces don Visentet exclamó con no poco dolor.

—¡No hay derecho! ¡El destino es injusto en sus previsiones y azares! ¡Jo, el destino! ¡Menuda engañifa para incautos! A mí me parece que, sobre poco más o menos, es como el timo del portugués. ¡Qué injusto es lo que me pasa!

—¿Por qué, buen hombre?

—¿Por qué va a ser? ¡Salta a la vista! Si usted se parece a un amigo mío, yo debiera parecerme a un amigo suyo, ¿no cree?

—Pues, sí, lo más probable: a eso le llaman ahora lógica matemática.

—¿Y antes?

—No: antes, no; la verdad es que antes no le llamaban de ninguna manera porque tampoco pasaban estas cosas. ¿Cuándo escarmentaré? Esto me pasa por confiado. No es lícito confiar cuando los hados nos son adversos, dice Virgilio en *La Eneida*.

—Llévelo con resignación.

—Sí, más me vale...

TEJER Y DESTEJER

Sobre el cañamazo de la historia el hombre teje, desteje y vuelve a empezar pacientemente, aplicadamente, eternamente, como si no supiera hacer más cosa que ir y venir, un pie tras otro, adelante y atrás, ayer, hoy y mañana, un día y otro día y otro, hasta que muere y se desdibuja en el horizonte familiar y en la flaca memoria de las gentes. Para Tucídides, la historia no es sino un incesante volver a empezar.

—¡Es un supuesto muy amargo!

—No; quizá no sea más que una evidencia sin sabor alguno. O una ilusión para no morir de hastío.

—Quizá.

Sobre el horizonte se pintó una rayita de esperanza mientras un hombre y una mujer amándose hacían examen de conciencia.

—¿Te duele la cabeza?

—No; me duele tan sólo la memoria en una esquina del corazón.

—¿En cuál?

—No sé; no podría decírtelo.

Allá a mediados del siglo XIX, el P. Antonio María Claret, obispo de La Habana, escribió un libro titulado *El ferrocarril, o sea los medios para conseguir la felicidad y evitar la infelicidad o desgracia.* Lo cierro por la página 131 y le pregunto a Doroteo, el rubio (quizá rubio teñido) eunuco del lupanar El Lago de los Cisnes, que queda en las afueras de Siracusa, según se sale por el camino del norte a la derecha:

—¿Te acuerdas de Isabelita, oh, capón, aquella muchacha murciana y medio bisoja que componía lascivos y bien rimados versos de amor y enseñaba siempre un poco las puntillas de la enagua?

—Pues, no —me responde—; no me acuerdo.

Poco importa que no se recuerde ya a la muchacha que se esfumó como un soplo o como una pompa de jabón. En aquel cañamazo, la historia se teje y se desteje a tenues y vacilantes puntadas de humo y, sin embargo, no puede ser borrada por nadie. El hombre, en el vaivén de sus aspiraciones, busca en las técnicas anticonceptivas el deleite del sexo sin segundas partes y, en la inseminación artificial, las secuelas del amor sin su deleite.

—¿Lo entiende?

—¿Se refiere a lo que dice o a lo que quiere decir?

—¡No sea usted gallego!

El paisaje donde el hombre se mueve es confuso, muy confuso y tenebroso, y sus confesadas o veladas pretensiones son antagónicas o, al menos, paradójicas; diríase que nadie acierta con su camino y que todos pasamos por la vida dando —y también recibiendo— feroces palos de ciego.

—¿Oyó usted contar la fabulilla de la pelea de cien negros ciegos en un túnel?

—No.

—Pues imagínesela.

La humanidad crece en proporción geométrica mientras el ser humano se debate entre las dos actitudes que lo condicionan y que no siempre son consecuentes, ni complementarias, ni gratuitas: el sexo del individuo —hay quien le llama el rijo del lobo solitario— y la perpetuación de la especie.

—Cuando el vicio llega a ser costumbre, la cortesía suele suplir al deber.

—No lo entiendo.

—Ni yo. Pero recuerda que, para Shakespeare, el amor es el peor de los ángeles.

—No lo creo.

—Ni yo. ¿Encuentras caritativo suponer que la desesperación pueda ganar batallas?

—No; lo encuentro cruel, muy cruel.

Tejiendo y destejiendo, el hombre interpreta su historia o narra su fabulilla avergonzándose de sus ridículas actitudes. El padrecito Quevedo, aquel dramático español arropado por la sabiduría y la amargura, nos confiesa que ha sido preciso decir lo que fuimos para disculpar lo que somos y encaminar lo que pretendemos ser. El hombre gasta demasiadas energías en evitar el embarazo y en producir el embarazo. La técnica no es una fuente próvida de felicidad, pero de esto nadie puede sentirse culpable. Leyendo a Tertuliano, el eunuco Doroteo, rubio como una piba de arrabal, aprendió que jamás debe derramarse la sangre del culpable: basta con avergonzarlo.

NOTICIA DE DON ZÓSIMO Y SEÑORA

Don Zósimo de la Baraja de Majadahonda y Pío era muy criticado porque todos los años, allá por septiembre u octubre, organizaba una cacería de campesinas con perros.

—¿Y eso no lo prohíbe la ley?

—La ley no cuenta para don Zósimo.

—¡Ah!

La señora de don Zósimo buscaba cocinera, y cuando alguna mujer pretendía la plaza, mandaba pesarla antes de entrar en detalles; con las que arrojaban más de siete arrobas en la romana, ni hablaba siquiera.

—¡Hay que ver cómo se está poniendo el servicio!

—¡Calle usted, mujer, calle usted! A mí me parece que estamos entrando en el fin del mundo...

—Pues no crea, a lo mejor no va descaminada. Al servicio doméstico lo barrieron las prédicas del Anticristo.

—¿Ese que hace gimnasia?

—No; bueno, no sé... A lo mejor sí hace gimnasia y yo lo ignoro.

La señora de don Zósimo estuvo calva durante siete años, calva como una bola de billar, pero le salió el pelo por la indiscreción diurética de un elefante del zoo de Barcelona.

—¿Quiere usted decir que el proboscidio le hizo pipí por encima, vamos, que le meó el cráneo del frontal al colodrillo?

—Sí, eso.

—Y entonces, ¿por qué no lo dice?

—Pues ya ve usted, por recato.

La señora de don Zósimo, cuando era calva, se pintaba el cuero cabelludo con un corcho quemado.

—¿Y por qué no se ponía boina?

—No sé; quizá porque no le daba la gana.

—Puede.

Don Zósimo y su señora tenían trece hijos, siete varones y seis hembras, todos tontos.

—¿Tontos de baba?

—No, eso no; tontos pasables y que aprendían hasta las cuatro reglas.

—Menos mal, ¿verdad?

—Pues no sé, no me paré a pensarlo.

Don Zósimo de la Baraja de Majadahonda y Pío era procurador de los tribunales, coleccionista de vitolas de puros y muy cachondo, más cachondo que un verraco.

—¡Qué ilusión!

—Pues no sé; a mí me parece que en esto tan malo es pasarse como quedarse corto, y don Zósimo se pasaba. ¡Vaya si se pasaba!

—¿Todo el mundo lo decía?

—Bueno, todo o casi todo. Pero lo decía bastante gente. Esa comparación con un verraco era original del cabo de municipales, que es persona bastante culta y que se da brillantina en el tupé.

—¡Jo, qué tío!

—Lo que usted oye. El cabo de municipales, además, gasta ropa interior estampada y braguero de ante con relleno de perdigones.

—¡Jo, qué tío!

—Eso ya lo dijo usted cuando lo de la brillantina.

—Lo reconozco.

Don Zósimo y su señora hacían muy buena pareja y además se llevaban bien, vamos, la mar de bien.

—¿Por lo de las aficiones comunes: la zarzuela, la gaseosa y el tabaco canario?

—Lo más probable.

Don Zósimo de la Baraja de Majadahonda y Pío no era muy corpulento. Su señora, sí; su señora parecía un picador de toros de los de antes de la guerra.

—¿Cómo se llamaba su señora?

—Eso no lo supo nadie jamás; don Zósimo no la llamaba nunca por su nombre, se conoce que para no dar una pista.

—¿Y a qué tanto misterio?

—Lo ignoro; quizá fuese criminal de guerra.

Don Zósimo y su señora jugaban a la brisca, comían pastillas de café y leche e iluminaban estampitas a la acuarela. Don Zósimo y su señora estaban hechos el uno para el otro, eran tal para cual, y como tuvieron la suerte de encontrarse, llegaron casi a tocar la felicidad con las manos.

—Cuando mi Zósimo fine —solía decir su señora a las visitas— yo pienso coserme el pentateuco con bramante...

—¡Qué grima!

—Me es igual. Y quizá lo selle con lacre. A las semovientes no nos basta con la decencia, sino que tenemos, además, que pregonarla.

EL SUEÑO REPARADOR

Doña Braulia dormía en camisón, su esposo en camisa y el nene en camiseta.

—No debes enamorarte de quien tiene más problemas que tú.

—¡Cáspita, qué idea más ruin!

—Como lo oyes. Tampoco debes enamorarte de viuda de joyero, lo dice el Kamasutra, ni de prima hermana, porque hay que pedir dispensa para casarse.

—¿Y para arrimarse?

—No; para arrimarse, no. Para esto, la ley y la costumbre son más tolerantes y basta con el buen propósito.

—Bueno, la verdad es que a mí me es igual, porque mis primas no me gustan.

—¿Ni siquiera la Lorenza?

—Ni siquiera la Lorenza, la encuentro un poco pavisosa. Te voy a recitar unos versos de Bécquer, ¿quieres?

—A ver.

—Escucha, verás qué bonitos son.

Los suspiros son aire y van al aire.
Las lágrimas son agua y van al mar.
Dime, mujer, ¿cuando el amor se olvida,
sabes tú dónde va?

—No; yo, no. ¿Y tú?

—Yo, tampoco. Y me gustaría saber en qué atarjea misteriosa se esconde, cuando se arruina. Según la ley de Lavoisier, debe estar en algún lado.

—Sí; eso también es verdad.

—De otra parte, recuerda que Epicuro pedía el contento de lo mínimo.

—¿Qué quiere decir eso?

—Lo ignoro, pero no me negarás que está bien.

—Sí, muy bien; incluso la mar de bien.

—Epicuro también afirmaba que no sentimos la necesidad de placer sino cuando su privación nos causa dolor. O lo que es lo mismo: mientras no somos movidos por el dolor, no tenemos deseos de placer.

—¡Carape con Epicuro! ¡Qué tío! ¡Córcholis! ¡Carámbanos!

Eloísa se quedó muda de pavor.

—¿A qué ese chorro de improperios?

—Fue como un mal pronto; te ruego que me disculpes, amor mío.

—Bueno, pero que no vuelva a repetirse; si no, lo nuestro habrá terminado para siempre.

—¡Qué horror!

Eloísa era sobrina de doña Braulia y bordaba para afuera. De pequeña soñaba con llegar a hetaira o suripanta, pero después, cuando creció, como las facultades no le acompañaban, se quedó en bordadora.

—¿Y no dicen que con la intención basta?

—Pues ya usted lo ve; se conoce que no siempre. Entonces, Eloísa rompió a llorar con un inmenso y aparatoso desconsuelo. Don José de Echegaray, que fue el escritor más beocio del que guarda noticia la historia de la literatura española, tiene una redondilla abrazada muy ecuánime. ¿Quieres que te la recite?

—Venga.

—Escucha, verás como no tiene desperdicio.

En Madrid, como en Granada,
por la causa más sencilla
baña el llanto la mejilla
de una niña enamorada.

—¡Qué gilipollez!

—¿Verdad que sí? Eso es lo primero que se le ocurre a todo el que la escucha.

Doña Braulia dormía en camisón de manga larga, su esposo en camisa de manga corta y el nene en camiseta sin mangas. Tras el sueño reparador y la higiénica ducha, doña Braulia, su esposo y el nene desayunaban ensaimada y langostinos.

—¡Qué lujo asiático!

—¡Naturalmente! ¡A ver si se cree usted que eran unos muertos de hambre y unos depravados!

Epicuro y don José de Echegaray se fueron al cine con la Lorenza y con Eloísa y, al decir de las malas lenguas, se propasaron un poco.

—¿Mucho?

—No; más bien casi nada.

Entonces, la Lorenza y Eloísa pidieron un bombón helado cada una y, claro es, los dos tenorios tuvieron que rascarse el bolsillo y comprárselos. A Gabriel y Galán, que tampoco era manco, se le ocurrió una redondilla cruzada muy *ad hoc*. Hela aquí:

Porque en habiendo un querer
—le verdad se ha de decir—
ni cuasi puedes comer,
ni cuasi puedes dormir.

—¿Ni cuasi puedes comer un bombón helado?

—Ni cuasi.

—¿Y ni cuasi puedes dormir un sueño reparador?

—Ni cuasi.

—¡Pues vamos listos!

LAS ÚLTIMAS PALABRAS DE DON SATURNINO

Don Saturnino encendió de nuevo su purito farias, que se apagaba siempre, y sonrió.

—¿Puedo empezar?

—Cuando guste.

Entonces don Saturnino, con los ojos medio entornados, rompió a hablar.

—Poco antes de la guerra civil conocí en el bosque de Bastabales, a orillas del río Sar, a una bruja bellísima y muy joven que me enseñó a volar por encima de las montañas como los pájaros más resistentes y veloces. También me adiestró en los juegos de naipes, limpios y fulleros, y me instruyó sobre los modos ciertos de distinguir las setas comestibles de las venenosas y de las que no dan más que urticaria. Se llamaba Rita, igual que casi todas las libélulas y algunas gaviotas, y vivía en lo alto de un castaño copudo y de muy noble silueta al que, según dicen algunos, se encaramaba Rosalía de Castro para cantar. Rita era muy amiga de los animales silvestres —la raposa, el grillo, el ruiseñor— y conocía las artes de guisar los manjares más delicados y difíciles cocinando las yerbas del camino y moviendo y removinedo la cazuela sin dejar jamás de sonreír. A Rita la mató un rayo hacia el año 47 o 48, durante una inundación. Para mí que las circunstancias la pillaron desprevenida y quizá confiada porque si no, no la matan ni siete chispas del cielo que se juntaran. A Rita le salían fresas silvestres en la mata de pelo, que era de la color de la flor del tojo, y minúsculas y aromáticas violetas a la sombra de las pestañas, sobre todo por el otoño, cuando empezaba a llover y el mundo se ponía estremecidamente húmedo y candoroso. Mi primo Froilán, que iba para santo, anduvo muy enamorado de Rita y una noche, en Lalín, tuvo que andar a palos con un pastor de caballos porque le faltó al respeto.

—¿A Rita?

—No, a él. Le llamó portugués y muerto de hambre y, claro es, cobró. ¡Vaya si cobró!

Don Saturnino volvió al hilo del cuento.

—Rita andaba por los aires como los vilanos, a bandazos y sin rumbo fijo y, cuando se elevaba por encima de los tejados, hacía señas a las ánimas del purgatorio para reconfortarlas a tener paciencia y saber esperar el perdón de Dios Nuestro Señor. Yo también estuve por algún tiempo medio enamoriscado de Rita, pero mi primo Froilán, que a pesar de ser talmente como un santo no se andaba con rodeos, me tiró a la mar por las Torres del Oeste, allá en Catoira, a la otra banda de la ría de Arosa, y yo entendí en seguida, como es natural; del agua me sacó Rita echándome un cabo y, cuando me tuvo en tierra, me secó los cueros soplando y de un solo soplo tampoco demasiado fuerte. En eso, entre otras muchas cosas, es en lo que se distinguen las brujas de las que no lo son: en la fuerza del soplo, que sana sin silbar y sin acatarrar.

Don Saturnino pidió un mixto porque se le había apagado otra vez el puro, lo volvió a prender y pegó de nuevo la hebra.

—Don Modesto de Andrade, el cura de Meda, decía que Rita era bruja mansa y de las permitidas, porque era muy devota de la Virgen del Carmen y todos los años le llevaba un blandón de siete libras al Apóstol, gesto que Satán no le hubiera permitido de ser bruja regular y del orden de los abismos. Mi amigo Celso del Roucón, que pescaba salmones en el Ulla y a veces acertaba el porvenir, quiso casarse con la bruja Rita pero no pudo porque no superó las siete pruebas; cayó en la quinta. Entonces le entró la rabia y se marchó al Brasil, donde se hizo muy rico y poderoso. La mar la atravesó enrolado de practicante en un barco de la Mala Real Inglesa, con lo cual fue ganando dinero por el camino...

Las últimas palabras de don Saturnino se entendieron ya mal.

—¿Se nos durmió?

—Esperemos a ver. Yo creo que está muerto...

MI CONMILITÓN GITANO

Mi conmilitón gitano tiene mi edad, lo cual es bastante razonable puesto que, si no, no hubiéramos sido conmilitones, pero como no se adorna con barriga y se enseña jacarandoso y juncal, parece diez años más joven. ¡Mejor para él! Mi conmilitón gitano se llama Curro Heredia Montoya, como es su deber y como es de sentido común, y vive bien y tirandillo a confortable, quiero decir relativamente bien y con desahogo, aunque no se sepa muy a ciencia cierta de qué ni de qué no; sería grave falta de educación el preguntarle sobre lo que quizá prefiera no responder. Mi conmilitón gitano luce reloj de pulsera de oro alemán, sortija con rubí en el dedo meñique, sortija con zafiro en el dedo anular, sortija de sello en el dedo del corazón y sortija con esmeralda, digamos que tirando a falsa, en el dedo índice; en el dedo pulgar no lleva nada y lo presenta en cueros, ¡qué descaro y aun qué falta de pudor! Mi conmilitón gitano gasta terno color café y lleva el cuello de la camisa abrochado y sin corbata, como mandan los cánones. Mi conmilitón gitano tiene ideas propias sobre casi todo lo que sucede en este bajo mundo y en el otro, y a los payos —a quienes ni admira ni desprecia— nos contempla con un estupor inmediato que, aunque procura disimular, lo delata porque le asoma a flor de piel. En la guerra, en el frente de la sierra Patuda, en Badajoz, un día de enero de 1939 en el que estábamos pasaditos de miedo, ateridos de frío y más aburridos que gatos, se me quedó mirando y me dijo, casi filosófico:

—¡Anda, que menuda la habéis armado entre todos vosotros, los payos!

Al hombre no le faltaba la razón porque, efectivamente, en aquel siniestro tango los gitanos no tuvieron ni arte ni parte; aquello fue un pleito entre payos en el que los calés, aunque recibieron alguna que otra pedrada, no fueron sino atónitos espectadores o forzados actores.

—¿Por qué no os estaréis quietos, en vez de cazaros a la espera?

—¡Eso digo yo, Curro! ¿Tú crees que los demás no nos lo preguntamos?

A mi conmilitón gitano hacía mucho tiempo que no lo veía, yo creo que la última vez fue cuando publiqué *La colmena*, hace cerca de treinta años; entonces me lo topé por casualidad, a la salida del Café Gijón, y tenía ya muy buen aspecto, aunque quizá no tan reluciente.

—Te voy a dar la novedad: ahora vivo en Huelva, me quedé viudo, me operaron de almorranas y me tocaron algo más de treinta mil duros a la lotería.

—Vaya, me alegro; a mí me pasaron menos cosas.

Hace poco me lo encontré en Calahorra, en La Rioja, con motivo de las fiestas de San Emeterio y San Celedonio.

—¡Jo, Camilo, qué famoso te has hecho! ¿Es verdad lo que me dijeron de que el Rey te había nombrado senador?

—Sí, pero ya se me acabó el chollo; en cuanto terminamos la Constitución nos mandaron para casa.

—¿Y por qué no habéis tardado algo más?

—¡Eso es lo que yo me digo!

En Calahorra, mi conmilitón gitano y yo nos fuimos a cenar con el alcalde y con unos amigos y, como es natural, hablamos de todo: de vinos y comidas, de cosechas, de incendios, de mujeres, de política, etc. En las cenas con los amigos se aprende mucho y además se pasa bien y honestamente.

—La que está como un tren es la Puri, pero más vale ni pensar en ella porque tiene un galán que es más celoso que un moro.

—Sí, más vale disimular.

Cuando le tocó el turno a la política, la gente habló sin insultarse; lo más probable es que las cosas vayan cambiando poco a poco y que ya casi nadie sienta unos deseos irrefrenables de estrangular al prójimo no correligionario. Mi conmilitón gitano había votado dos veces en su vida, una a los centristas y otra a los socialistas, para compensar.

—A los que no voto es a los comunistas mientras no quiten la herramienta de la bandera; eso, ¡qué quieres que te diga!, es un descaro.

UNA PINTADA DIGNA

Hay pintadas dignas y pintadas indignas, aunque todas pringuen las paredes; las amorosas están entre las primeras, claro es. En la pared de un solar que hay cerca de mi casa luce una pintada que es todo un mensaje a la posteridad: FLACA —dice en letras mayúsculas— TE QUIERO MUCHO. TUYO, LUIS. ¿Quién y cómo será, además de flaca, la flaca del amor mural? ¿Será rubia o morena? ¿Será muy joven? ¿Será mallorquina, peninsular o extranjera? ¿Llevará el pelo largo o corto? ¿Usará pantalón vaquero? ¿Fumará, de cuando en cuando, algún porro de marihuana? ¿Será estática o bailona? ¿Sabrá tirarse desde el trampolín de la piscina?, etcétera. Sobre la pintada de la flaca despertadora del amor han caído ya las húmedas lunas del invierno y los ardientes soles del verano, y la tapia en la que campea y reluce ha ido cobrando, poco a poco, muy sabias y misteriosas calidades.

—¿Verdad que parece un Tàpies?

—¡Me lo ha quitado usted de la boca! ¡Eso mismo es lo que iba a decirle yo!

En las pintadas, tanto en las dignas como en las indignas, suele haber siempre alguna letra del revés; se conoce que al rotulista se le va el pulso —o se le va el «spray»— con la nocturnidad y la prisa. Pues bien, en la pintada de la flaca objeto de amor todas las letras están del derecho y son parejas de tamaño y estilo, lo que es síntoma de dos virtudes de paladín: la firmeza y la ponderación.

—¿Y el equilibrio?

—Eso se supone que viene dado por añadidura.

A mí me dolería mucho que en ese solar edificaran una casa llevándose por delante la pintada de Luis; yo creo que podría integrarse de alguna manera en la casa que se levantase.

—En cierto modo, es un problema de ecología.

—Quizá no del todo, pero sí algo relativamente emparentado; a lo mejor es un caso de ecología del espíritu.

—¿Usted cree?

—¿Y por qué no? Ahora se ven cosas muy raras.

La pintada mensajera queda un poquito alta y, por fortuna, libre de las meadas nocturnas.

—¿Y usted cree que Luis lo calculó?

—No; eso es producto de la casualidad. Las cosas calculadas jamás salen tan bien. Lo más probable es que el enamorado Luis sea un chico alto.

—¿Y apuesto?

—Sí. ¿Por qué no? Y gimnástico y flexible y armonioso como un trovador. ¿Es así como lo quiere?

—Sí, así. Y me alegro por la flaca.

Mi interlocutor se quedó pensativo.

A lo mejor, dentro de algunos años se casa, y engorda, y tiene un marido bronquítico y dos o tres nenes feuchines... ¿No sería mejor avisarle a tiempo?

—Pero, ¿a quién?

—A la flaca.

Me costó cierto trabajo sobreponerme.

—La flaca es un fantasma, amigo mío. A lo mejor, la flaca ni existe y nos la estamos inventando entre usted y yo...

—¿Será posible?

—A mí me hubiera gustado jurar lo que ignoraba; si no lo hice, fue por miedo a que me echaran a arder en el infierno.

—¿Usted cree en el infierno?

—Yo, sí. Y Luis y la flaca, también. Y en el cielo, en el purgatorio y en el limbo. Todo el que ve una pintada enamorada, aunque esté ya medio borrosa por el azote del tiempo, cree en las mansiones de ultratumba. ¿Qué más da que sean resplandecientes y bienaventuradas, ardorosas y sin principio ni fin u opacas e insistentemente aburridas?

—Sí; en eso no le falta a usted razón. El homenaje de Luis a la flaca, me llena de gratitud. Me gustaría saber que la flaca corresponde al amor de Luis.

—Y a mí, no crea.

LLANTO POR UNA MUJER EN CUEROS

Las salas de cine porno y los «sex-shop» ingleses cerraron sus puertas durante un día para sumarse al luto por la muerte de Mary Millington, flor de golfemia que se suicidó acosada por los inspectores del fisco de su país.

—¿Usted ha visto alguna película de Mary Millington?

—Jamás; ni había oído hablar de ella. No siento afición alguna por esa suerte de cine y tampoco estoy familiarizado con sus convencionales vueltas y revueltas; se conoce que mi mentalidad no es demasiado burguesamente literaria, supongo que entenderá lo que quiero decirle, porque me gustan más las mujeres de carne y hueso, con su voz y su aroma, su contoneo y sus caprichos, sus zapatos, su lápiz de los labios, su vestido, su ropa interior, etc., a la ficción en imágenes; a lo mejor es que soy poco imaginativo. Las mujeres al natural me parecen más útiles, ¡qué quiere!, y también de más variadas aplicaciones y más entrañables implicaciones. Uno tiene sus ideas antiguas, a las que prefiere no renunciar. A Mary Millington no la conocía ni de fotografía y sigo sin conocerla; de lo que le pasó y de quién era me entero por una escueta noticia de cinco líneas que veo en el periódico. Para mi dolor es bastante, podría jurárselo.

Mary Millington tenía treinta y tres años. Mary Millington era la reina del cine golfo inglés. Mary Millington debía sesenta millones de pesetas de impuestos. Mary Millington no podía pagarlos. Y Mary Millington prefirió la muerte a la miseria y el tubo de barbitúricos al plato de sopa de la caridad. Es éste un terreno —el de considerar si alguien hizo bien o mal en matarse o en seguir viviendo y resistiendo— en el que nadie debe entrar jamás para no equivocarse siempre o casi siempre. Las últimas y misteriosas razones y sinrazones de los suicidas suelen negársenos a los espectadores, por próximos que nos sintamos o queramos estar.

Aquí sólo se trata de glosar un suceso mínimo y amargo: la muerte por su propia mano y voluntad de una mujer que vivió en cueros y desvalijada, y fue a morir en cueros y desvalijada, ¿qué más nos da si por su culpa o a su pesar doliente? Mary Millington, a estas horas, está ya enterrada en cualquier cementerio inglés, pero mientras su cuerpo es pasto de los gusanos, su imagen sigue poniendo cachondos al comerciante, al estudiante y al funcionario. A Inés de Castro, salvadas sean las distancias, le pasó algo parecido.

El dolor distingue poco entre pobres y ricos, entre solventes y morosos, entre blancos y negros, entre vestidos y desnudos. El dolor se reparte a ciegas y no por igual y, aunque a cualquiera puede caber, al que le toca le tocó y aquí sí que no valen inútiles reclamaciones.

—¿Me da usted el libro de reclamaciones?

—¡No diga usted necedades! Está cerrado bajo siete llaves y no saldrá a relucir hasta el valle de Josafat.

—Usted dispense, había olvidado las costumbres.

Nadie sabe cuáles son las últimas y más remotas causas del dolor que da sus palos con una venda en los ojos, como la suerte, y que a veces se disfraza de placer —y aun de sosiego— para mejor encelarnos y engañarnos.

—Prefiero ignorar cuanto me rodea; el hombre o la mujer más templados (el escorpión, también) pueden matarse por miedo a la muerte.

Escribo este llanto por una mujer en cueros enfrentado con una única y mínima evidencia: Mary Millington, una mujer en cueros, ha muerto de hastío y acosada. El hombre es animal que caza al acoso y que diseca los cadáveres del éxito, los trofeos que pregonan el éxito. Descanse en paz Mary Millington, corza con el cansancio pintándosele en la mirada y la zurra administrativa vapuleándole el corazón. Por su recuerdo levanto mi copa de hiel.

NOTICIA DE GALLINA DE GUINEA IV

—El culto presbítero y afamado orador don Ubaldo P. Pasarón y de la Lastra, poeta épico, descubridor de la navegación atmosférica y autor del libro *Pilotaje aeronáutico,* La Habana, 1802, inventó el correo aéreo y el transporte de pasajeros y mercancías entre Europa y América más de un siglo antes de que llegaran a hacerse posibles.

—Tanta falta de puntualidad es llegar antes como después, ¡qué quiere que le diga!

—Sin duda. Y más vale llegar a tiempo que rondar un año, ya lo sé. Pero la cosa tiene su miga, vamos, ¡digo yo!

—Pues también es verdad, diga usted que sí, pues también es verdad, todo hay que reconocerlo.

—La sobrina tataranieta de don Ubaldo, la señorita Estrella del Mar Gómez Pasarón, alias Gallina de Guinea IV, que no era muy guapa, pero en cambio olía o seroformo, fue novia mía poco después de acabar la guerra, cuando yo cesé como ministro de Industria y Comercio.

—¿Pero usted fue alguna vez ministro de Industria y Comercio?

—Jamás. Ni de Gracia y Justicia ni de Instrucción Pública tampoco. Déjeme seguir, se lo ruego encarecidamente.

—Dispense usted.

—Gallina de Guinea IV...

—¡Jo, qué apodo!

—¿Quiere no interrumpirme?

—Dispense usted otra vez; lo hice sin darme cuenta, se lo juro.

—Bien. Gallina de Guinea IV, o séase mi novia Estrella del Mar Gómez, que como le digo no resultaba agraciada en exceso, sino más bien al revés, era «bailaora» flamenca por lo barato, vamos, del montón y sin demasiado mérito ni temperamento; la verdad es que tampoco tenía planta ni condiciones y si se dedicaba al arte del tablado era porque tenía que comer. En aquel tiempo los españoles pasábamos mucha calamidad; claro es que teníamos gasógenos y cartillas de racionamiento, pero la verdad es que las pasábamos canutas. Como Gallina de Guinea IV no desplazaba un excesivo tonelaje de arqueo o arrobamen, dicho sea por lo educado, se alimentaba con casi nada —lo cierto es que tampoco tenía de qué— y su mantenimiento, en justa correlación, nos salía muy económico.

—¿A quienes?

—A ella y a mí.

—¡Ah, claro! ¡Qué tonto! ¿Mire usted que no caer?

—Gallina de Guinea IV se fue para el otro mundo arrollada por un tranvía, en la calle de Fuencarral, el miércoles de ceniza de 1941. ¡La pobre lo puso todo perdido, con las tripas por un lado, el hígado por el otro, el bazo por el tercero y así sucesivamente! Se conoce que era mucho más blanda que el tranvía... ¡Los tranvías son durísimos! El luctuoso suceso llamó grandemente la atención y la gente, a fuerza de arremolinarse y arremolinarse, llegó a impedir la circulación rodada, que casi no había.

—¿Entonces fue cuando a usted se le apareció Ramsés II y le dijo que se estuviera quieto y no mareara?

—Exacto. ¿Cómo lo sabe?

—Me lo contó mi tía Felicia antes de expirar.

—¡Qué horror! ¡Con qué premura se expanden las nuevas por doquier!

—¿Mande?

—Nada, decía que con qué premura se expanden las nuevas por doquier.

—¡Ah, sí! ¡Ya lo creo! ¡Con la mar de premura!

—Mi novia Gallina de Guinea IV, a la que aunque no se lo mereciese le tenía mucho afecto, se pasaba el día despiojándose y ahuecándose mientras hacía «clo, clo» con la garganta, como si estuviera clueca.

—¿Y no estaría clueca de verdad?

—No lo sé. Tampoco es usted el primero que me lo dice. A lo mejor estaba clueca y yo no lo sabía. Las mujeres se gastan artimañas muy sofisticadas. ¡Las mujeres se gastan cada artimaña! Ahora pienso que hubiera estado gracioso que en los carteles, en lugar de ponerse Gallina de Guinea IV, se hubiera puesto Gallina de Guinea Clueca IV o Gallina de Guinea IV la Clueca.

—¿Y usted lo encuentra gracioso?

—Bueno, la verdad es que no tanto.

Cuando empezaron a encenderse las primeras estrellas ambos interlocutores, como si se hubieran puesto de acuerdo, empezaron a bostezar y a dar cabezadas.

—¡Cuántos años han pasado ya, Santo Dios! ¡Toda una vida!

LLUVIA DE MARIPOSAS

En un puerto mediterráneo y catalán, en Tortosa, justo en la desembocadura del padrecito Ebro, llovieron mariposas, centenares, miles, millones de mariposas; en español, a esta clase de lepidópteros les decimos falenas y los sabios, para entenderse entre ellos, llaman a la especie *Ephimera vulgata*, quizá porque sus criaturas son efímeras y vulgares (y literarias y delicadas también). El suceso es poético, sin duda, pero rezuma dramatismo a fuerza de sumar y sumar veloces muertes y arcano y confusísimo misterio inescrutable.

El fenómeno de la vida y la muerte funciona al margen de los volúmenes y los quintales cúbicos vivos o muertos y se produce lo mismo en un insecto minúsculo que en una bestia pletórica y descomunal. Los hombres, sin embargo, propendemos a relacionar el sentimiento con el tamaño y nos produce menos dolor matar o ver morir a una hormiga o a una mosca que a un perro o a un gato. A mí, ¡qué quieren ustedes!, me ha causado muy hondo dolor la noticia de la nube de mariposas muertas sobre Tortosa como en una inútil batalla en la que todas las musas de los poetas fueran derrotadas al mismo tiempo por un musicida mágico y cruel.

En un periódico veo una fotografía nocturna de la lluvia de mariposas alfombrando las calles y envolviendo las luces de los faroles con un nimbo de claridad patética y difusa y como de ultratumba. Estremece pensar que casi nunca llueven tantas muertes juntas y en tropel, ni se suceden tantos amores y agonías en tan poco tiempo.

El lírico y mortuorio chaparrón tortosino es producto no de la belleza y los verdes y florecidos prados, sino de las turbias ciénagas y de las confusas cloacas atoradas; en pocas ocasiones la suciedad tuvo más bella consecuencia, no menos pasmosa por más prevista. La belleza nace donde puede y de donde puede y no es improbable que acierte a brotar de un manantial pestilente o monstruoso. Para el esteta Gabriel D'Annunzio, la belleza no es sino el disfraz de las grandes esperanzas. Y el último asidero, la última y más anhelante esperanza reside, tras el umbral de la muerte, en el atemorizador más allá, el clavo ardiendo de todos los últimos afanes.

Hace ya muchos años, en la noche de Guayaquil, allá donde el planeta Tierra se dobla por la cintura, vi llover grillos con el mismo entusiasmo con el que ahora llovieron falenas sobre Tortosa; a aquella figuración del negro brillante sobre el luto estático y mate me lo imagino emparentado con esta otra del blanco azogado sobre la dormida tiniebla zumbadora. En los poemas de Edgar Poe, a caballo entre la inteligencia y el pavor, no se imagina un decorado más idóneo para la estremecedora danza de la belleza de la vida con la belleza de la muerte, y sobresalta el ánimo pensar que nadie puede ni sabe trazar la frontera capaz de separarlas.

¿Llueven las mariposas? ¿Llueve la poesía? ¿Llueve la vida y la muerte, o la muerte y la vida, sobre las aguas que van a dar a la mar, sobre el paisaje y sobre las conciencias? Es raro que el hombre sepa escuchar la cotidiana y misteriosa lección que la naturaleza le brinda; es raro, sí, pero tampoco imposible. Recuérdese que, para Goethe, la naturaleza y el arte parecen rehuirse pero acaban encontrándose siempre y aun antes de lo que se piensa.

En la costa tortosina, sobre su caserío y contra sus aguas mansas y devoradoras, se estrellaron millones de minúsculas vidas en una noche.

—Ha llamado minúscula a la vida. ¿Usted piensa que la vida y la muerte tienen tamaño, se pueden medir y pesar?

—No estoy seguro. Si hablé de tamaños, achákuelo a distracción. Dispense...

SUSANITA MÍNGUEZ, SUS LABORES

En una jaula de alambre, silba un jilguero; en una jaula de loza, duerme un colorín de loza; en una jaula de cañas, verdea la planta que dicen amor de hombre. La Susanita Mínguez, sus labores, la solterona del segundo, vive rodeada de jaulas: a unas las limpia y les pone agua y alpiste, a otras les quita el polvo y hasta les saca brillo y a otras las riega con cuidado y procurando no poner todo perdido y manga por hombro. La Susanita Mínguez, sus labores, vive pendiente de los detalles; a lo mejor por eso fue perdiendo los novios, diez o doce novios, todos desertores, que se le fueron escapando uno tras otro sin cuajar ninguno.

—¿Y hubo alguno a pique de picar?

—Sí, quizá el Raulito Gutiérrez, el de la cantina de la estación; pero le dio la vocación tardía, como a San Pablo, ya ve usted lo que son las cosas, y se le fue cura.

—¡Qué raro! ¿Verdad? Ahora suele acontecer lo contrario.

—Sí, tiene usted razón. Pero a la Susanita Mínguez, sus labores, siempre le salieron las cosas al revés de la costumbre.

—¡Vaya por Dios!

—Nunca mejor dicho. Ahora el nene Gutiérrez está en las misiones, tratando de convertir a la verdadera fe a los gentiles, a los idólatras, a los paganos, a los infieles, a los moros, etc.

—¿Y se fue a la China?

—No; ahora ya no dejan, los chinos de hoy día son muy desconfiados; el Raulito no pasó del Pozo del Tío Raimundo, que queda ahí mismo, en las afueras.

—Ya.

La Susanita Mínguez, sus labores, coleccionaba relojes despertadores, tenía lo menos tres, y variedades de geranios, rizados o sin rizar, blancos, morados y de color teja, trepadores y mansos, morunos y de pensamiento.

—Susanita.

La moza talluda pegó un respingo.

—¡Soy toda oídos!

—Tampoco, mujer, tampoco..., la cosa no es para tanto. Te preguntaba, mera curiosidad, ya ves, que qué tal vas del vientre.

—¡Ah! Muy bien, gracias, la mar de bien. ¡Si fuera del corazón y el sentimiento como voy del vientre y del estreñimiento!

—¿Qué te pasa?

—Nada; hablo en sentido figurado o metafórico.

—¡Jo, qué culta!

La Susanita Mínguez, sus labores, solía vestir de cretona, como los sofás de las casas de veraneo, y se tocaba con pamela en los días fastos y de lazo en los nefastos, dicho sea en el mismo sentido que los romanos.

—¿Quiere usted hacerle la competencia a la Susanita Mínguez, sus labores, en esto de la oratoria?

—Exactamente de eso es de lo que se trata.

—¡Vaya por Dios! Ya me lo venía maliciando, ¡qué quiere!

La Susanita Mínguez, sus labores, fallaba en lo que don Lamberto, el podólogo, llamaba la cultura del ocio porque, en vez de jugar al aro o al diábolo, que hubiera sido lo previsto y lo ortodoxo, prefería darle al mus y al cané.

—¡Qué horror, qué ordinariez! ¡Con lo fina que parecía la chica!

—¡Qué quiere! A veces las apariencias engañan; bueno, casi siempre. Mientras las golondrinas dibujaban zigzags en el éter (¿se da usted cuenta, don Camilo, de lo bien que queda?) y las palomas fingían copos de níveo algodón meciéndose en la atmósfera (¡toma del frasco, Carrasco, que del bote se ha acabado!), la Susanita Mínguez, sus labores, exhalando suspiros entrecortados...

—¿Como las motos, quiere decir usted?

—Eso, talmente como las motos; no me interrumpa. ... Exhalando suspiros entrecortados, decía: ¡órdago a la grande!

—¿Y era verdad?

—Eso ya no lo sé, pero pienso que sí porque la Susanita Mínguez, sus labores, siempre fue una chica muy seria.

—Sí, pero padece de flato. A mí me lo dijo el jefe de relaciones públicas del laxante de la viuda de Sanz.

—Eso no empece, mi dilecto amigo y contertulio, eso no empece... Observe usted que, en determinadas circunstancias, el orgullo puede ser cuna de la virtud.

—¡Eso sí que está bien!

FLOR DE BALNEARIO

A lo excelente se le llama la flor de la canela y a lo óptimo, la flor y nata. A la juventud se le dice la flor de la edad, y aludiendo a lo superficial y etéreo se habla de lo que está o a flor de agua, como los nenúfares, o a flor de tierra, como algunas pepitas de oro, o a flor de piel, como el bien rimado amor de los poetas delgaditos y con una melena discreta, tampoco exagerada. Echar flores vale por piropear, requebrar, galantear, alabar, lisonjear, y flor de un día es lo efímero en su ventura y disfrute. Mi prima Euxiquia, también llamada Pastorita y Mimí, era flor de balneario (también era cultivada y mimosa flor de histeria, faceta que ahora no tenemos por qué considerar) y murió la pobre, descanse en paz, porque se le oxidaron los goznes de decente que era.

—¿Pero lo era tanto y tanto que llegó a enrobinarse hasta el óbito?

—Juzgue por sí mismo.

—Ya me hago cargo, dispense.

—Mi prima Euxiquia, recuerde, Pastorita según se mira por el lado derecho, y Mimí, si se la observa por el contrario, tenía veintitantos años largos más que yo, cerca de treinta, y lo probable, según pienso, es que los goznes y las bisagras se le enmohecieran no sólo por el ejercicio de la decencia sino también por el natural paso del tiempo, zurra que no perdona a nadie y que a todos predispone para la avería. Amén.

—¿Usted no cree que sería mejor que la providencia nos diera una garantía contra el óxido de la edad?

—Pues, no, ¡qué quiere que le diga!, yo creo que es mejor que la herrumbre se manifieste a su ser y a su debido tiempo.

—¡Puede! ¡No le digo que no! La verdad es que sobre estos arcanos misteriosos nunca tuve ideas demasiado claras.

—Mi prima Euxiquia, por buen nombre Pastorita y, por lo fino, Mimí, durante la temporada de baños, cosechaba grandes éxitos entre los agüistas preparándoles el sabroso refresco energético que dicen rob de grosellas.

—¿Y eso no es pecado?

—No me lo parece, en todo caso no pasa de pecado venial, de eso estoy bien segura. ¡Si fuera rob de aguacate!

—Sí; eso ya sería otra cosa. ¡El aguacate es yerba que encierra mucha lujuria!

—¿Más que la menta?

—Pues, por lo menos, tanta, ¡ya lo ve usted!

—Mi prima Euxiquia, ya sabe, Pastorita para unos y Mimí para otros, se pasaba todos los veranos nueve días en el balneario —y el de la llegada y el de la salida también se cuenta, en total once—, donde triunfaba en sociedad y hacía acopio de resignación para el resto del año.

—¿Y le compensaba?

—Eso ni se lo planteaba siquiera; una mujer virtuosa no se detiene en esas minucias.

—¿O nimiedades?

—Eso mismo: o nimiedades, insulsas y de desvaída color. En el entierro de mi prima Euxiquia...

—¿Pastorita?

—Sí; o Mimí, que eso va en gustos. En el entierro de mi prima Euxiquia, su antiguo novio don Emeterio Gómez y Gómez, el de la droguería y perfumería (también era corresponsal de banca y representante de la agencia de pompas fúnebres), sopló en el oboe algunos armoniosos compases del pasodoble *Marcial eres el más grande*.

—¡Qué emocionante! ¿Verdad?

—Sí, la verdad es que sí. El trance sólo tuvo parangón con el momento en el que su también ex novio don Faustino Rebollo y de Braulio, mercero y agrimensor, interpretó a la armónica el pasacalle *Banderita tú eres roja, banderita tú eres gualda*. Hubo instantes en los que la gente hasta se alegró de que la señorita Euxiquia, flor de balneario y prima de vuecencia, hubiera pasado a mejor vida. La gente, ya se sabe, es muy aficionada a la música y muy dada al sentimiento.

MI TÍA PACORRA Y LAS LENGUAS NÓRDICAS

Mi tía Pacorra sabía tocar las castañuelas, freír tejeringos, hacer huevos a la flamenca, poner banderillas al quiebro, bailar por soleares, beber en bota, rezar a San Antonio para que le encontrase las llaves, leer de corrido y echar la buenaventura; también conocía las cuatro reglas y hasta la regla de tres simple directa. La verdad es que mi tía Pacorra, para lo que se estilaba en su tiempo, era bastante completa; si se quedó para vestir santos de palo fue porque no tuvo suerte y quizá porque lucía algo de bigote, eso le pasa a cualquiera.

—¡También es verdad!

A mi tía Pacorra no le gustaba que yo saliera de España.

—El mundo está lleno de herejes, hijo mío. ¡Dios haga que no acabemos teniendo un disgusto!

Hace unos años, cuando fui a Helsinki, sin que se enterara mi tía Pacorra, claro es, para asistir al nacimiento de la traducción finesa de mi novela *La familia de Pascual Duarte*, un amigo húngaro, al ver que no me llegaba la camisa al cuerpo y al encontrarme muy náufrago y apurado, probó a tranquilizarme con su advertencia:

—Vaya confiado porque en Finlandia casi todo el mundo habla sueco, ya lo verá.

—¡Qué preocupación me quita usted de encima! ¡Cómo le agradezco su misericordia!

El finés es una lengua hermética y misteriosa que, según como se ponga el oído, suena a vascuence, pero el sueco, que a lo que dicen, está más al alcance de los neutrales, tampoco me brinda, a mí particularmente, facilidades ni utilidades mayores. ¡Burro que es uno, según lo más probable! Esto de las lenguas nórdicas, sobre enrevesado y poco sensato, es un problema a caballo entre la fonética y la patología porque el danés, por ejemplo, con sus desconsideradas jotas en cadena, más que un idioma parece una enfermedad de la garganta.

—¿Y usted no cree que los daneses, si fueran operados de pequeñitos, mejorarían?

—¡Pues no le digo que no! En aquel país tiene mucho futuro la otorrinolaringología.

—Ya.

Mi tía Pacorra, que no hablaba más que vernáculo de Huelva, no se explicaba por qué no se entendía todo el mundo en español, con lo fácil que es y lo de prisa que se aprende.

—¡Diga usted que los extranjeros son muy maniáticos! Habiendo el español, que suena tan claro y saludable, ¿por qué se empeñan en hablar otra cosa?

—¡Vaya usted a saber! Lo más probable es que sean todos unos maniáticos, como bien dice. En esto hay gustos para todo.

Mi tía Pacorra era tan patriota que se ponía cachonda y empezaba a rugir y a dar vivas a España en cuanto escuchaba los primeros compases de *Los sitios de Zaragoza*.

—¡Menuda gesta! ¿Eh? ¡Jopé los clarines, cómo suenan!

—Pues, sí..., para gesta no está mal... Y para clarines, tampoco, claro...

—Y a los franchutes les dimos pocas, ¿eh?, cuando lo de la francesada.

—Pues, sí..., algunas sí que llevaron, ésa es la verdad...

A mí tía Pacorra no era prudente llevarle la contraria, lo mejor era hablarle con puntos suspensivos...

—¿Como quien no quiere la cosa?

—Pues, sí..., más o menos.

Mi tía Pacorra suponía que la especie humana se acostumbraba a las prohibiciones, presunción en la que no andaba excesivamente descaminada.

—Todo viene de que a la gente la dejan hablar en chapurreado. ¡La culpa fue de Carlos V, que no metió a todos en vereda!

—¿Y de Felipe II?

—¡Pues no le diría a usted que no! ¡Felipe II todavía estuvo a tiempo de no dejar un hereje sin torrar! ¡Mueran las lenguas vivas!

Mi tía Pacorra era partidaria de la uniformidad y enemiga de que la gente, empeñada en hablar lenguas ininteligibles, no acabara por entenderse. Mi tía Pacorra era como Gengis Khan, pero en versión femenina (es un decir) y carpetovetónica. Que Dios me la conserve largos años para ejemplo de...

—¿De qué?

—¡Cualquiera lo sabe!

CONVERSACIÓN SOBRE *EL BOLERO* DE RAVEL

—A mí *El bolero*, de Ravel, me parece música ratonera, ¡qué quiere que le diga!, y además está demostrado que propicia la agresividad de las especies.

—¿De qué especies? ¿Quiere usted decirme?

—De todas: de la especie humana, de la bovina, de la equina, de la porcina, etc. Cuando la banda lleva ya un par de horas dándole a la solfa de *El bolero*, los hombres, y las vacas, y los caballos, y los cerdos se muerden entre sí y se tiran patadas y se estrangulan los unos a los otros.

—¡Qué horror!

—Lo que usted oye. *El bolero*, de Ravel, sirve para encelar a los verdugos, y el emperador Bokassa I, cuando mataba nenes a palos o cuando asaba a algún ministro o hacía escabeche con algún embajador, mandaba a su gran chambelán que le soplara *El bolero*, de Ravel, en la flauta dulce para mejor sentir las delicias de sus inclinaciones.

—¡Era un verdadero sibarita!

—¡Y tanto! Recuerde usted que se había educado en Francia.

—Ahora se explican muchas cosas...

—Tampoco tantas, no crea.

—Observe usted que *El bolero*, de Ravel, empieza flojito y medio disimulando, vamos, como cuando usted le arrima pierna con precaución a su vecina, para después irse confiando poco a poco y llegar a mayores con lentitud, sí, pero sin transición. *El bolero*, de Ravel, es lo contrario del gatillazo, porque a fuerza de insistir e insistir siempre termina coronado por el éxito.

—¿Quiere usted decir que siempre llega al final?

—Exactamente. En esto, como en el amor, el que llega al final sin humillar gana siempre.

—¡Anda, pues no había caído!

—Pues caiga usted, buen hombre, pues caiga usted, que nunca es tarde si la dicha es buena.

—Eso decía siempre mi tía Matilde, que Dios haya, antes de fallecer mientras hacía salsa mahonesa.

—¿Se ahogó?

—No; le dio un calambre la batidora y la dejó sequita, lo que se dice sequita. Se conoce que la pilló a contrapié.

—Pues sí, lo más probable. Los electrodomésticos averían mucho a las amas de casa cuando las pillan a contrapié.

—¡Y usted que lo diga!

—A las asistentas les afecta menos, ¿verdad, usted?

—Pues sí; las hay que ni se enteran. ¡Como son más jóvenes!

—¡Claro! La juventud puede con todo, ¿con qué no podrá la juventud?

—No sé, quizá con *El bolero*, de Ravel.

—¡Puede!

—Volviendo a lo de antes, como en *El bolero*, de Ravel: no es porque yo lo diga, pero mi tía Matilde, antes de fallecer de calambre, después ya no, hacía muy bien la salsa mahonesa; las vecinas venían siempre a pedirle consejo y alguna, más abusona, hasta le pedía que pusiese los huevos y el aceite.

—¡Qué horror!

—Lo que usted oye. Después, cuando finó, ya no le pedían nada, le dijeron un par de misas y, si te vi, no me acuerdo.

—La gente es muy desagradecida.

—Sí; muy desagradecida, muy desconsiderada, muy soez, muy burra, etc.

—¿Y usted cree que eso viene mismo de escuchar *El bolero*, de Ravel?

—No me atrevería a asegurárselo, pero tampoco a negárselo. Eso de *El bolero*, de Ravel, es como el paludismo o el río Guadiana.

—No lo entiendo.

—¡Pues esfuércese, hombre de Dios, esfuércese un poco! ¡A usted hay que darle todo digerido, como *El bolero*, de Ravel!

—Dispense... Ya sabe que tengo muy mal oído. ¡Con decirle que ni me acuerdo de *El bolero*, de Ravel!

DIÁLOGO PLATÓNICO, DIGO, SOCRÁTICO

Mi primo Simeón Bartolete y Múrido decía cocretas, derecho canónigo, cónyugue y jolines y, como es natural, le dio la poliomielitis al cerebro y quedó escorado.

—¿Y medio lelo?

—No; eso ya le venía de antes. En esa rama de mi familia son todos medio lelos y esa característica, claro es, ya ni siquiera llama la atención. El ser lelo es como ser calculador mental, o pelirrojo, o numísmata, o presbítero, vamos, quiero decir que es una propiedad intrínseca y que procede al margen de la calidad.

—Eso resulta demasiado profundo para mí.

—No, hombre, no; recapacite y ya verá como no. Lo que le pasa a usted es que también es medio lelo, a pesar de no ser primo mío.

—¡Anda, pues es verdad!

En el ciprés del camposanto, a la misteriosa hora del crepúsculo vespertino, ¡toma castañas!, un mirlo le silbaba la solfa a un fuego fatuo de tamaño no demasiado grande.

—¿Será al alma de doña Tonina, la del funerario?

—No creo, lo encuentro poco color de rosa. ¿No nota usted que tira un poco a anaranjado?

—Sí; eso es cierto. Dada su coloración, más bien parece el alma de Fidelino el droguero.

—¡Puede!

El mirlo pegó un brinquito mediano y se posó sobre la verja de hierro.

—¡Qué muerte más chistosa tuvo Fidelino el droguero! ¿Se acuerda usted?

—¿Y no voy a acordarme, si estuve riéndome lo menos mes y medio?

—¡Y yo! ¡Aquello era como para partirse de risa! El secretario del juzgado, cuando el señor juez fue a levantar el cadáver, se puso a bailar el suelto con el sacristán y el señor cura tuvo que recriminarles su frívola actitud.

—Hizo bien; a los muertos, aunque den risa, hay que tomarlos en serio porque, si no, sería el relajo y la humanidad se hundiría en un abismo de..., bueno, en un abismo de algo, usted ya me entiende.

—Sí, señor, le entiendo perfectamente y, además, yo pienso lo mismo; de los muertos, aunque den risa, como usted bien advierte con suma sagacidad, no debe uno cachondearse. ¡Eso está feo!

—Sí, ¡feo y mal! A los muertos lo mejor es rellenarlos de carburo para que den fuegos fatuos más lucidos.

—¡No diga usted disparates, se lo ruego!

—Dispense, no había querido ofenderle.

—¡Por si acaso!

El mirlo se retiró a dormir y, como ya se había hecho de noche, la lechuza empezó su monótono y solitario chiflo.

—¡Cuán poético!

El interlocutor se amoscó y puso cara de mala uva (tampoco excesiva mala uva).

—Oiga usted, petimetre del carago, con *go*, no con *jo*, ¿por qué dice usted «cuán»?

—¡Pues ya lo ve! ¡Se conoce que por amolar la marrana y dar pábulo a su desprecio!

—¡Comprenda usted que no pueda tomarlo en serio!

—¡Ni falta que me hace, palomita!

—Le advierto a usted que a mi primo Simeón Bartolete y Múrido, por bastante menos, lo tuvieron más de un mes en el hospital.

—¿De balde?

—No; de pago.

—¡Jolines!

—Sí; eso es lo que él decía.

—Mi primo Simeón Bartolete y Múrido no cantó misa porque no quiso, porque saber, ¡vaya si sabía! Mi primo Simeón Bartolete y Múrido estuvo a punto de profesar en el Palmar de Troya, a las órdenes de Su Santidad Clemente Domínguez, pero después prevaleció el buen sentido y se quedó en su casa ayudándole a su madre a hacer encaje de bolillos.

—¡Qué hacendoso!

—Sí, eso es cierto; otras cosas, no, pero hacendoso lo era un rato largo. En el pueblo lo ponían de ejemplo.

—¡También son ganas!

—Sí; no crea que eso no lo pensé yo más de una vez. En los pueblos hay inercias muy raras.

UNA MUJER DE CUERPO ENTERO

Patriarca es voz española que no tiene femenino; en francés o en inglés —y supongo que en las demás lenguas más o menos usuales— también falta la palabra paralela. Matriarca sería una figura retórica que no sólo no señala ningún concepto, sino que ni siquiera es expresión bonita; tampoco, entre nosotros, designa nada. La discusión, al hablar de las sociedades primitivas, se centra en saber si queremos señalar una sociedad patrilineal —el patriarcado— o matrilineal —el matriarcado— que, en ambos casos, era presidida por un varón venerable al que se llamaba patriarca.

Patriarca, en español, tiene varias acepciones; la que aquí conviene es la 5.ª, que, en sentido figurado designa a la persona que por su edad y sabiduría ejerce autoridad moral en una familia o en una colectividad. La definición no me parece demasiado feliz ni exacta, aunque sirva para que nos entendamos, y la persona a que alude me imagino que apunta a un hombre, ya que quedaría quizá un poco raro y a contrapelo —y nada exacto— llamar patriarca a una mujer.

Es lástima que el lenguaje proceda y acontezca como dejo dicho porque doña Anunciación Cuerno Achurra, alias la Nuncia, recientemente fallecida a los noventa años de edad en Cueto, en la vetusta y noble y verde Cantabria, fue una venerable institución para cuya actitud y conducta no encuentro nombre en castellano (ni en francés, inglés, etc.).

La Nuncia era la patrona —¿por qué no la literaria virreina?— de una taberna del pueblo, de una taberna a la antigua y venerable usanza en la que se vivía: quiero decir en la que se comía, se bebía y se bailaba. La Nuncia gobernaba a la parroquia desde su artesano pedestal de prestigio y también de madera de roble o de castaño. La Nuncia fiaba el pan pero no el vino y, cuando se prendía y empezaba a arder la mecha de la bronca, la Nuncia gritaba «¡basta!» y los mozos bronquistas obedecían y cejaban y se apagaban los golpes y los denuestos. La Nuncia había nacido para mandar y ser obedecida y ejercitaba sus habilidades con mesura y buen criterio y temple. Antes, cuando por el mundo adelante aún se estilaban los jefes naturales, figuras como la de la Nuncia eran relativamente frecuentes; ahora casi han desaparecido porque los gobernantes, olvidando el instinto, se fían de las computadoras y sus fríos dislates.

Francis Bacon parecía estar adivinando a la Nuncia cuando, en sus *Ensayos de moral y de política*, pensaba que las mujeres son las reinas de los jóvenes, las compañeras de los adultos y las nodrizas de los viejos. La Nuncia, una mujer de cuerpo entero, llevando de la mano a tres generaciones de vecinos, hizo verdadero el segundo término del pensamiento de Santa Teresa: aunque las mujeres no somos buenas para el consejo, algunas veces acertamos. La Nuncia, como Santa Teresa, acertó cada vez que probó a abrir la boca.

El pueblo de Cueto lloró a una sola voz la muerte de la Nuncia porque, con su marcha, todos perdieron al árbitro del duro juego de la vida y también el cordón que los ligaba en comunidad de amor y compañía y buen funcionamiento. Sentirse bien gobernado debe ser una sensación muy agradable.

La Nuncia —descanse en sosiego y bienaventuranza y que la tierra funda su carne con misericordia— fue una figura que parece arrancada de las páginas del Viejo Testamento, la crónica de unos tiempos en los que aún todo se prometía, absolutamente todo, y sin olvidar ni la vida eterna ni la muerte que ni empieza ni acaba. Por la Nuncia y la paz que sembraba su figura levanto mi copa de amor y de respeto.

DEL FINADO AL BERBERECHO

Mi concuñado don Régulo Gutiérrez de Furcia y Cavafis, esto es, el tercer marido de doña Gertrudis de Berengaria y López, la hermana pequeña (y medio boba) de mi segunda (y difunta) esposa, la que se me escapó con don Abundante de Zósimo y Lizárraga, capellán castrense, ex campeón de mus de la Rioja alavesa y también medio palúdico, era algo pariente del poeta Constantine Cavafy o Cavafis, que depende de cómo se quiera transcribir del griego, que era un tipo o sujeto o espécimen tirando a maniático que nació en Egipto, estudió en Turquía y se naturalizó ciudadano de Grecia.

—¡Qué lío!

—Sí, pero yo, ¿qué culpa tengo? Si quiere, me callo.

—No, no; por mí siga.

—Como le iba diciendo: mi concuñado (bueno; diremos mi cuñado, para no complicar) don Régulo (bueno; le apearemos el tratamiento, para no complicar) Gutiérrez de Furcia y Cavafis (bueno; nos comeremos los apellidos, para no complicar), cuyas demás circunstancias ya constan, era autor de un tratado filosófico titulado *Del finado al berberecho* y subtitulado *Manual teórico y práctico sobre el derecho del himeneo desde sus orígenes hasta el sometimiento del cantón independiente de Cartagena sitiado por los centralistas*.

—¿No queda un poco largo?

—Sí; pero yo, ¿qué culpa tengo? Si quiere, me callo.

—No, no; por mí siga.

—Agradecido. Mi cuñado Régulo estudiaba en su *Manual teórico y práctico*, etc., los tres derechos fundamentales del hombre libre en la sociedad industrial: el derecho de pernada, el derecho de admisión y los derechos, ahora en plural, pasivos. El primero produce como consecuencia el que los patriarcas terminen arrastrando los pies (y nunca peor), el segundo se reserva (según es costumbre) y los terceros ni llegan para malvivir (¡paciencia!). Mi cuñado, en sus páginas, escritas con tanto rigor como belleza, dicho sea de pasada y sin ánimos de molestar a nadie, estudia las relaciones entre Rita de Pedro y el emir Abdullah Akhbazben-Mahkmar-ben-Jusef, auxiliar de medicina y cirugía menor en Puentes de García Rodríguez, el pueblo de una cocinera muy buena que tuvieron mis padres. Mi cuñado, del análisis de esas relaciones que, a lo que dicen quienes lo saben, fueron tumultuarias y dieron no poco que hablar, saca la conclusión de que los emires, aunque además sean practicantes y sepan poner bien inyecciones, lavativas y otros auxilios, suelen tener hábitos y costumbres poco usuales entre nosotros y, claro es, acaban chocando con la civilización occidental, esto es, con la cultura cristiana y del librecambio.

—¡Claro!

—Hombre, le agradezco a usted mucho que me lo diga porque yo, por más que me esfuerzo, no lo veo tan claro.

—De nada, no tiene nada que agradecer. Continúe.

—Sí. Mi cuñado, como tenía siempre frío en el frontal o coronal, el parietal, el esfenoides, el occipital, el temporal, el colodrillo y demás zonas de la calavera, se tocaba con un gorro de piel de lobo del Quintocognoland...

—Perdone que le interrumpa: ¿dónde queda eso?

—No lo sé fijo; me han asegurado que es una yerma y dilatada comarca que viene a caer hacia el norte de Suomi, antes Gran Ducado de Finlandia. ¿Puedo seguir?

—Sí, siga.

—... que le daba mucho calor y mantenía la calentura propia de los huesos.

—¡Qué cómodo!

—Pues, sí; no le digo a usted lo contrario. Mi contrahermano político (bueno; diremos mi cuñado, ya se imagina, para no complicar) tardó más de treinta años en tropezarse con un editor para las páginas de su tratado *Del finado al berberecho* porque en España, ya sabe usted, no se presta atención bastante al cultivo de las humanidades.

—¡Claro! Oiga, usted perdone.

—Diga, diga sin reparo.

—No; es sólo por curiosidad. ¿No cree usted que ha debido acabársele ya la página?

—Pues, sí; lo más probable. Si es su deseo, podemos continuar otro día.

—Como guste. ¿Aceptaría usted un donativo para mandar decirle unas misas a su cuñado, cuando fallezca?

EL CLAVO ARDIENDO DE LA SOLTERÍA

Aún quedan espíritus recalcitrantes que se aferran al clavo ardiendo de la soltería con denuedo y con una infinita fe en la soledad. El maestro Gonzalo Correas, hace ya varios siglos, registró un refrán castellano que es todo un compendio de la filosofía de la soltería: buey solo, bien se lame.

—¿Y usted cree que es cierto?

—Eso ya no lo sé; a mí me parece que eso no lo sabe nadie. En todo caso, no me negará que queda bien.

—No, señor, eso no; a mí me parece que, en efecto, queda la mar de bien.

Vaya mi más rendido homenaje a quienes hacen un culto del celibato y, obedientes al lema «quedaré como un cochero, pero soltero», saben dar la espantada en el momento oportuno y antes de que el cura o el juez, con sus palabras, compliquen la situación irremisible o, al menos, difícil de enmendar.

Según me cuenta una vecina que está muy al tanto de estos sucesos del sentimiento y los estados civiles, un novio austriaco, cuando —ya en el altar— le preguntaron lo de ¿quiere usted por esposa, etc.?, dijo que no, que muchas gracias, y se dio media vuelta y mientras la novia, que era de Düsseldorf y muy templada y picajosa le tiró el ramo de flores a la cara.

—¡Jo, qué corte!

—Eso no es un corte, hermano; a ver si aprende usted mejor el cheli.

—Dispense, patrón; a mí nunca se me dieron bien las lenguas muertas.

—No se preocupe, que no es usted el único ni aun el primero.

Otra vez hecha la calma y desaparecidos el llanto y el cabreo femeninos producto de la irresolución de la otra parte contratante...

—No; contratante, no.

—¡Ay, sí! ¡Claro! Bueno... de la otra parte...

—Eso. Así queda mejor y más acorde con la realidad.

—Bueno.

Siguiendo por donde íbamos: superada la tirantez, reavivados los rijos y calmados los ánimos y los nervios, los novios acordaron probar suerte de nuevo el mismo día por la tarde y, dicho y hecho, volvieron a encontrarse ante el altar. Lo malo fue que el novio, que era muy conservador y consecuente, repitió la respuesta negativa mientras la novia, presa de la desesperación, como en las novelas por entregas, se deshacía en llanto mientras se le aflojaban los resortes del bandujo.

—¡Qué horror! ¿Y se fue por la pierna?

—Sí, hermano: se fue por la pierna abajo sin remisión y poniéndolo todo perdido.

—¡Qué desairado debió resultar el lance!

—No lo dude. Y además, la pobre novia, con eso de la desaforada escurribanda que le acometió con ímpetus teutónicos, puso perdidos al cura, a los padrinos, a los testigos y a parte de los invitados.

—¡Qué azoramiento!

—Sí, hermano. ¡Y qué pringue!

El novio austriaco, que según las crónicas era pastelero de oficio, se echó al monte por la escarpada comarca del Tirol y no volvió a saberse de él. A mí me parece que en alemán, el dicho «quedaré como un cochero, pero soltero», no cae en verso, como en español, aunque no por eso deja de ser cierto y verdadero.

—¿Y reconfortador?

—Sí; también reconfortador. ¿Por qué no? A esto de casarse hay que echarle tanta afición como valor; si no, lo mejor es dejarlo.

Aún quedan espíritus íntegros y numantinos que resisten heroicamente y no dicen que sí, en el último y definitivo momento, aunque hubieran entrado en la iglesia dispuestos a decir que sí.

—¡Qué falta de resignación! ¿Verdad, usted?

—No, hermano. ¡Qué intuición sagaz!

Se conoce que, en un rapto de lucidez y cordura, los novios autorredimidos sacan fuerzas de flaqueza y adivinan que eso de cargar con la novia de por vida es algo que, bien mirado, tampoco compensa.

—¿Tampoco compensa?

—Como usted lo oye, hermano: tampoco compensa.

SECCIÓN DE FLORES DEL CAMPO

Petrita suspiró con todo: con la papada, con el tetamen, con el solomillo, con el tafanario y hasta con el espíritu.

—¿Con el espíritu también?

—Pues, sí, lo más probable, no había más que verla, toda arrebolada y espiritual.

—¡Jo, qué cuadro!

—Pues, sí, casi no cabía en el marco de la ventana, pero su contemplación era muy amena e interesante, muy emotiva y aleccionadora.

—¿Todo al tiempo?

—Exacto: todo al tiempo y no en períodos o lapsos sucesivos.

—Ya, ya...

Petrita, entre el decimoctavo y decimonono suspiro, musitó:

—¡Qué hombre! ¡Qué espíritu selecto! ¡Qué sentimientos sutiles! ¡Qué planta de alabardero! ¡Qué bigote discretamente engomado! ¡Qué...!

Su hermana Eduvigis le interrumpió:

—¡Cállate, Petrita, que a lo mejor enumeras intimidades!

—¡No, mujer! ¿Cómo se te ocurre pensarlo?

Eduvigis era discreta pero poco culta y hablaba el castellano por aproximación. Eduvigis creía, por ejemplo, que homeópata es el que se mea por la pata.

—¿Y eso es malo?

—Mujer, ¡según cómo se mire!

Petrita era menos burra que su hermana, se conoce que, como estaba tan gorda, daba menos índice de concentración en el organismo.

—Lo más probable. Por cierto: ¿tañe usted la fístula?

—¡Ordinario! Yo la fístula la padezco, ¡y a mucha honra! ¿Qué se había usted creído?

Petrita estaba tan emocionada y suspiradora porque su

galán, Claudio Marcelo, agente de pompas fúnebres y miembro de la sociedad teosófica La Materia Gaseosa, le había regalado un ramo de flores del campo.

—¿Un buqué?

—Más todavía: un bouquet, con ou y terminado en t.

—¡Jopé!

—¡ Y usted que lo diga!

Petrita estaba harta de que su marido, un rico hacendado sin detalles, le llenase la casa de orquídeas y de camelias.

—¿Qué mérito tiene? Esas flores las encarga por teléfono su secretaria. ¡En cambio, Claudio Marcelo, persiguiendo margaritas, botones de oro y otras florecillas silvestres, entre sirle de ganado cabrío y boñigas de ganado vacuno, para ofrecérmelas en prenda de amor! ¡Qué bucólico! ¿Verdad, usted?

—¡Ya lo creo! ¡De lo más bucólico que hay!

—¡Y usted que lo diga! Mi esposo no se percata de que el sentimiento no se puede reemplazar con numerario.

—¿Mande?

—¿No me ha entendido?

—No; usted dispense.

—Pues se aguanta. Yo no tengo por qué repetirle las cosas.

—¡Mala suerte!

Claudio Marcelo, contra lo que suponía la enamorada Petrita, no se echaba al campo a recolectar flores del campo, sino que se iba en derechura a la sección de flores del campo de la Cultivadora de Flores de Jardín y Campo, Sociedad Anónima, Cuflojarcasa, que funcionaba la mar de bien.

—Oiga, Maruja —le decía el galán a la florista.

—Mándeme siempre, don Claudio Marcelo —le respondía la florista al galán—. ¡Soy toda oídos!

—No, mujer, tampoco tanto... ¿Me prepara una mierda de ramito para una señora que es todo sentimiento?

—Con mucho gusto, don Claudio Marcelo, para eso está una servidora.

Entonces la Maruja, que era como un espagueti con falda de tablas, le preparaba un ramito corriente, lo envolvía en una hoja de col para que hiciese más rústico y le cobraba doce pesetas.

—¿No me lo puede dejar en dos duros?

—Me es imposible, don Claudio Marcelo, ya sabe usted que el precio fijo es norma de la casa.

LOS PANTALONES VAQUEROS

Según una encuesta realizada en cinco diferentes ciudades británicas y flemáticas y cachondas, que lo cortés no quita lo valiente, los pantaloncitos vaqueros bien ajustados resultaron ser la prenda femenina que más llama la atención y más propicia el benemérito rijo del sexo contrario; me imagino que también su impacto, como ahora se dice, se hará sentir del mismo fiero modo sobre el sobresalto venusíaco del mismo sexo en mozas con inclinaciones contrarias a las tenidas por habituales, supuesto que cae dentro de lo previsible y admitido por las costumbres de la lujuria en cautividad. De mi caso particular y triste experiencia debo declarar sin mayores ambages ni rodeos que la culpa de que me retiraran el carnet de conducir la tuvo un anuncio que representaba un primer plano de tres popas juveniles y femeninas forradas de tela y artística y rítmicamente escoradas en su perspectiva. Bien sabe Dios que el espectáculo, visto y no visto, me obnubiló la vista y fue la causa de que se me disparara la adrenalina, soltara el volante, me subiera a la acera y desgraciara a tres viejas que, con la ley en la mano, me las cobraron como si fueran o estuvieran nuevas. Ahora estoy muy arrepentido, ¡a la fuerza ahorcan!, pero pienso que aquella paradisíaca contemplación, aun fingida, valió por los huesos rotos de las tres señoras que, a sus años, bien podían haberse quedado en sus casas haciendo jerseys para el ropero de los pobres o bolas de papel de plata para la redención de los chinitos o la conversión de los infieles en general. ¡Que Dios me perdone, y que no permita ponerme de nuevo en aquel trance para que la historia no vuelva a repetirse! Amén.

En la encuesta que se dice también se aclara que el segundo puesto en la predisposición al deleite visual le corresponde a los escotes generosos que, unas décimas por debajo, compiten con los glúteos de la armonía y el buen compás. ¡Y pensar que, a igualdad de actitudes, el persiano Jomeini mandaría ajusticiar a los mirones! ¡Qué ganas de poner las cosas difíciles y de deleitarse en el mal humor y las gárgaras de bilis!

Los estudiosos de la materia están al borde de llegar a la conclusión de que al aficionado lo que le gustan son los esferoides consistentes y, a ser posible, formando dúo, ya que el trío quizá fuera desorientador. ¿Usted se imagina, lector amigo, a una señora con tres cachas o tres pechos? ¿No cree que iban a reunirse demasiadas ches en no excesivo espacio? No, no; en esto, como en todo, más vale plantarse a tiempo que pasarse a destiempo y contratiempo, y el uso en estos menesteres es contar por pares y recordar que la avaricia rompe el saco y que no por mucho madrugar amanece más cedo y despejado. Una señora con sus pares de lo que sea bien puestos y distribuidos con arreglo a norma prevista, es una bendición que los clementes dioses brindan a los paladines de las causas nobles.

—¿Puede ponernos un ejemplo didáctico, profesor?

—No, hijo, que cada cual se imagine lo que quiera, que para eso están las neuronas y las hormonas.

—Dispense.

—De nada; en Salamanca le darán la razón.

Los pantalones vaqueros bien ajustados son, en las señoritas en agraz, algo así como una nueva piel de contemplación deleitosa y tacto placentero y ecuánime.

—¿Tan ecuánime como una página de Balmes o de Donoso Cortés?

—Más, mucho más. ¡Dónde va a parar!

LA EDAD DE AMAR

Hace ya algún tiempo, una mocita cantante aseguraba, aniñando la voz y añadiendo un punto de agradecida cursilería al ademán, que no tenía edad para amar a la persona a quien se dirigía. A lo mejor era cierto, aunque yo piense que, mientras el cuerpo aguante y las circunstancias lo permitan, todas las edades son buenas y hasta adecuadas para el noble ejercicio del amor. Al otro extremo del calendario, me entero ahora que en Italia fue denunciado por violación un meridional pasional e invernal, más que otoñal, porque sumaba ochenta y cuatro años, ochenta y cuatro, edad a la que el varón ya suele llegar amansado y hasta suplicante. El admirable indino se llamaba —se sigue llamando, en su lozana senectud— don Sebastiano Minerva, que es nombre que encierra muy evidente propensión a la cachondez.

La dama que desató tan agresiva pasión y que denunció lo que tenía que haber agradecido, ¡allá ella con su conciencia!, tenía once años más que el galán, o sea, noventa y cinco años, noventa y cinco, esto es, un siglo menos un lustro; se conoce que don Sebastiano procuró evitar el ser perseguido por la justicia por corruptor de menores, y para mí tengo que hizo bien. La dama esquiva se llamaba —y se sigue llamando, en su desairadora pudibundez— doña Giulia Stanca, que es nombre de virtuosa a destiempo e incluso a contrapelo.

Para situar con cierta precisión la escena y los personajes quizá convenga recordar que don Sebastiano vino al mundo cuando empezó la guerra de Cuba, cuando los hermanos Lumière hicieron los primeros ensayos de su cinematógrafo y cuando el novelista Sienkiewicz escribió *Quo vadis?* Doña Giulia, que cuando don Sebastiano naciera ya había hecho la primera comunión, salió a flote a la vida coincidiendo con el primer globo dirigible, el de los hermanos Renard.

Pero, ¿qué importa el tiempo si es embridado y prolongado por el amor? El placer del amor sólo dura un instante —nos dijo un clásico escarmentado—, pero el dolor del amor dura toda la vida. No es cierto y no debe ser creído. Don Sebastiano, probablemente, no admite ni el pesimismo ni la derrota y piensa, con Omar Khayyam, que el día que pasa sin amar es el más inútil de tu vida; por si perdió el tiempo en su juventud, que en ocasiones los mozos se descuidan por exceso de confianza, don Sebastiano exprime ahora el tiempo como un limón, poco importa si ya en las últimas, y ataca a doña Giulia, la imposible dama de sus pensamientos, desvelos y aficiones. Henri Regnier nos consuela cuando discurre que el amor es eterno en tanto dura.

Dicen algunos psiquiatras que el remoto y más velado origen de la violación debe rastrearse en el afán de dominio y en la voluntad de humillación de la mujer por el hombre. Si esto es así, cosa que ignoro pero que tampoco encuentro demasiado extraña, el violador, lejos de ser un verriondo de incontenible e incontrolable rijo, no pasa de ser un maleducado incapaz de domeñar y dar cauce a sus tortuosas inclinaciones. Todo pudiera ser.

Yo prefiero pensar, sin embargo, que don Sebastiano, en vez de un tarado, era un don Juan tardío, y que doña Giulia, en lugar de una timorata vengativa, era una doña Inés sorprendida y virtuosa. Por respeto a nuestros mayores, por ejemplo, los protagonistas de esta historia, es preferible teñir de rosa el trance digno de ser cantado por el Petrarca.

VOZ DE CÓMPLICE

En algunos anuncios de televisión, la señorita que sale retratada, o séase la actriz, pone una muy velada y cálida voz de cómplice para anunciar una sopa, por ejemplo, o un detergente eficacísimo, blanquísimo y baratísimo, o unas compresas higiénicas que ni molestan, ni se notan, ni se mueven. A mí me parece excesivo arrimar misterio a lo que no lo tiene, pero, ¡en fin!, allá cada cual con sus aficiones, sus aprensiones y sus ilusiones.

Hay algunas mujeres, ¡Dios las bendiga!, que tienen una voz que destila proginón y delata unas muy bien puestas y reconfortadoras hormonas. Otras, en cambio, parecen grillos con distonías neurovegetativas y hablan en falsete y con fingida voz de colegiala; lo grave es que amén de lo dicho —y a lo mejor no por casualidad— no dicen más que vaciedades que no pegan, aunque sí molesten. A estas hediondas féminas lo más prudente sería operarlas de la garganta y dejarlas mudas para que, como los pavos reales, adornasen sin graznar, sin dar la lata y sin marear al prójimo paciente; lo malo es que esto lo prohíbe el reglamento, que está todavía en mantillas y muy poco evolucionado.

Los mirones de la televisión agradecemos mucho que una señorita nos ponga insinuadora voz de cómplice, aunque sea desde la pantalla y sin mayores alcances. Si la cosa estuviese bien organizada, unos segundos antes deberíamos ser avisados para que dejásemos la estancia a media luz, como en el tango, y envuelta en un halo casi pecador de intimidad; la verdad es que quienes mandan en televisión no hacen esfuerzo alguno por complacer al paisanaje, con el poco trabajo que eso les supondría.

A las señoras, en sus más variadas especies, se les podría clasificar por su voz, por el tono y el timbre y el misterio y el descaro, etcétera, de su voz. Es posible que con os hombres pudiera ensayarse oficio idéntico, pero esto, claro es, cae más bien lejos de mi propósito de hoy.

Hay mujeres que acarician al hablar, que acarician con un tacto suave y sapientísimo; otras, por el camino contrario, rascan como el papel de lija, arañan con un tacto hirsuto, malévolo y tenebroso. En la India, hasta 1962, se podía quemar vivas a las damas que resultaban incómodas a los circunstantes; ahora se sigue haciendo, pero a espaldas de la ley; la costumbre es la costumbre y, en cierto sentido, la costumbre es la ley. Yo creo que esto se puede hacer en la India porque lo más probable es que las mujeres no estén ni contadas. Aquí, en cambio, tenemos que contenernos porque, además de contadas y bien contadas, están sindicadas y federadas y, claro es, así no hay quien pueda.

Algunas mujeres tienen tal empuje amoroso que reconfortan, es un decir, incluso con la voz; Cleopatra y Mesalina, pongamos por caso, debían ser así, y mi vecina Humberta lo es, sin duda. Las dichas damas bravas suelen enseñar la voz tirando a grave, quizá para confundir a los atónitos transeúntes, entre los que me encuentro, y si hay suertecilla y llevan liguero y escote dadivoso, entonces uno se explica hasta a Jomeini, quien, jugando a la contra, hasta queda simpático aunque quizá un poco zarrapastroso, que todo hay que decirlo.

Sí; las señoritas con voz de cómplice es lo más bonito y reconfortador que tiene la televisión española; en otros países me imagino que pasará algo muy parecido. Uno, que es de pueblo, agradece mucho el que una señorita distinguida y de buen ver y adivinado buen palpar le implique en lo que sea, aunque lo que acabare siendo resulte ser una sopa de sobre, un detergente biodegradable o una compresa inamovible, tan inamovible como determinados funcionarios públicos de sus cargos.

LOS REGALOS DE BODA

Los usos cambian con los tiempos y lo que ayer fue bueno y elegante hoy puede resultar malo y cursi, o al revés; todo es cuestión de tener un poco de paciencia y esperar a que la noria de la moda gire un par de andaduras más sobre su eje. Los trastos que nuestros abuelos arrumbaron los buscamos ahora y nos los llevamos a casa pagando el hallazgo a precio de oro, y lo mismo harán nuestros hijos con los cachivaches que desterraron y arrinconaron nuestros padres. La añoranza del hombre por el tiempo ido es posible que proceda en espiral, y la moda, en justa correlación, quizá se gobierne por la ley que rige las vueltas y revueltas de la peonza que gira con la lentitud que le da la gana, es cierto, pero que siempre vuelve a mostrarnos la faz que creíamos ya perdida para siempre.

—Estos zapatos que lleva nuestra hija, ¿no te recuerdan a los que usaba tía Micaela en los últimos tiempos de la Dictadura?

Por los regalos de boda podría señalarse su fecha sin demasiado margen de error, y en los países bien organizados hay museos de los útiles de vida y de los enseres domésticos de cada época histórica. (En España, dicho sea entre paréntesis, los tenemos embalados en cajones, pese a la ciencia y a los esfuerzos de Julio Caro Baroja.)

La moda pregona el calendario y define y fija los tiempos en los que se mueve la historia de cada cual y su conjunto, que es la historia de todos. En las exposiciones de regalos de boda se canta el almanaque y se exhiben sus triunfos, sus derrotas o sus inhibiciones. Quienes se casan en tiempos de penuria se cargan de inutilidades de chapucera recuperación, ¡pobres desgraciados!, y quienes matrimonian en las calendas prósperas y bonancibles se llevan para su casa el próvido botín de la abundancia. ¡Felices ellos!

De un tiempo a esta parte, en las bodas prevalecen la

caradura y el manfutismo y los novios orientan —y también coaccionan— sobre lo que quieren y necesitan. Algunos, más descarados y abusones, hasta declaran preferir el dinero contante y sonante, olvidando que la mala educación puede causar la indiferencia o el disimulo. ¡Allá cada cual!

Quedan aún —y sin embargo— regalos de buen tono y regaladores de saludables principios. El penúltimo regalo elegante —y también práctico y oportuno— del que tengo noticia tuvo lugar en Cádiz y no hace demasiado tiempo. El novio llegaba tarde a la iglesia, se encontró sin una sola plaza en el aparcamiento de los alrededores y, claro es, dejó el coche donde pudo y fuera de sitio, por eso de que baza mayor quita menor, y por aquello otro de que la suerte, a veces, ampara a quien lo ha menester. Al cabo de un rato, y ya casado, se fue, del brazo de la pareja y seguido de la nube de invitados, hasta donde había dejado el automóvil, y se encontró con la dolorosa sorpresa de que estaba trabado con el cepo municipal; sobre el parabrisas —y para mayor escarnio— lucía el papelito con la constancia administrativa de la sanción. ¡Vaya por Dios!

Llamó a los guardias que gobiernan las grúas y los cepos y, cuando éstos llegaron y supieron la circunstancia, le destrabaron el artilugio de balde y le perdonaron la multa.

—Es nuestro regalo de boda —le dijeron—. Que sean ustedes felices y que no nos volvamos a topar por estas cuestiones de los aparcamientos.

—Gracias. ¿Quieren tomarse una copa con nosotros?

Los usos cambian con el paso del tiempo y a lo mejor —y aunque no nos demos cuenta— cambian para bien y se hacen, poco a poco, más confortables y humanos. A mí me parece ver como una clarita en el negro horizonte de malos modos que nos oprime y también nos aburre. Quizá uno sea un optimista visceral e incorregible. En todo caso, declaro que prefiero que se me moteje de ingenuo a que se me tilde de cenizo.

LLANTO POR BÁRBARA HUTTON

La mujer más rica del mundo, Bárbara Hutton, la de los almacenes Wolworth, coleccionó maridos y sinsabores y se murió sin haber conocido la felicidad.

—¿No decía usted que la felicidad podía comprarse?

—Jamás lo dije. Y lo siento, porque sería una idea muy caritativa.

Para Paul Valéry la felicidad tiene los ojos cerrados y es posible que Bárbara Hutton, la millonaria inútil, tampoco haya acertado a encarársela de frente y arrancarle el velo que le tapaba el mirar.

—¿Por qué los poderosos tendrán tanto miedo a moverse?

—Lo ignoro; quizá hayan hecho un culto de la inmovilidad absoluta, ese yoga del avaro disimulo de la ordinariez.

—¿Fue Schopenhauer quien aseguraba que en este mundo no se puede elegir más que entre la soledad y la ordinariez?

—Sí.

—Gracias. ¿Y usted cree que una estatua de sal puede ser feliz?

—No lo sé. Lo que sí puedo asegurarle es que no tiene por qué ser ni más ni menos desgraciada que una estatua de oro.

Los antiguos —Aristóteles, Epícteto, Cicerón— suponían que la felicidad residía en los recovecos del propio corazón y, a lo que hubo de verse, el corazón de Bárbara Hutton, la acaparadora de tesoros y de amarguras, era quizá un hondo pozo sin fondo excavado en las más dramáticas arenas de la soledad.

—¿Cree usted que la soledad es el imperio de la conciencia?

—Quizá. Quien lo creía era Bécquer, el hombre que con mayor ansia y belleza suplicó la compañía.

Bárbara Hutton, la solitaria que jamás tuvo nada que no fuera dinero, vivió mojando sopas de oro en el parvo aguachirle de la tristeza y murió, tan rica y sola y triste como había vivido, un día en que se le distrajeron un poco más de la cuenta los aburridos pulsos.

—Descanse en paz Bárbara Hutton, la mujer que no acertó a comprarse un solo celemín de compañía.

—Sí. Y que sus huesos se confundan con la tierra sin un solo gemido, que ya lloró bastante en esta vida.

Bárbara Hutton, la triste y amarga y escandalosa sacerdotisa de la absoluta orfandad, no pudo encontrar el sosiego sino en la muerte, ya que la compañía —¡trágica pirueta la suya!— también más allá de la frontera de la muerte habría de negársele. Hay quienes nacen con una luminosa estrellita en la frente y hay quienes vienen al mundo con una negra sima en el desierto y zurrado corazón.

—¿Se acuerda usted de alguien a quien el dinero le haya servido para menos?

—No. El dinero, a veces, no sirve para nada o para casi nada, pero en el caso de nuestra pobre amiga valió para restarle dicha y mermarle paz y azotarle las delicadas entretelas del alma.

Hay desgracias muy caras y también hay soledades que no pueden romperse ni aun juntando todo el dinero del mundo. El triunfo y la felicidad caminan por sendas diferentes y son de dispar andadura. El hombre dichoso que no tenía camisa, del que nos hablan en el viejo cuento oriental, era el envés de la moneda en cuyo haz lloró toda la vida Bárbara Hutton, la mujer que anegó su corazón en la metafísica y absoluta soledad.

Sí. Descanse en paz Bárbara Hutton, la mujer que, contra todas las apariencias, nada tuvo pudiendo haberlo tenido todo o casi todo. Para Balzac, la mujer tenía una cosa en común con los ángeles, y es que los desgraciados les pertenecen. En Bárbara Hutton habitaron al tiempo la mujer, el ángel y el desgraciado que se anega en la propia desgracia que, navegando en un mar de soledad, con nadie puede compartir. Por eso no encontró la libertad y el sosiego más que en la muerte, el estado de la total e irremisible ignorancia.

EL COLECCIONISTA DE VIUDAS

Don Claudio Magaña de Baldomero y Pacheco, alias Ferdinand Marie II, el autor del famoso tratado *Vestigatio arcani sensus in Apocalypsi*, bebió un buche de limonada, adelantó un poco un pie, entornó los ojos y dijo:

—Señoras y señores. Siempre me irritó la naturalidad con que las mujeres se quedan viudas; a mí me parece que debieran tener algo más de recato, tampoco mucho, pero sí el deseado o, al menos, el preciso. Las viudas, respetable público, debieran pagar un impuesto especial de plusvalía por el estado de perfección al que acceden tras el óbito y subsiguiente sepelio del cónyuge, impuesto que las delegaciones provinciales de Hacienda podrían invertir en sufragios, exequias y otros agradecidos auxilios espirituales. Para mí tengo que las viudas...

Una voz femenina le interrumpió desde el gallinero:

—¡Machista!

—¿Mande?

—Nada; que es usted un retrógrado.

Don Claudio se llevó la mano a la oreja, a modo de trompetilla.

—¡No se oye!

Y la señora de gallinero se llevó las dos manos a la boca, a guisa de bocina.

—¡Pues yo no puedo gritar más!

Don Claudio hizo un mohín como diciendo «¡qué vamos a hacerle!» y continuó su conferencia hasta el final. Después se fue a tomar un tinto y unos calamares o unas gambas con unos correligionarios y otras tantas viudas propicias.

—¿Qué? ¿Se está bien de viuda?

—¡Vaya! No hay queja. A mí me parece que se está bien de todos modos; el caso es no desfallecer y, pase lo que pasare, seguir demostrándose a una misma cada mañana que lo importante es mantenerse sobre dos pies.

—Pues sí; a mí me parece que no va usted descaminada. ¿Hace una aceitunita rellena?

—Si me la ofrece usted de corazón...

—Mujer, ¡qué ocurrencia!

Don Claudio, que era viudo en segundas nupcias, se había especializado en viudas, tenía ya una colección muy aparente de viudas.

—Mire, usted. Las llevo apuntadas en esta agenda según el orden de la doble entrada, por estaturas y por naturalezas; las demás circunstancias —peso, color, edad, temperamento, inclinaciones, etc.— van en estos índices; los nombres no me interesan porque yo a todas las llamo igual, Conchita, y su situación económica no consta porque yo no las admito más que de posición desahogada. ¡Las otras son unas latosas!

—Claro.

—En consecuencia. ¿Que quiero ir a pasar un fin de semana a Benidorm? Pues me busco una levantina no muy alta, gordita, morena, cuarentona, cariñosa y medio bronquista. ¿Me entiende usted?

—Sí, señor; le entiendo la mar de bien.

—Pues eso. ¿Que se trata de aguantar la gripe en compañía y, quien dice la gripe, dice cualquier otra cosa por el estilo? Pues llamo a una asturiana o a una santanderina más alta, bien proporcionada, trigueña, cuarentona larga, hacendosa y maternal. ¿Me entiende usted?

—Sí, señor, ya le digo; le entiendo pero que la mar de bien.

—Pues eso. ¿Que quiero pasión tumultuaria y lo que el poeta Rilke llamaba bronca de amor? Pues nada: llamo a una andaluza tirando a pequeña, flaca, renegrida, treintañera, jaranera y liberada (que también las hay). ¡Dios, la que se arma! ¿Me entiende usted?

El interlocutor de don Claudio carraspeó.

—Pues no mucho, no crea...

Y a don Claudio no le gustó ni un pelo que no le entendieran.

—¡Es que ustedes los gallegos son muy raros!

Don Claudio, el coleccionista de viudas, había dado ya lo menos cien representaciones a su conferencia; cada vez le salía mejor. Don Claudio llevaba en su repertorio otra conferencia de repuesto, ésta en francés: la que titulaba *Les collections archéologiques du Musée National de Bangkok*. A la gente le gustaba menos porque muchas palabras se les escapaban.

LA MALA MEMORIA

En la isla de Mallorca, una joven señora se dejó olvidado a un niño en una gasolinera.

—¡Qué horror! ¡Qué memoria la mía! ¿En qué estaría pensando?

—Probablemente en nada, señora, y usted perdone la manera de señalar.

Hay damas muy desmemoriadas y olvidadizas, especímenes que tienen la sesera como un colador lleno de agujeros por los que se les escapan las ideas.

—¿Las ideas?

—Bueno, o las inercias. ¿Qué más da?

El encargado del surtidor de gasolina pensó que la señora volvería al instante, esto es, tan pronto como se diera cuenta del olvido, pero erró el pronóstico porque la señora que olvidó el niño olvidó también el sitio donde lo había olvidado y no volvió sobre sus pasos para enmendar el olvido.

—¿Eso no es una adivinanza?

—No, hermano: esto es una evidencia.

Al cabo de una hora, el de la gasolinera llamó a la guardia civil y ésta, buscando en el listín de teléfonos, dio con la señora de flaca memoria sin dificultad mayor.

—¡Ya decía yo que me había olvidado de algo! El caso es que no recordaba lo que era..., el niño, sí, claro, el niño. ¡Los niños de esta edad son malísimos!

—Sí, señora, son la peste, son el demonio, diga usted que sí, pero a pesar de eso conviene no írseles dejando por el camino.

—Pues, mire usted, ya me hago cargo; en eso tiene usted razón, señor guardia, no le digo que no... Los niños deben contarse al salir a la calle y al entrar en casa.

—¿Tiene usted muchos?

—No, no tengo más que ése, pero desde ahora en adelante lo contaré siempre..., ¡uno!..., está bien. ¡Qué cabeza la mía, santo Dios, qué cabeza la mía!

La ley no es lo bastante flexible y su aplicación, con frecuencia, viene condicionada por el pie de la letra y no vivificada y oreada por el espíritu; lo digo porque lo prudente, a mi entender, hubiera sido retirarle el carnet de conducir a la señora del cuento.

—¿Y por qué? ¡Pobre señora!

—No, por nada..., para que ejercitase la memoria. Al cabo de unos meses, y cuando diera ya síntomas de arrepentimiento evidente, podría devolvérsele. ¡Bueno, señora —le diría el jefe de negociado—, ahí tiene usted otra vez el carnet! ¡A ver si aguza usted la memoria y no se va dejando el nene por las esquinas! Descuide —respondería la señora sancionada—, yo creo que de ésta escarmiento. ¡Qué cabeza tiene una, Santa Rita bendita, qué cabeza tiene una!

La sociedad dista mucho de estar bien organizada. En la República de Platón las jóvenes madres no paseaban a sus hijos en automóvil, claro es, porque los automóviles no se habían inventado, pero de haberse producido esta circunstancia, la autoridad hubiera previsto, sin duda alguna, cuáles eran las esquinas del pueblo más adecuadas para las pérdidas. Los griegos tenían la cabeza muy clara y en su sitio y cuando se les presentaba alguna duda, consultaban a los sabios y en paz.

—¿Dice usted a Tales de Mileto, Quilón de Esparta, Pítaco de Mitilene, etc.?

—Sí, a ésos son a los que me refiero.

Nuestra civilización, a diferencia de la griega clásica, va como puede y manga por hombro y así nos luce el pelo.

—¿Y usted no cree que podríamos consultar al ayatollah Jomeini, a ver si nos orientaba un poco?

—No sé; la verdad es que no me había parado a pensarlo... Para mí tengo que al ayatollah Jomeini las señoras no le parecen fauna a tener en cuenta. ¿Usted no lo encuentra un poco machista?

—Pues, sí, quizá sí. Lo que tiene es muy buena memoria, a lo mejor apunta en un cuadernito todo lo que va pasando. A mí, este Jomeini me parece un poco vengativo...

SOBRE SOSTENES Y SUJETADORES

Los rusos han venido a resultar unos especímenes muy raros y desorientadores. Los rusos, según enseña la historia moderna y contemporánea, son capaces de ganarle una guerra a Napoleón y otra a Hitler, de llevarse varias medallas de oro en las Olimpiadas, de producir campeones de ajedrez en serie y de poner a un cosmonauta (el astronauta de los norteamericanos) en órbita alrededor de la Tierra, pero lo que no consiguen es fabricar un bolígrafo que funcione medianamente. Algo poco usual y previsto pasa con los rusos —y con sus socios los ucranianos, los georgianos, los turcomanos, los siberianos, etc.—, algo que los que nacimos un poco más a poniente no acabamos de entender.

Lo digo porque, según la revista *Krokodil* —una especie de *La Codorniz* de aquellas latitudes—, la industria soviética no acierta a producir sujetadores (antes sostenes) al ritmo requerido por la demanda.

—¿Es que las rusas no son como nosotras? —me preguntó mi tía Clarita, la viuda del disecador Peláez.

—Pues, sí, tía: arroba más, arroba menos, las rusas son como vosotras, perdonada sea la manera de señalar y mejorando lo presente. Lo que pasa es que las manufacturas de sujetadores (antes sostenes) no dan abasto; se conoce que los gobernantes, con eso del Afganistán, no tuvieran tiempo de planear el suministro.

—Lo más probable, Camiliño Josesiño, lo más probable... ¡Pobres rusas, con las glándulas mamarias a su ser por falta de sujetadores, antes sostenes!

—Sí, tía, es un recuerdo horrible. ¡Pobres rusas! ¡Si al menos el tío Peláez no hubiera muerto!

—Claro... Oye, estaba como medio distraída. ¿Por qué lo dices?

—Pues porque hubiera podido aplicarles las artes de la taxidermia.

—¡Ah, ya! Bueno..., a lo mejor no hubiera podido arreglarlas a todas, ¡como son tantas!

—Sí; eso, sí.

Ahora la gente está perdiendo afición a la taxidermia y ya casi nadie se entretiene en disecar gatos, gallinas, lagartijas, gorriones, ubres de rusa, etc., los domingos por la tarde; la gente ahora prefiere sentarse ante el televisor, a anestesiarse por lo barato, o ir al cine, a ver porquerías, o al colectivo, a oír necedades. La verdad es que cada cual se divierte (es un decir) como puede. Los sociólogos estudian la evolución de las costumbres y, si bien no suelen acertar, su lectura, aunque algo aburridilla, resulta reconfortadora. Seguramente hay algún libro ya publicado en el que se explique, con gran acopio de sabiduría, el porqué a los sostenes se les vino a llamar sujetadores. Yo lo ignoro, pero esto, claro es y dadas mis muchas ignorancias, no es razón bastante para suponer que esta mi supina ignorancia pueda ser compartida por los demás.

El diccionario de la Academia registra *sostén* (4.ª acepción: prenda de vestir interior que usan las mujeres para ceñir el pecho) pero no *sujetador* con el significado que el uso viene dándole. Todo será tener un poco de paciencia, ya que disparates mayores han tomado carta de naturaleza en el lenguaje. A mí me parece que llamar sujetador al sostén es excesivo. Sostener, en castellano, significa sustentar, mantener firme una cosa, y sujetar —en la acepción que aquí pudiera caber, que la otra queda muy lejana— vale, también en nuestra lengua, por afirmar o contener una cosa con la fuerza.

No sé, no sé..., pero para mí tengo que esa cosa, aunque sean las tetas de las rusas, se deben tratar con delicado mimo y no afirmarlas o contenerlas con excesiva fuerza.

Esta disquisición léxica y sin pretensiones mayores me ha llevado algo lejos del artificioso problema que se han planteado los rusos con sus mujeres, quienes, pese a las dudas de mi tía Clarita, que tiene la sesera rellena de piedra pómez, son como las nuestras, sobre poco más o menos y arroba por encima o arroba por abajo.

LA PESCADILLA QUE SE MUERDE LA COLA

Los sabios andan a vueltas con una idea barroca, la de que a los hombres que yacen con mujeres usuarias de píldoras anticonceptivas acaban desarrollándoseles los pechos. ¡Toma del frasco, Carrasco, que del bote se ha acabao! En este terreno del deleite venusíaco todo son trabas y sobresaltos y zancadillas y, el que más y el que menos, no acaba ganando para sustos. ¡Con lo entretenido que es y lo bien que se pasa en los ratos libres! ¡Qué ganas tiene la naturaleza de estropearle a uno el sábado sabadete!

En algunos empleados de un laboratorio farmacológico británico se observaron ciertas túrgidas prominencias en zonas de su organismo en las que, por razón de sexo, no correspondían, y la dirección tuvo que acabar prohibiéndoles hasta la mera presencia. Según dicen, las hormonas utilizadas en la elaboración de la píldora son tan activas y agresivas que no pueden manejarlas sino las mujeres que hayan llegado ya al pasmo de la menopausia y, aun así, ataviadas con traje y casco y gafas y guantes protectores. ¡Qué barbaridad, ni que los espermatozoides fueran tigres! ¿Se da usted cuenta, caballero, de la violenta selva que esconde en sus gónadas domésticas? ¡Y usted, que se creía un hombre del montón y tirando a pobre, manso y resignado!

Entre las normas de seguridad que tomó la empresa de producto tan agresivo está, además de la de que los empleados ni arrimen por las naves, la de que las empleadas hayan de ducharse dos veces, una vestidas y la otra desnudas, al terminar el trabajo. Por lo visto, todas las precauciones son pocas.

Ahora se está llegando a la confundidora consecuencia de que el solo contacto amoroso con fémina pildorera tiene sobre el busto del caballero amante las mismas consecuencias que las legendarias pilules orientales que se anunciaban en el *Blanco y Negro* y en *La Esfera* y el *Mun-*

do Gráfico de nuestras lejanas y reprimidas (esto es un decir o una licencia poética, según como se mire) niñez y juventud.

Esto que ahora se llama, con eufemismo no poco confundidor, la planificación familiar, está al borde de irse al garete si se confirma que los jefes de negociado pueden acabar haciéndole la competencia a Mae West o a Jane Mansfield.

—Señor Bermúdez: ésta es una oficina muy seria, le ruego a usted que use sujetador y que no vaya tan escotado. Los funcionarios del catastro siempre hemos sido muy decentes, jamás nadie pudo decir nada de nosotros. Dése usted por amonestado; la próxima ocasión tendré que imponerle a usted la sanción pecuniaria de un día de haber.

—Dispénseme, don Mamerto, no sé lo que me pasa..., para mí que es la llegada de la primavera...

—Bueno; pues tómese sus precauciones para recibirla. Puede usted retirarse.

—Usted siga bien, don Mamerto...

El hombre y la mujer, en esto de las relaciones amorosas, llevan miles de años desorientados y dando palos de ciego. El verriondo pierde la lucidez, es cierto y nunca peor, pero quien propicia en frío y en el laboratorio la gratuidad del trance irreversible en la alcoba (usted ya me entiende, señora, no disimule) tampoco acierta demasiado, según vamos viendo. Esto del amor de hombre y mujer es el cuento de nunca acabar, la montaña rusa del sobresalto y, en cierto sentido, funciona como la siniestra pescadilla que se muerde la cola en el lañado plato de la casa de huéspedes.

—¿No exageras?

—Yo creo que no. En esto del amor no exagera nadie.

—Ni siquiera Catulo. Recuerda, ¡oh, tiernísima zorra encaramada en el árbol frondoso de mi corazón!, que el amor mueve el sol y las estrellas; lee al Dante y deja de marearme de una vez.

—¡Qué cardo!

A lo que íbamos. Cuando un caballero observa que empieza a embellecérsele el busto, debe poner en observación a su pareja y sus costumbres; las cosas, sobre todo al principio, no tienen difícil arreglo.

¡HAY QUE SER SERIOS!

¡Hay que ser más serios, hermoso, y llegado el trance, hay que dejarse ahogar y que la corriente se lo lleve a uno! El amor tiene sus quiebras y, cuando un amante ve que descarrila su amor y decide irse para el otro mundo, no está bien que se arrepienta a mitad de camino. Los usos son los usos y, en las sociedades bien estructuradas, los usos no deben ni cambiarse ni incumplirse. Los suicidas han de pensar bien las cosas antes de decidirse a dar el paso fatal y postrero, porque los suicidas con marcha atrás, aunque suelan alegrarse de haber echado el freno a tiempo, propician el cachondeo del vecindario.

—¿Con que tú eras el que quería irse para el otro barrio a criar malvas porque tu vida es un erial y flor que tocas se deshoja, etc.?

—Sí, señora. La vida de un servidor de usted, sin el amor de la Enriqueta Estévez, la del casquero, no tiene mayor objeto.

—¡Vamos, anda! Tú eres un pardillo que lo único que quiso fue llamar la atención.

—Le juro que no, señora. ¡Así me muera!

—¿Morirte tú?

No, no; hay que ser más formales y consecuentes. Esto de tirarse de cabeza al Guadalquivir pensando que la vida no tiene más salida airosa que la muerte y cambiar de idea y empezar a pedir socorro tan pronto como se siente en las carnes el frío del agua, que ahora va muy fría, todo hay que decirlo, es poco serio. Y eso de que lo salve a uno una mocita con decisión, queda peor aún. Uno se alegra, claro es, de que la cosa saliera como salió, pero uno piensa que mejor hubiera sido ahorrarse el sainete y el catarro.

—¿Se acatarró el amante desairado?

—Sí, señora; desde que lo sacaron del río no hace más que estornudar.

—¡Vaya por Dios!

La noticia del suicidio frustrado, venturosamente frustrado, la recogieron todos los periódicos. El joven N. N., de dieciséis años de edad e inclinaciones líricas y movedizas, sufrió un desengaño amoroso, ¡qué original!, y pensó que lo mejor era cortar por lo sano y enfriarse pasando a la indiferencia metafísica.

—¿Como los paraguayos?

—Pues, sí: más o menos.

El mozo aburrido se acercó al recodo que dicen El Manchón, en el río Guadalquivir cantado por los poetas, desde Marcial hasta Lope de Vega (y muchos más), dijo «a la una, a las dos y a las tres», cerró los ojos y, ¡zas!, se tiró al agua. Algunos dicen que empezó ya a pedir socorro cuando todavía iba por el aire, pero otros, se conoce que más piadosos, dicen que no, que esperó a chapuzarse para gritar. Le sacó las castañas del fuego —y las carnes de la crecida corriente— una joven que por allí pasaba y un mozo de la edad del amador en desgracia, que se le sumó. ¡Menos mal!

Yo me permito suponer, con toda humildad, que la Enriqueta Estévez, la del casquero, ni le volverá a mirar a la cara cuando se seque y salga ya a la calle. La Enriqueta Estévez, que por las circunstancias se colige que debe ser muy joven, saldrá ganando cambiándolo por quien lo cambiare.

Sólo el que está ciego se va con serenidad al precipicio, nos dejó dicho en sus *Paradojas morales y políticas* el padre Feijoo. El novio en remojo a quien ahora recordamos —y también felicitamos— no pasó, para su fortuna, de tuerto o de cegato, según como se mire; le falló la serenidad y, en consecuencia, libró el pellejo. Los hay que, tras mil vueltas y revueltas, acaban teniendo suerte y escapando, aun con el rabo entre piernas, de las compasiones que ya no sirven para nada.

—¿Ni para entretenerse el compasivo?

—Sí; para eso, sí.

MARIDOS CON IDEAS PROPIAS
(Primera parte)

El marido con ideas propias suele ser animal doméstico muy latoso e inconveniente. Hoy nos toca analizar dos especies —y el próximo día nos encararemos con las otras dos que también se enumeran—, todas incómodas e inciviles, a saber: el provirgo, el allanador, el costurero y el distraído, a los que vamos a llamar, al respective, Pepito Fuenteteja Verdugo, alias Popelín; Ismael Cebollada Gobernado, alias Tamujo Lelo; Braulio de Zaragüeta Viscasillas, alias Licoroso, y Filemón Borreguero Expósito, alias Caftán. Advierto que cualquier parecido con la realidad es mera coincidencia, etc.

Al Popelín, o sea el Pepito Fuenteteja Verdugo, algunos le dicen Anthony Taylor y suponen que tiene cuarenta y ocho años. Su señora, la Doroteíta Espejo Garavito, alias Calatraveña, a quien a veces le llaman Elizabeth, pasó a mejor vida en la noche de bodas cuando su esposo descubrió que no era virgen y quiso desfacer el entuerto mechándole el tocino de su honra a puñaladas. ¡Así cualquiera! El juez le recetó una pena punto menos que simbólica con el argumento de que, como era grecochipriota y muy piadoso, le afectó seriamente la falta de lo que él suponía que habría de hallar en su señora. La latitud del origen del reo incide, en ocasiones, sobre el derecho penal y las sentencias de los jueces, porque para mí tengo que si el provirgo Popelín no es mediterráneo, sino báltico, acaba sus días en la cárcel por confundidor. Los jueces deben mirar mucho eso de la naturaleza del criminal pasional porque, ante ciertos trances, no se reacciona de la misma forma siendo noruego que siciliano, por ejemplo, o siendo finlandés que ibicenco. El asesinato también tiene sus usos y su folclore, del que nadie debe distraerse para no confundir al respetable. El marido provirgo, según síntomas, se bate en retirada y al compás de la himenal ausencia que llora, por lo común en octavas reales. Las estadísticas suelen ser muy crueles con las tradiciones y con las añoranzas; se conoce que es ley de vida y que no respeta nada de lo que se le pone por delante.

Al Ismael Cebollada Gobernado, alias Tamujo Lelo, algunos le llaman Ceferino Retuerto, y camina, según su pinta, por la edad del Popelín, sobre poco más o menos. El Ismael Cebollada Gobernado, también conocido por Ceferino Retuerto, es marido allanador y que no se para en barras aunque vengan los municipales. El nombre de la señora no consta, pero lo más probable es que se llame Lourdes Conejo Martínez, alias Gin-fizz.

—Oiga, ¿y por qué se va a llamar Lourdes Conejo Martínez, alias Gin-fizz?

—¡Anda! ¿Y por qué no?

El Ceferino y la Lourdes están separados por el juez, pero a él, o sea al Tamujo Lelo, le entran raptos amorosos por lo violento y como ella, o sea, la Gin-fizz, no da facilidades, va y le tira la puerta abajo, le apedrea los cristales de las ventanas, le pega fuego a la escalera, etc.

—¡Jo, qué temperamental!

—Sí; la verdad es que todavía quedan hombres.

El Ceferino, o sea el Ismael Cebollada, bueno, quiere decirse Tamujo Lelo, no se para en barras ni tampoco se anda por las ramas y, a lo que se ha ido viendo por ahora, es partidario de la acción directa, como los teóricos del golpe de Estado.

—¿Y envolviéndole las partes pudendas o naturales en alcanfor, no mejoraría?

—Pues, sí; a lo mejor, sí. Lo malo es que no creo que se deje.

El marido allanador, al igual que el marido provirgo, forma en un escalafón a extinguir en el que, según los correctos usos administrativos, las vacantes se amortizan y no se proveen. De nada vale oponerse a los cambios de las costumbres y los tiempos.

MARIDOS CON IDEAS PROPIAS
(Segunda parte)

El otro día consideramos, señoras y señores, las dos primeras clases de maridos peculiares: el provirgo y el allanador. Cúmplenos hoy ocuparnos de las dos especies pendientes: el costurero y el distraído. Con la venia, pues, procedemos a estudiar, etc.

A Licoroso, esto es, a Braulio de Zaragüeta Viscasillas, no falta quien le llame Aureliano Báez da Costa y lo suponga electricista, brasileño y de treinta y ocho años de edad. Licoroso es marido costurero (algunos tratadistas le hubieran dicho zurcidor) y de temperamento muy mirado y detallista, muy empresarial y vagotónico, y lo que el vecindario murmuraba de su esposa Natalina, que si tal y que si cual, y que si era un pendón que no se lo saltaba un gitano, y que si esto, lo otro y lo de más allá, le atormentaba tanto y de semejante manera que, tras varias noches de insomnio y corroído por la duda, tomó la decisión de cortar, digo de coser o zurcir por lo sano, esto es, por los bordes del órgano genital o vulva —perdonada sea la manera de señalar— de su compañera supuestamente infiel. Dicho y hecho salió a la calle, se mercó aguja especial e hilo también especial y un pulverizador con éter perfumado para usarlo como anestesia —que lo cortés no quita lo valiente—, volvió a su casa, trincó a su señora y, visto y no visto, le cosió o zurció los grandes labios, respiró hondo y se quedó dormidito a la vera y con la satisfacción del deber cumplido. Su conducta fue por todos afeada, aunque tampoco demasiado a lo vivo ya que, quien más, quien menos, todos pensaban que de la misma pasta de presunto cornudo nos había hecho Dios Nuestro Señor a todos.

—Pero, bueno, dígame una cosa, ¿usted cree que los

cuernos autorizan el cosido o zurcido —y aunque sea el bordado a punto de cruz— en semejante parte?

—Yo no comento, por mí que cada cual se las apañe como pueda.

—Dispense que le diga que es usted un egoísta insolidario.

—¡Mejor! ¿Qué pasa?

La pobre Natalina (hay quien dice que de la claustrofobia que le atacó a salva sea la parte) tardó mucho en reponerse y aún hoy, en los aniversarios del suceso, se echa al monte para pasar inadvertida a los ojos de la curiosa muchedumbre.

—¿Del Matto Grosso?

—Bueno, eso es lo mismo.

El último de los esposos a biografiar, el que los profesores llaman distraído, es bueno para todo menos para la coyunda: es limpio, es hacendoso, cocina con esmero, lava aceptablemente, lleva a los niños al colegio, no discute jamás con la mujer... Lo malo es que en el trance que, para entendernos, pudiéramos llamar matrimonial, le da la vergüenza, se vuelve de cara a la pared y se abstiene.

—¿Se abstiene de qué?

—¡Usted se calla! Se abstiene y en paz.

—¡Ah, ya!

El marido distraído del que guardamos memoria histórica se llama Filemón Borreguero Expósito, alias Caftán, tiene treinta y dos años, pese a su abulia en el tálamo, es profesor de instituto y está casado por la religión judía, la que viene en el Talmud, con Rebeca Villalobos Vinageras, alias Lechuza; el primero también atiende por Robert E. Thorold, y la segunda por Ernestina Wilkins de Swetchine, aunque parezca raro.

El Filemón, o sea el Robert, llevaba ya ocho meses sin hacer ni caso, bueno, lo que se dice ni maldito el caso a la Rebeca, o sea a la Ernestina, cuando ésta, harta ya de soledades y otros desaires, fue y ni corta ni perezosa lo denunció al juez.

—¿Por qué?

—Por abstencionismo de la atención debida e incumplimiento de los deberes conyugales.

—¡Caray! Y el juez, ¿qué hizo?

—Pues miró lo que decía el libro sagrado y lo condenó

a una multa de treinta y seis piezas de oro y a yacer con su esposa.

—¡Qué poético!

—Sí; la mar de poético. Pero la segunda parte de la sentencia se quedó en proyecto y la pobre Rebeca, bueno, la Ernestina, usted ya me entiende, siguió sin vender una escoba.

RECUERDO DEL CARNAVAL

Hace dos meses, sobre poco más o menos, o sea durante los carnavales, los cariocas lo pasaron la mar de bien: se disfrazaron, se metieron mano, se emborracharon, bailaron la samba, cantaron, sudaron, se asesinaron..., en menos palabras: se divirtieron en grande y a lo bestia, que es una de las más saludables y desintoxicadoras suertes de diversión.

—¿Tiramos a esa vieja al mar, a ver cómo se la meriendan los tiburones?

—No, hombre, no; yo creo que es más gracioso colgarla de un farol, a ver cómo patalea. ¡Es algo tronchante! Una vieja pataleando en el vacío, ¿tú te percatas?

En el último carnaval de Río de Janeiro cascaron doscientas setenta personas, se dicen doscientos setenta hombres y mujeres, treinta más que el año pasado; la cosa marcha sobre ruedas, según podrán observar los aficionados a estadísticas, sociologías y otros mansuetos entretenimientos. A cuarenta militantes de esta cosecha fiambrera los enfriaron por la vía rápida, esto es, asesinándolos, y los demás pasaron a mejor vida por variados conductos o procedimientos: el atropello, la borrachera, la defenestración, el infarto de miocardio y aun otras vías de acceso a la inmortalidad.

—¿Son todas válidas?

—Sí, señor; siempre y cuando se respeten las reglas del juego.

En los hospitales de Río ingresaron dieciséis mil accidentados en cuatro días, lo que significa que aún fueron bastantes los que libraron vivos y ayudados por la suerte.

Hace ya muchos años que se dijo que cada cual se divierte como puede, lo cual es verdad. En los carnavales la gente se desdobla, o se inhibe o se anestesia, y da rienda suelta a sus más contenidas y escondidas inclinaciones. A mí no me parece válida del todo la premisa de que cada cual se disfraza de lo que quisiera ser o haber sido pero, al menos, pienso que sí es considerable este supuesto. Un hombre o una mujer disfrazados —y aunque su disfraz sea convencional y en serie: de Pierrot y Colombina, por ejemplo— dejan fluir y actuar con naturalidad a ese otro individuo que todos llevamos dentro y que no solemos enseñar por pudor y aun quizá por conveniencia. Por eso el antifaz es pieza clave de ese ponerse el mundo por montera que el disfraz comporta aunque, por razones ajenas a la esencia misma del carnaval, su uso esté prohibido por la policía. Ése es otro cantar ajeno a nuestro discurrir de hoy.

En el carnaval de Río de Janeiro —y en los demás también— se rinde culto a la violencia como expresión erótica e incluso como subconsciente actitud desestabilizadora y poéticamente suicida. Los elementos que concurren en el carnaval —y el anonimato en el que las máscaras se agazapan no es el único— llevan al celebrante a un trance de inhibición muy parejo al del esquizofrénico que ya se siente confiado ante el psiquiatra y quizá incluso enamorado de él; a lo mejor, lo que acontece es que todos estamos locos en mayor o menor grado, y lo ignoramos o lo disimulamos. También es posible que nos hagamos el loco de vez en cuando, acogiéndonos al permiso de San Agustín.

—¿Que permitía los locos?

—Bueno: digamos que toleraba al cuerdo que se hiciese el loco una vez al año.

—¿Y de ahí viene eso de que una vez al año, no hace daño?

—No podría asegurárselo.

Hace dos meses, sobre poco más o menos, nuestro mundo cristiano se estremeció con el carnaval, esa fiesta que en Río de Janeiro se cobró doscientas setenta vidas a las que alcanzó la guadaña de la muerte antes de lo previsto. Después se extendió sobre todos nosotros la nube de color morado de la cuaresma que mañana, día de pascua florida, se nos va hasta el año que viene dejándonos recién abiertas las puertas de la primavera.

MAGREO NIPÓN

En mi pueblo teníamos la idea de que los naturales del imperio del Sol Naciente eran bajitos, amarillos, trabajadores, patriotas y disciplinados, tan patriotas y disciplinados que algunos hasta se dejaban matar por el emperador, se conoce que para que se entretuviese. Ahora, según veo en el periódico, a esos adjetivos calificativos se debe añadir también el de sobones.

—¿O sea que meten mano a las señoras, como suele decirse?

—Sí, señora; como suele decirse y hacerse, que del dicho al hecho va poco trecho y, bien mirado, el que la sigue la mata.

—¡Ya, ya! ¡Jo, los nipones!

—¿Qué quiere? Ahora están muy occidentalizados. Los nietos de los samurais, por fuera, son más menudos, pero por dentro, son como nosotros, esto es, propensos al parcheo indiscriminado y sin pedir permiso.

—¿Y magrean al bello sexo igual que en Valladolid o en Badajoz?

—Pues no sabría decírselo, pero me imagino que sí, quizá con ligeras variantes: o que en Orense o Almería, pongamos por caso.

—¡Qué barbaridad! ¡Cómo degenera el personal del viejo imperio del Mikado! Antes, se conformaban con el jiu-jitsu y con las geishas.

—Sí; pero ahora, no. Ahora se ejercitan también dejando la mano tonta sobre la población civil femenina.

—¡Qué ansiosos!

—Sí, señora; la mar de ansiosos, ¡Ansiosos como tigres!

—¡Qué horror!

—¡O como hediondas hienas!

—¡No siga, por favor, que me dan arcadas y acabaré por arrojarle las tripas en el pavimento!

—No, por favor, que es nuevo... ¿No se percata que está recién acuchillado y encerado?

En los periódicos de Tokio, antes Tokío, se publican artículos de protesta contra lo que los sociólogos han dado en llamar el magreo nipón, ejercicio del tacto que suele ensayarse en los abarrotados vagones del metro y sobre las femeninas y crujientes cachas foráneas.

—¿Y qué tiene de malo el solazarse un poco y sin mala intención?

—No sé; yo no me pronuncio, yo me limito a contarle lo que he leído en el *Jappan Times*.

—Pero, ¿lee usted japonés?

—No, señora, ¡ni lo permita Dios!, pero lo que sí leo es inglés, que queda más a la mano, ¿no comprende?

—No del todo, pero es igual; no se moleste en explicármelo.

—Como guste.

Las damas japonesas son tan decentes como sumisas y al palpamiento suelen corresponder con el silencio, pero las féminas extranjeras, sobre todo si son turistas, suelen tener unas costumbres descaradas e ignorar los encantos de la discreción y, en cuanto que las sobajan lo más mínimo, ponen el grito en el cielo y empiezan a decir que si tal y que si cual. El japonés tocón, en estos casos, acostumbra a hacer una cumplida reverencia y salir de naja, con su pasito corto y apresurado, hasta que supone que ya pasó el peligro.

—¿Y llegan hasta las islas Kuriles?

—Algunos, sí; pero suelen ser casos excepcionales. Por lo común se paran antes porque se les acaba el fuelle.

—¡Ah, ya!

En mi pueblo teníamos la idea de que los naturales del lejano Cipango de Marco Polo eran más serios y, por descontado, nada proclives al cachondeo ferroviario subterráneo.

—¿Quiere usted decir al sobo en el metro tipo magreo nipón?

—Eso mismo.

—¿Pues por qué no lo dice?

En mi pueblo supongo que acabaremos perdiéndoles el respeto a los japoneses. Allí teníamos un japonés que vivía con decoro de adivinar el sexo de los pollitos recién nacidos, pero se nos murió; me parece que hablé de él ya en alguna ocasión. Un poco más arriba, en Santiago de Compostela, tenemos otro que estudia ciencias químicas; va ya por el ácido sulfúrico. Como no tenemos metro, no podemos poner a prueba sus características.

AMPLIACIÓN DEL DIVORCIO

A lo que parece, en Suecia, además de divorciarse los cónyuges, también van a poder separarse por la ley los hijos de los padres. En España sucedía lo contrario: no podían divorciarse marido y mujer —y menos aún los hijos de los padres— pero sí tenían permiso para hacerlo los padres de los hijos, echándolos de casa e incluso desheredándolos. Se conoce que todo va en usos y costumbres.

La familia es institución que no ha sabido evolucionar a tiempo y, en consecuencia correlata, se ha quedado atrás y sin acertar con su zigzagueante camino. La gente que compone la familia suele estar muy harta de la familia, que por lo común es instancia agobiadora, poco flexible y de no muy demostrada utilidad; cuando se percatan de esta evidencia, sus componentes sueñan con separarse pero, en lugar de aspirar a la libertad bajo el gallardo lema que dice que buey solo, bien se lame, prueban a fundar una nueva familia que, como es lógico, falla y hace agua por idénticas grietas que la otra porque lo que cojea no son las personas —aunque también puedan serlo las personas— sino la institución. El remedio que han arbitrado los suecos, me temo que no va a ir más allá de la cataplasma.

—Papi, me quiero divorciar.

—¿De quién, nenita?

—De ti y de mami. ¡Yo quiero vivir mi vida!

—Pues nada, no te prives; vete al juzgado y arregla los papeles.

—Sí, papi.

Hay que ser civilizados y estar acordes con los tiempos; lo malo es que los españoles nos hemos quedado por las calendas del telégrafo y el submarino y ahora queremos quemar etapas con precipitación.

—Pero bueno, vamos a ver: ¿usted es partidario del divorcio?

—Mire, usted, señora, yo no me pronuncio. A mí, esto

del divorcio ni me va ni me viene porque yo, para que lo sepa, no estoy casado sino arrimado, perdonada sea la manera de señalar.

—¿Amancebado, como dice mi primo Serafín, que es hermano marista?

—Bueno: o liado, como dice mi sobrino Querubín, que es pedicuro-podólogo, con guión intercalado. En español hay muchas posibilidades para llamar a las cosas por su nombre, aun cambiando de nombre.

—¡Ya, ya! ¡Qué riqueza de matices!

—¿Los del lío?

—No; los de la lengua. ¡Así da gusto!, ¿verdad, usted?

—Sí, señora; la mar de gusto, como dice el nene mayor de mi también primo Valentín que es encargado de fincas urbanas, turno de día (excepto festivos).

En Suecia se aspira a que las familias sean autogestionarias, como las cooperativas, y a que los hijos puedan ponerles las peras a cuarto a los padres, con la ley en la mano; en España, como estamos menos maduros, los hijos se nos sublevan y en paz. Yo dudo que un sistema sea mejor o peor que el otro. Lo que a mí me parece es que, desde que el mundo es mundo, cada cual viene haciendo la guerra por su cuenta; lo único que cambian son las técnicas y los descaros.

Dicen las crónicas que en Suecia vuelve a ponerse de moda el matrimonio —canónico o civil— en detrimento de las uniones libres o arrimos al tacto, que salen más económicos, sí, pero no menos aburridos y monótonos. Como el número de las separaciones —legales, amistosas o tumultuarias— también crece y los niños, aunque no por ese motivo, alcanzan la madurez antes de lo que la alcanzaban hace unos años, la ley trata de adaptarse a las necesidades de los tiempos y proteger, hasta donde le sea posible, los derechos de los hijos que se quedan al pairo y sin tener a dónde arrimarse. El problema es de pronóstico y, ante él, no cabe la solución demasiado simplista de echarle la culpa al divorcio o al no divorcio y a la rigidez o a la permisividad y flojera de las costumbres. A lo mejor, la culpa es de todos y lo que acontece es que no queremos decirlo en voz alta.

EL ZODIACO Y LAS INCLINACIONES

Un astrólogo italiano supone que los homosexuales suelen nacer bajo el signo de Capricornio.

—¿Y entonces los que nacen en las fechas precisas entre diciembre y enero, son homosexuales?

—No; eso no. Eso sería afinar demasiado.

Hay quien sostiene que el zodiaco imprime carácter y que, según el signo a que pertenezcamos, así somos: queramos o no queramos y sin vuelta de hoja, ni remisión posible.

—¿Y usted no cree que es demasiado arriesgado el querer sacar conclusiones tan amplias y difusas?

—Sí; yo, sí. Pero, a lo que voy viendo, la gente propende a ser muy aficionada a las generalizaciones. Se conoce que es más cómodo.

—Sí; es muy probable que tenga usted razón.

El astrólogo que se dice piensa —y por pensar que no quede— que los capricornianos, sobre rarillos (es un decir), también son campo abonado para las afecciones bucolaríngeas, bronquiales y pulmonares.

—¡Vaya por Dios! ¿Y no está previsto que padezcan de sarna, que alojen vermes en el bandujo o que los atropelle un taxi al cruzar la calle?

—No; parece que eso no suele sucederles.

—¡Menos mal!

La gente es muy aficionada a astrologías, afrodisíacos, cartomancias y otras suertes de cultivado misterio; lo que cada día tiene menos partidarios es el discernimiento a la pata la llana, esto es, el pasar las cosas por la cabeza y admitirlas o rechazarlas según pinten o se comporten. Las circunvoluciones de la sesera fueron inventadas para que por ellas discurriese el pensamiento pero, se conoce que por la falta de uso, acabaron atorándose y hoy no suelen ser más cosa que un adorno no demasiado eficaz.

El astrólogo al que se viene aludiendo tiene una prima

española, la Pilarín de Ciriaco, antes Estilita Gómez, viuda de un factor de la estación de Venta de Baños, que es mujer muy completa y capaz de adivinar el pretérito, el presente y el futuro con artes diversas: la genetlíaca, que se fija en el día del nacimiento y en eso se parece a las mañas ejercitadas por su primo el italiano; la sortiaria o cartomancia, que funciona según salga el siete de oros, la sota de copas, el caballo de espadas o el as de bastos; la onicomancia, entretenimiento de manicuras con afición a estudiar las características y consistencias de las uñas del cliente; la espatulomancia, que se ejercita chupando huesos de pollo; la uromancia, que es algo bastante parecido a un análisis de orina, etc.

La Estilita Gómez, después Pilarín de Ciriaco, tuvo las premoniciones iniciales de sus facultades el día 13 de mayo de 1927 en el teatro Eslava, de Madrid, durante el estreno por Celia Gámez de la revista del maestro Alonso *Las castigadoras*. La Pilarín, o séase la Estilita, notó como una calentura y unas incontenibles ganas de ir al excusado.

—¿Al water?

—Exacto.

—Cuando volvió de la pieza...

—¿Del water?

—Exacto; le ruego que no me interrumpa. Cuando volvió del jardín de damas le dijo al señor de la butaca de al lado:

Usted se llama don Mamerto Carrasco y Ganimedes, está operado de fimosis y casado en segundas nupcias, pertenece al estamento de caballeros románticos de la agrupación Noches Poéticas, es natural de Navalcarnero y en su juventud fue explorador.

Don Mamerto abrió unos ojos como platos.

—¡Anda! ¿Y cómo lo sabe?

Y la Estilita, bueno, la Pilarín, sonrió condescendientemente.

—¡Ay! Yo lo sé todo. Acabo de darme cuenta hace un momento.

—¿Cuando fue al servicio o water de señoras?

—No; unos momentos antes: cuando me dio la fiebre y el apretón.

Don Mamerto, que era un caballero, le preguntó solícito:

—¿Se encuentra usted ya bien?

Y la Pilarín, esto es, la Estilita, le respondió:

—Sí; muy bien, muchas gracias. ¿De qué signo del zodiaco es usted? Se lo pregunto para comunicárselo a un primo italiano que tengo.

—No lo sé fijo, me parece que debe ser Tauro; yo nací el 11 de mayo.

UNA HISTORIA VULGAR

Mi cuñada doña Mencía de Iturralde y Castrillejo, la viuda de mi pobre hermano Braulio Santiago, el que se ahogó en el pilón de los patos mudos del cura de Villalpando, tenía dos hermanos medio lelos, don Sotero y don Erotis, a quienes lo único que les gustaba era jugar al parchís.

—¿Y al bingo?

—También, pero menos, porque la verdad es que salían poco de casa; tenían miedo de que los atropellara el camión de los bomberos, que solía pasar por la calle despelotado y sacando chispas del macadán.

—¡Qué horror!

—¡Y usted que lo diga, doña Leocadia Coscojuela, viuda de Cebolla, y usted que lo diga!

Doña Leocadia era natural de La Unión, el lado de Cartagena, y como es lógico cantaba por mineras.

Minerico de La Unión
tráete tu lamparica
y enciéndeme el corazón
con esa llama limpica,
minerico de La Unión.

—¡Caray, que tía! ¡Qué buena voz! ¡Qué sentimiento! ¡Qué espíritu! ¡Qué arrebato!

—Calle, por Dios, que me se hace un nudo en el garguero o gaznate...

—¿O gargüero?

—Exacto: una dice donde se equilibran las gárgaras.

—¿De agua oxigenada rebajada?

—O de lo que fuere, que el hábito no hace al monje.

—¡Pues también es verdad, no crea!

Don Sotero y don Erotis estaban muy pálidos y delgaditos porque habían caído en el feo vicio de la masturbación, lo que siempre resta lucidez y decoro; los hermanos de mi cuñada entraban en trance ensayando ligeros toqueteos en el solomillo de la empleada del hogar, estaban ya muy acostumbrados y ni se distraían siquiera.

—Ya. ¿Y en el glúteo?

—También, pero no siempre había suerte. Los hermanos de mi cuñada eran de buen conformar, todo hay que decirlo.

Doña Mencía de Iturralde y Castillejo y doña Leocadia Coscojuela...

—¿Y Seseña, como el de las capas?

—Sí; creo que sí, pero no estoy seguro.

—Bueno, es lo mismo.

Doña Mencía de Iturralde y Castillejo y doña Leocadia Coscojuela y puede que Seseña se fueron a tomar las aguas al balneario de don Crisóstomo Arcángel Martínez, un benemérito funcionario jubilado que curaba la artritis tocando la flauta.

—¿La dulce?

—O la travesera; a don Crisóstomo no se le ponía nada por delante.

Doña Leocadia, se conoce que para consolarse del óbito de Cebolla, salía con los dos hermanos de mi cuñada doña Mencía, con el don Sotero y el don Erotis, y como tenía posibles los equipó de arriba abajo.

—¿Daba gusto verlos?

—Casi.

—Y dígame, buen hombre: doña Leocadia, ¿se lió con los dos hermanos de su cuñada uno detrás de otro?

—No, señora; ella decía que no era quién para marcar prelaciones y se lió con los dos al unísono, o sea al tiempo.

—Ya. ¿Y ellos?

—Ellos, encantados, señora. ¿No ve usted que entre ambos se estableció la simbiosis de actor o espectador y vuelta?

—Ya; como en el happening.

—Exacto.

Ahora las costumbres han evolucionado mucho, y lo que antes ni se admitía, ahora se disimula y en paz.

—Sí, eso es cierto y bien cierto: la fortuna no cambia el linaje, que dijo Horacio.

—Oiga.

—Mande.

—Eso pega poco.

—Bueno, yo creo que más bien nada. Pero, ¡qué quiere! Nadie ha podido conservar jamás durante largo tiempo un poder fundado en la violencia, que dijo Séneca.

—¡Pues también es verdad!

Don Crisóstomo Arcángel Martínez, que se había hecho de oro con su balneario, le puso los puntos a doña Leocadia y, en un descuido de don Sotero y don Erotis, que se conoce que habían bajado un poco la guardia, contrajo con ella justas nupcias y se la llevó al tálamo.

—¡Hala!

—¿Hala qué? ¿No se habían casado como Dios manda?

—Sí, tiene usted razón.

—Claro que tengo razón, déjeme terminar. Don Sotero y don Erotis, con eso del desaire, empezaron a mermar y a mermar y tuvieron que darles aceite de hígado de bacalao.

LOLITA VEGANZONES PORCILLÁN

—Oiga, apuesto caballero, ¿usted cree que esto de tener los pies planos es síntoma de mala crianza?

—No, gentil mocita, ¡qué disparate! Eso de tener los pies planos es de nación y, bien mirado, hasta añade a la figura un punto de elegancia y prestancia.

—¿Y tolerancia?

—No; eso, no. Ni mangancia, ni blenorragia de burgomaestre.

—¿Qué dice?

—Lo que me da la gana y a usted no le importa.

—Dispense.

Lolita Veganzones Porcillán, por mal nombre Xifoides Zalamelé, tenía los pies planos.

—¡Pero, anda que el busto o delantera!

—No; salta a la vista que no. El busto o delantera de nuestra amiga Lolita, región que es también conocida por otros nombres que no hacen al caso, lo tiene tan monstruoso y amichelinado, que los vecinos, para que todo el mundo vea que se gastan mucha confianza con ella, lo utilizan para encender cerillas.

—¡Caray, qué útil!

—¡Y usted que lo diga!

Lolita Veganzones Porcillán, natural de Chinchón, provincia de Madrid, Spain, hija de Cirilo y Madrona, de sesenta y cinco años de edad, estado soltera y profesión sus labores, había tenido un novio medio tartamudo, el Ubaldo Torrecilla Wilson, que desapareció durante la guerra civil.

—¡Vaya por Dios!

—Sí; eso es lo que ella decía…

No creo, sin embargo, que se haya perdido mucho. El Ubaldo, q.e.p.d., aunque de apariencia esmerada, era muy zascandil y no tenía oficio ni beneficio; yo creo que venía por los cuartos de Lolita.

—¿La moza tenía dinero?

—No sé; yo creo que eso no se sabe nunca. Hay quien dice que tenía diecisiete mil pesetas en la cartilla.

—Bueno; no es mucho, pero menos da una piedra. Además, diecisiete mil pesetas de entonces eran, lo menos, trescientos veinte millones de ahora.

—¿Usted cree que tantos?

El papá de Lolita, o sea de la Xifoides Zalamelé, se llamaba don Cirilo Veganzones Ramírez, alias Ciclamen, y fue en vida perfumista, confitero y tintorero, la química se le daba muy bien. Después, cuando un tren de mercancías le separó la cabeza del tronco, dejó el oficio, recibió cristiana sepultura y ya no volvió a salir jamás del camposanto.

—No me extraña.

—Ni a mí; cuando a un caballero le embiste un tren de mercancías, suele quedar con las facultades muy mermadas.

—En el juego del bacarrá pasa lo mismo, ¿verdad usted?

—No lo sé bien; pero seguramente, sí. El juego del bacarrá es, por lo menos, tan traicionero como un mercancías.

—¡Claro!

La esposa del finado don Cirilo, q.e.p.d., y, por ende, mamá de la Lolita, era conocida como Madrona Porcillán Muñoz, alias Georgette, y murió en su pueblo y ahogada en la bañera, se conoce que por la falta de costumbre, en unos carnavales. Los hermanos de la cofradía de la Buena Muerte dijeron que ellos no se quitaban el disfraz porque no estaban para andar perdiendo el tiempo, y a la Georgette, q.e.p.d., la enterraron las máscaras: Pierrot, Arlequín, Pantalón, Polichinela, Dominó, etc.

—Pero muy serias, que todo hay que decirlo.

—Sí; al César, lo que es del César. La verdad, ante todo.

La Xifoides Zalamelé tenía los pies planos pero la pechera curva y prominente; eso de los pies planos es lo de menos y hasta le da cierta sandunguera gracia a la andadura.

—No estoy yo muy seguro de eso.

—¿Y qué culpa tenemos los demás de que sea usted un escéptico y un descreído?

El Ubaldo Torrecilla Wilson, q.e.p.d., había sido en su

juventud campeón de billar modalidad tres bandas; las cómicas se lo rifaban pero él prefirió siempre el honesto amor de la Lolita. Los jugadores de billar, a veces, tienen reacciones muy raras y difíciles de prever.

—¿Y usted cree que el Ubaldo desapareció de verdad durante la guerra civil?

—Lo más probable es que sí; de él no volvió a saberse jamás nada y de él tampoco apareció ni el rabo. Juzgue usted mismo.

LA INSTITUCIÓN DE LA SUEGRA

La suegra considerada como institución es algo que el hombre, en su devenir histórico, va ya dejando a popa. A mí me parece que antes las suegras eran más suegras y cumplían con más fundamento su papel; ahora, con esto de la geriatría y los fines de semana para respirar aire puro y estirar las piernas y atesorar salud, la suegra clásica se bate en retirada y ya ni parece suegra. La suegra como Dios manda debe ser gorda y destartalada, usar faja de tubo, ir pintada como una mona, vestir de cretona o, por las noches, de tul ilusión color verde lechuga, tener en la mejilla un lunar con pelo, cultivar la murmuración como una de las bellas artes y no dejar ni un solo instante de dar la lata al prójimo político: al yerno o a la nuera.

Suele ser más tolerable la suegra para el yerno que para la nuera porque los hombres, en última instancia, siempre podemos irnos a tomar unas cañas y dejarle el campo libre a cambio de perderla de vista, cosa que a la mujer le resulta más difícil. El arquetipo de la suegra fusilable quizá sea la que pudiera representarse por la mamá abnegada que supone que a su nene no lo cuidan lo bastante bien ni con la atención debida; en estos casos, la única defensa de la nuera es ponerle los cuernos al marido.

—¡Anda, qué gracia! ¿Y que paguen justos por pecadores?

—¡Qué quiere usted! ¡Así es la vida!

Muchos matrimonios han fallado porque la mamá de él, en su desconsideración y egoísmo, no tuvo la feliz idea de morirse a tiempo, aunque fuera pataleando y mareando; a veces este inhóspito papel también lo representa la mamá de ella pero de este enemigo, según ya consta, es más fácil defenderse. En la Constitución no está previsto pero muchos españoles piensan —y yo me limito a hacerme eco y dejar constancia del pensamiento ajeno— que a las suegras debería obligárseles a llevar un collarejo de cencerros y a vestir de botargas, de moharraches o de cagalaollas para mejor conocerlas y poder huir en dirección contraria.

—¿E incluso echarse al monte?

—Pues no descarto esa posibilidad, no crea.

En Córdoba, un yerno acosado pidió a la guardia civil que lo encerrara para no tener que matar a su suegra.

—Mire, usted, señor sargento: si no me mete en el calabozo hasta que me enfríe, acabo mis días en un penal, se lo juro. Si usted conociera a mi suegra, sabría que tengo razón, y si usted estuviera en mi pellejo, se vería como yo ahora me veo. Por favor, señor sargento, déjeme dormir en el cuartelillo.

—Hombre..., no sé lo que decirle, porque el caso es un poco raro; espere que pregunte.

Debemos, sin embargo, ser objetivos y reconocer que situaciones como la sufrida por el yerno cordobés son cada día menos frecuentes. El país se va civilizando y ahora, con el Mercado Común Europeo ya en el horizonte, las suegras hispánicas van perdiendo virulencia; aún pegan mucho la pelma, es cierto, pero ya no son lo que fueron, gracias sean dadas a Dios.

La suegra de los sainetes, la heroica suegra del bramar tonante, el bigote descarado y las arrobas desmandadas y agresivas, va ya camino de ser un recuerdo histórico. En algunas familias muy tradicionales todavía se padecen...

—¿Con resignación?

—No; eso es lo que iba a decir, pero me contuve a tiempo.

... todavía se padecen con la esperanza de verlas subir al cielo a no mucho tardar.

—¿Y si tardan?

—¡Paciencia! Y si se ve que la paciencia quiebra, lo más prudente es entregarse a la guardia civil antes de que sea demasiado tarde. Los jueces son muy raros y aún no admiten la circunstancia eximente o, al menos, atenuante, del parentesco político.

LA MUDANZA DE LAS COSTUMBRES

Todos quienes ya no lo somos, fuimos jóvenes un día tampoco tan lejano; ésta es una regla de tres que no tiene vuelta de hoja, aunque algunos se resistan a entenderla. Entonces, cuando los jóvenes bebíamos vino con gran alarma de los que, pomposamente, se llamaban nuestros educadores (es una manera de señalar), nuestro deporte era perseguir vecinas con un ahínco y un entusiasmo ejemplares, y nuestro vicio, que disimulábamos hasta donde podíamos por miedo a que nos dieran con la mano, era fumar labores de la Tabacalera: picadura fina o selecta, cigarrillos ovalados o al cuadrado, panetela, canarios cortos y largos, etcétera. Las gruñidoras tías, que sólo veíamos por los veranos, y los sebosos frailes del colegio, que sólo veíamos por los inviernos, coincidentes en su legendaria estulticia y acordes con su propensión al no discernimiento, nos fulminaban con saña —¡qué vergüenza, un joven de buena familia bebiendo vino del país, bailando el pasodoble y fumando como un auriga!— y nos amenazaban con la caldera de hirviente chapapote de Pedro Botero, toda llena de cómicas condenadas al fuego eterno por zorrupias y descaradas. Nosotros, los jóvenes de entonces, guiados por nuestro instinto de conservación, nos salvábamos porque no les hacíamos ni caso, ésa es la verdad.

—¿Quiere usted decir que los oían como quien oye llover?

—Pues, sí: más o menos. Los jóvenes teníamos una última y rara intuición que nos salvaba del peligro, siempre en el último instante; no sé si ahora será no más que un recuerdo histórico.

—¡Piense usted que no, hombre de Dios, piense usted que no! A mí me parece que el pesimismo acaba dando reuma al corazón.

—Cambiemos de tercio.

Cuando los tiempos y las zurras se sucedieron y se trocaron las generaciones y giraron los usos y las manías, los jóvenes empezaron a beber gaseosas teñidas, importadas y efervescentes y rompieron a dar y tomar por conducto no ortodoxamente usual (también se dice bullarengue, retambufa y cofa), a fumar porros y a pincharse heroína. Yo ignoro qué es lo que será mejor, pero lo que sí sé es que a nosotros, además de para golfear, nos quedaba tiempo para jugar al fútbol en los solares, bañarnos en la dársena y hasta ir aprobando, poco importa si a trancas y barrancas, el bachillerato. Y además estábamos más contentos que unas pascuas y nos divertíamos como enanos pegando brincos al son del acordeón y la bandurria.

—¿Y a usted no le parece muy retrógrado todo esto que dice?

—Sí, sin duda; pero podría argüirle, en mi defensa, que no aspiro sino a escribir un trocito de historia.

La mudanza de las costumbres no camina necesariamente ni para bien ni para mal, sino que va a su aire e incluso sin mirar para los lados. Las costumbres se cambian, al menos, con cada generación y a veces, cuando los acontecimientos se suceden al galope, aún más de prisa. La costumbre es una segunda naturaleza, decía Galeno y le copiaron el Arcipreste de Hita y Montaigne y Proust; Lope de Vega identifica la naturaleza con la costumbre y para Shakespeare, la costumbre puede llegar a cambiar la misma naturaleza. Séneca (le pido perdón, señora, por tanta sabiduría prestada) supone que los vicios de antaño son las costumbres de hoy. Ojalá fuera cierto, porque a mí me da el pálpito de que se quedó corto en el augurio.

—¿O sea que los vicios de antaño, según usted, no eran vicios?

—Exactamente. Y a lo mejor, a los vicios de hoy tampoco mañana se les llame vicios. Todo esto es muy complicado y la verdad es que quienes andan haciendo juegos malabares con la psicología, la sociología y la pedagogía, no dan sino palos de ciego que descalabran al que alcanzan.

—¿Y al que le den, que se rasque?

—Usted lo ha dicho. ¿Se acuerda de aquello del camarón que se duerme y la corriente se lo lleva?

—Sí.

—Pues aplíquese el cuento y espabílese porque aquí, el que no corre, vuela.

LOS AMORES VENTRÍLOCUOS

Son muy peligrosos porque alteran los pulsos y las palpitaciones. Los amores ventrílocuos son muy peligrosos porque desnortan la voluntad y obnubilan las secreciones.

—¿Las internas?

—Sí, señor. Y las orensanas, también. Yo ya me entiendo.

Mallanaga Vatsyayana, el sagaz tratadista de los *Kama-Sutra* o *Aforismos sobre el amor,* que, sobre poco más o menos, fue contemporáneo del rey visigodo Amalarico, el desgraciado que primero tuvo paperas y después cobró a manos de su cuñado Childeberto, bien claro nos advierte que no debemos yacer con ventrílocua porque es ejercicio que rompe el sistema nervioso y hasta puede producir erisipela e incluso tabardillo pintado, que es el más molesto y pegajoso.

—¿Usted llama yacer a hacer el amor?

—No, hermosa, es a la viceversa: usted llama hacer el amor a yacer. Yo hablo en español y llamo yacer a yacer: 4.ª acepción, tener trato carnal con una persona, y hacer el amor a hacer el amor: enamorar, galantear. Ahora bien, si usted quiere podemos seguir su gusto, que es el de no pocos paisanos propensos al eufemismo, y empezar a llamar a unas cosas con el nombre de otras. Por mí, que no quede. En todo caso, la lengua es un río que fluye y al que no cabe poner cortapisas.

Claudina Villegas, la tetuaní que era algo contrapariente de Abd-el-Krim, el chacal rifeño, suelta discursos sin mover los labios y casi sin abrir la boca.

—¡Caray, qué tía! ¿Y cómo se las arregla?

—Ésa es su habilidad. Los ventrílocuos y las ventrílocuas no hablan con la laringe y con el soplido que tañe las cuerdas vocales, como todo el mundo, sino con el vientre.

—¿Está usted seguro?

—Bueno; seguro del todo, no, ésa es la verdad. A mí me lo dijo un primo de la Raquelita, que es teúrgo.

—Pues no se fíe, los teúrgos suelen ser muy tramposos y tumefactos.

—Gracias por la advertencia.

A la Claudina le gustaba lucir sus habilidades en los trances más insólitos: exonerando el vientre, por ejemplo, o deglutiendo tortilla de finas yerbas o jugando a la pájara pinta o al sopla, vivo te lo doy, y si muerto me lo das, prenda pagarás, o pegando carteles electorales en Hospitalet, o yaciendo con mi primo Raúl el Maremoto, que se curó la tos ferina bailando mazurcas. A la Claudina, que estaba casada con don Wenceslo Tomatoe Cuestezuela, del comercio, le gustaba mucho beneficiarse al Maremoto, aun con detrimento del honor de su marido.

—¡Peor para él! ¿Verdad, usted?

—Pues, sí; de eso no hay duda. El que quiera peces, que se moje el culo.

—¿Usted cree que pega?

—No; yo, no.

—¡Ah!

Un día, la Claudina le gastó una broma de mal gusto al Maremoto porque, estando saltando y fornicando, o séase pecando y suspirando, que es lo propio, sacó a relucir sus habilidades y, fingiendo la voz de un fiero esposo en pleno ataque de cuernos, exclamó:

—¡Ah, malandrín, follón, que así mancilláis mi honra! ¡Preparaos a pasar a mejor vida, por lascivo, por rijoso y por sicalíptico! ¡Muerte al intruso toriondo!

Mi primo el Maremoto, ante el chaparrón que se le venía encima, se pegó tal susto que, apeándose en marcha, salió corriendo y no paró hasta Alcázar de San Juan.

—¿Y cómo aguantó tanto?

—Pues ya lo ve, doña Eufemia, se conoce que el miedo procede a guisa de motor de explosión en determinados trances.

A mi primo el Maremoto, al final de su despelotada y descomunal carrera, le tuvieron que hacer la respiración boca a boca porque el pobre no tenía ni resuello; el encargado de su recuperación fue el Camilín Viñuelas Rodrigáñez, un sacristán sarasa que tenía buena voluntad y ciertas habilidades terapéuticas. Mi primo el Maremoto jamás le perdonó a la Claudina el susto que le dio.

—¡Que se muera! —exclamaba con énfasis colérico—. ¡Que le den morcilla!

SAINETE DEL CONTRABANDO DE DROGAS

ACTO I. El colombiano Clodomiro quiere colar de matute once cápsulas de plástico con relleno de cocaína, todas pegadas a la panza: dos por fuera y con esparadrapo, y once por dentro y a su aire. A Clodomiro lo delatan los nervios y las prisas y la palidez del semblante, y primero los carabineros, cacheándolo, y después los médicos, poniéndole una lavativa, lo despegan de sus doscientos veinte gramos sin mayores complicaciones. Clodomiro tuvo suerte porque, de habérsele roto una cápsula en el bandujo, se hubiera ido a criar malvas sin remisión. La escena tiene lugar en Madrid, en el aeropuerto de Barajas, aunque la secuencia había empezado el día antes en Bogotá. A Clodomiro, al otro lado del Atlántico, lo anestesiaron para que aguantase el tipo sin bramar, le relajaron el esfínter con un calmante y le hicieron tragar las bolas por el sieso y en sentido contrario a la dirección habitual por esos recovecos. Aunque estaba todo preparado con minuciosidad, el final no fue feliz. ¡Mala suerte, hermano!

ACTO II. El yanqui Thomas quiere pasar de clavo y en la andorga, que tampoco es mala guarida, tres preservativos con tripa de aceite de hachís y, ni corto ni perezoso, se los traga. A Thomas, quien le estropeó el tango no fue el sistema nervioso sino la indigestión que le dio y que, a poco más, lo enfría. Thomas es hombre de hábitos científicos y la maniobra la traía muy ensayada; lo malo es que, a veces, el destino se resiste a entrar en el juego y, claro es, la pringa sin consideración alguna. Thomas hizo una primera prueba con un preservativo lleno de agua, y lo expulsó a las veintiocho horas. Thomas hizo la segunda prueba con un preservativo henchido de aceite de hachís, y lo exoneró a las treinta horas. ¡La cosa marcha —pensó Thomas—, esto funciona!, pero en la confianza está el peligro. Thomas se tragó en Tetuán tres preservativos tupidos de aceite de hachís, vamos, ciento quince gramos de aceite de hachís, y se puso en el camino de Sevilla. A Thomas, que tan felices se las prometía, al ver que el cargamento se le quedaba a bordo de la timba, se le fue encogiendo el ombligo poco a poco y a las cuarenta y ocho horas de cuerpo santo —y en pleno y traicionero entripado— pidió árnica en el hospital donde lo sacaron de apuros, es cierto, pero también donde lo pusieron a la puerta de la cárcel. ¡Lo siento, compañero!

EPÍLOGO. El arte del contrabando de drogas —que, sobre emocionante, es a todas luces rentable— no tiene más pega que la policía, los guardias y los jueces, que no son partidarios. A la escena del colombiano Clodomiro y del yanqui Thomas, sentaditos cada uno en su orinal y con unos fieros gendarmes mirándolos inquisitivamente, se le puede sacar mucho partido. El guionista (o el dramaturgo) no sabe bien si la cosa es para reír o para echarse a llorar. Dos mozos más zánganos que listos a quienes esperan varios años a la sombra y viviendo por cuenta del Estado, no son, en ningún caso, un espectáculo reconfortador.

El camello no tiene por qué ser muy espabilado ni sagaz, basta con que sea paciente; en el mundo del hampa, el necesario paciente es siempre un botarate que se cree un héroe, un infeliz suplicante, un piernas medio zascandil que jamás sale de pobre. El camello no es el expendedor, contra lo que suponen algunos, sino el mero portador, el correo; al expendedor por lo menudo se le dice pusher o trafiqueta. El camello no es más cosa que resignada carne de presidio, amarga y anónima carne de caponera sin demasiado romance.

—¿Usted no cree que ser François Villon o Jean Genet es muy difícil?

—Sí, sin duda; bastante más difícil de lo que parece. Pero ésta es cosa que no debe preocuparnos..., a la gente hay que dejarla que sueñe...

—¿Con horizontes amargos?

—Sí; incluso con horizontes amargos. ¿Por qué no?

MONAGUILLOS EN HUELGA

A mí me parece que hicieron mal los monaguillos de Villegas, en tierra de Burgos, yendo a la huelga por causa de real de más o real de menos; a la huelga, en defensa de sus intereses y, en todo caso, unas veces con razón y otras sin ella, van los ferroviarios, los mineros, los metalúrgicos, los albañiles, etc., pero no los monaguillos, ni los pescadores de caña, ni los flautistas errabundos, ni los contempladores de nimbos, cúmulos, cirros y otras nubes. Invoco razones de principio a las que nadie debe substraerse; el de monaguillo no es oficio sino beneficio y los beneficiados, a diferencia de los oficiantes, vienen obligados a sonreír en todo trance y a poner siempre buena cara al mal tiempo y sin marear a la feligresía. El más importante de los mandamientos que rigen la convivencia y sus gloriosos titubeos es, precisamente, el que ordena no marear al prójimo feligrés pase lo que pasare.

Casi todos los españoles de mi edad fuimos monaguillos alguna vez y lo hacíamos lo mejor que podíamos a cambio de que el cura disimulase y nos permitiera apurar el culín de las vinajeras; el vino, como cabe suponer, era unas veces mejor que otras, pero a nosotros —se conoce que con eso de las prisas— nos gustaba siempre y siempre nos sabía a poco. El ser monaguillo, como el ser jugador de toña o volatinero o malabarista, es un arte peculiar y emparentado con la picaresca; esto quiere decir que su ganancia es el gusto de hacer bien las cosas y la voluntad que quiera caer, señora, y no la que pudiera derivarse de pactos, convenios y otros usos ajenos a la desdibujada y milenaria tradición del monaguillazgo. El monaguillo, como el caballero andante, el paladín enamorado o el poeta lírico en trance de suspirar en endecasílabos, no puede regirse por la norma que pudiera ser válida, e incluso saludable, para otras esquinas del saber y del acontecer.

No; los monaguillos burgaleses marraron el propósito yendo a la huelga, que es actitud que no cabe ni a los ángeles, ni a los demonios, ni a los duendes, ni a las hadas, ni a suerte alguna de espíritus puros, divagatorios y vaporosos. La lucha por el cocido debe entenderse y plantearse con los pies pegados a la tierra y no sobrevolando los tejados y los campanarios; en sus términos, la lucha por el cocido es empresa noble y una de las hélices que empujan al hombre a la acción, pero fuera de sus propios y peculiares condicionamientos, no es más cosa que anécdota pintoresca y musiquilla de tuna estudiantil.

La del monaguillo es andanza que, en buena ley sindical, cae fuera de los sindicatos puesto que, aunque los bordee, no acaba de entrar en ellos. Toda la teoría económica de los jornales, los derechos y las obligaciones, la seguridad social, el reparto de la plusvalía, etcétera, no funciona ante los monaguillos, ignoro si para bien o para mal. Los gorriones de los tejados se rigen por leyes propias, no escritas y con frecuencia desconocidas por nosotros y, sin embargo, viven en libertad y prosperan contra viento y marea y también contra pedradas, ligas y otras mañas capciosas.

Si lo que quisieron los monaguillos de Villegas fue marear al cura y darle a entender que el vino podía ser mejor o, al menos, no tan malo, su razón es válida y admisible; en cualquier otro supuesto, su razón o sinrazón debería sopesarse con muy bien medida cautela. Quiero decir que en las huelgas de monaguillos —faceta de la lucha de clases aún no bien entendida del todo— las causas y concausas, para ser tomadas en cuenta, tienen que empezar por ser pintorescas y divertidas. Los más serios tratadistas de economía y sociología no aclaran suficientemente los delicados bordes de las reinvidicaciones monaguilleriles.

TUMULTO EN EL EXCUSADO

El gamberro químicamente puro es un raro espécimen al que conviene cuidar con delicadeza, para que no se extinga; contra lo que pudiera parecer, el equilibrio de su hábitat es muy lábil y el permanente acoso de la sociedad de consumo puede poner en serio peligro su pervivencia. El gamberro es el aventurero doméstico, el alevín del conquistador de horizontes lejanos y misteriosos, cumbres teñidas de pavor, mares embravecidos y remotos y aparentes vecinas de buen ver.

—¿Y de buen palpar?

—Se supone porque, a lo que salta a la vista, también deleita la palma de la mano y la yema de los dedos; observe usted que el tacto es quizá el más sabio y civilizado de los sentidos.

—No sé, no sé..., a mí me parece que es muy arriesgado eso de recetar prelaciones.

—¡Puede!

Declaro que la placentera práctica del gamberrismo, quiero decir su ejercicio alegre y deportivo, llenó años enteros de mi vida, felicísimas calendas con pedreas en el recuerdo, gratuitos chapuzones en la memoria y fuegos de artificio desbordándonos a todos el corazón. Al evocar aquellos bienaventurados y, a veces, deslomadores trances, levanto mi copa por la nube de gamberros desconocidos que ejercitan sus esotéricas mañas porque sí y sin esperar recompensa alguna; hacia ellos vaya, con mi respeto, mi simpatía y mi mejor gratitud. ¡Ay, quién pudiera llegar a viejo rompiendo faroles y arreando patadas a los cubos de la basura!

Hasta el sedentario oasis de mi estudio me llega el clamor de unos gamberros riojanos, Dios los bendiga, a quienes se les ocurrió mezclar el vino con un eficaz laxante en una fiesta juvenil. ¡Menos mal que no ensayaron sus artes en una conservadora y convencional reunión de fuerzas vivas! (A lo mejor hasta hubiera estado divertido. Ya sé que esto no se puede decir; por eso lo pongo entre paréntesis.) Según la agencia Efe, el cóctel dio tan buen resultado que los jóvenes de ambos sexos —o mejor dicho, de uno o el otro sexo— y los ya no tan jóvenes que se colaron en el guateque, al grito de «¡quítense de en medio, que me voy por la pierna abajo!», se apelotonaron a las puertas del excusado. Al decir de la noticia de la agencia —y entrecomillo lo que copio— «en los primeros momentos, las reacciones producidas por el fármaco fueron relativamente controlables, pero pasado aproximadamente un cuarto de hora se produjeron las primeras carreras, que más tarde fueron multitudinarias e hicieron la situación insostenible».

—¿Se imagina usted, doña Virtudes, lo divertido que debía ser, todos amontonados a la puerta y todos entre retortijones, con el bandujo abdicado y zurruscándose sin remisión?

—¡Calle, calle, por Dios! ¡No tiene usted caridad!

—Se equivoca de medio a medio, doña Virtudes. Le juro a usted que tengo caridad, toda la caridad del universo, con ciscados, zullencos y similares; lo que pasa es que me da la risa, ¡qué quiere! También se ríe uno cuando se cae una señora gorda en un charco, y todo el mundo sabe que eso no está bien. Le aseguro que me compadezco del torcijón del prójimo purgado contra su voluntad; lo que pasa, ya le digo, es que me da la risa y no puedo evitarlo. Yo tengo caridad con el cagueta, sí, pero también tengo fe en su vuelta a la vida, derrotado pero feliz, y albergo la esperanza de que responda, a la gamberrada que le vació las tripas, con gamberrada y media memorable. ¿Se imagina usted, doña Virtudes, qué cadena sin fin?

—¡Calle, calle, por Dios, que acabará usted ardiendo en los infiernos!

—¡Ya verá como no!

Saludo con todo cariño y no poca admiración y envidia, a los gamberros riojanos que tan en grande lo pasaron por poco dinero, y confieso que si no animo a nadie a seguir su ejemplo es por miedo a ser tenido por cómplice del desaguisado que pudiera producirse. No y mil veces, no; que cada palo aguante su vela porque, como bien dice el refrán, a lo que manda Dios, oreja de liebre.

LOA DEL AJO

El ajo no tiene buena prensa y yo ignoro por qué. El ajo es condimento muy civilizado y, contra lo que suele creerse, es un sabor de vuelta y no de ida; a la literatura de Pío Baroja le pasa lo mismo, y muchos resbalan porque no acaban de entender si va o si viene.

En Castilla, históricamente hablando, que hoy los crían también con primor y con aprovechamiento en otros lados, los ajos buenos son los de Quero, en la archidiócesis de Toledo, a la margen izquierda del río Gigüela y en el partido judicial de Quintanar de la Orden, el pueblo donde los arrieros hablan una jerga peculiar en la que, a los ajos, les dicen los de Pedroñeras, nombre que no designa —que yo sepa— a ninguna entidad singular. El habla de los arrieros quintanareños fue estudiada por don Rafael Raposo López-Barrajón, don Lupirino Rodríguez Nieto y don Manuel Carrión Villaseñor, quienes publicaron sus sabidurías en 1968, en la Imprenta Moderna, de Quintanar, en un folleto editado por el ayuntamiento y en cuya cubierta figura el retrato que en 1917 le hizo el pintor Emilio Botija Vela a su paisano Justo Pedraza Palomino, alias «Birris», borracho de pro y contemporáneo de los arrieros que inventaron el léxico (había nacido en 1851, igual que doña Emilia Pardo Bazán). «Birris», en el habla popular de estas trochas, es metonimia que vale por borracho. Dejemos estos confusos vericuetos.

Hernán Núñez, el Comendador, en el 1555, ya decía que tres ajos de los de Quero rellenan un gran mortero, y don Francisco Rodríguez Marín, en su libro *Todavía 10.700 refranes más* y cerca de cuatrocientos años más tarde, registra: ajos, de Quero, y berenjenas, de Toledo; a los toledanos les llaman berenjeneros, pero yo no sé que a los de Quero les digan ajeros. A lo mejor, sí, y yo lo ignoro.

El ajo es un cosquilleo primo hermano de la lujuria que agrada a los paladares muy elementales, repugna a los cultos pero todavía no demasiado cultivados y vuelve a sonreír a los que hacen de la sofisticación una pirueta barroca y floreada. La cocina del ajo es muy delicada y susceptible ya que, al menor descuido, el ajo se encampana y lo echa todo a rodar. En Alalpardo, que queda a la derecha de Algete según se va desde Madrid hacia Burgos, en «El faisán de oro», o sea en casa de Marisol y Andrés Vicente, comí hace poco unas angulas con ajos tiernos tan memorables que reavivaron en mí la gratitud hacia la Divina Providencia que había inventado el ajo y las angulas y las cocineras decentes y que, para colmo de indulgencia, me seguía manteniendo vivo y sobre dos pies.

El ajo no cabe a la seudococina de droguería, plástico y hoja de lechuga, ¿para qué señalar?, pero sí a la vieja y noble cocina de Occidente y del Mediterráneo que hace del manejo de la cazuela un rito y de la silueta y el volumen del fogón, el ara de un altar. El ajo es tan abnegado y puro en su conducta culinaria, que el contagio de su sabor o de su olor no es admitido por suerte alguna de objeto o de ser vivo: ¡aparta de mí esa fruta, o ese vaso de vino, o esa boca, que sabe o huele a ajo!, puede y suele decirse. El ajo no engaña a nadie, pero a su paraíso de deleite ha de accederse con el alma limpia, las carnes oreadas y las papilas del gusto bien dispuestas y en su preciso punto de entrenamiento.

Pese a todo lo dicho —y aunque algo ya quedara apuntado—, el abuso y aun el uso del ajo no es recomendable en sociedad. Ni tampoco en la intimidad, que cae en verso y queda más fino que decir en la cama.

COMO LA VIDA MISMA

Don Gregorio Nancianeno (esto es el nombre) de Chapinería y Floristán, alias Chapi, estaba tan compungido, pese a gastar diente de oro y prótesis de molibdeno...

—¿De molibdeno?

—Eso dicen. Déjeme continuar.

—Con mucho gusto.

—... de molibdeno, que algunos transeúntes hasta creían que le había dado el muermo.

—¿El muermo, dice?

—Como lo oye: el muermo peculiar de las caballerías.

—¡Jo, macho!

—¡Y usted que lo diga!

—¿Y presentaba ulceración y flujo de la mucosa nasal!

—Sí. Y también infarto de los ganglios linfáticos.

—¡Vaya por Dios! ¿Y además solía enseñarse algo renco y medio tartamudo?

—Sí, señora. Y padeció la tos ferina a los cuarenta y ocho años, siendo ya jefe de negociado de segunda.

—¡Qué barbaridad! Parece un cuento de hadas.

Don Gregorio Nancianeno estaba más aburrido que un gato.

—Para mí, la vida no tiene objeto. Mi señora no me quiere llevar ni al otorrinolaringólogo, ni al cinematógrafo, ni al callista, y así, claro es, no hay quien viva. No sé, no sé, pero a mí me parece que esto viene mismamente de haberle dado el voto a las mujeres.

—Pues, sí, lo más probable. En USA, ignoro si usted lo sabe, las señoras les ponen lavativas de aguarrás a sus maridos, para que escarmienten, una lavativita a la semana y, durante la cuaresma, dos.

—¡Qué horror! ¿Y resisten?

—¡Qué van a resistir! La mayoría empieza a mermar, a mermar y, a la postre, casi todos fallecen.

—¿A la postre, como suele decirse?

—Eso es.

A don Gregorio Nancianeno, el Chapi, le gustaba mucho doña Gerarda de los Sagrarios Representante y Díaz, su interlocutora.

—¿Ha visto usted qué pechera más adobada?

—Ya, ya: a mí me recuerda al púgil Primo Carnera, el gigante ítalo. ¿Y a usted?

—No; a mí, no. A mí a quien me recuerda es a Mao Tsé-tung, cuando estaba gordo.

—¡Pues no va usted nada descaminado, mi dilecto cónvecino! ¡Nada descaminado!

—Gracias.

—No hay que darlas.

Doña Gerarda de los Sagrarios Representante y Sánchez...

—Perdón, ¿no era y Díaz?

—¡Ah, sí! ¡Estoy perdiendo la memoria, se conoce que es el reuma al cerebelo, aquí en la trasera de la cavidad craneana!

—¡Puede!

Doña Gerarda de los Sagrarios Representante y Díaz era recitadora (*El tren expreso, El embargo, La casada infiel*) y campeona de billar, modalidad tres bandas.

—Hay quien dice que hacía trampa dándole efecto a las bolas con el tetamen.

—Ya llegó a mis oídos, pero no lo creo. La historia, con harta frecuencia, se basa en el infundio.

Doña Gerarda de los Sagrados Representante y Díaz y don Gregorio Nancianeno de Chapinería y Floristán, sin apearse el tratamiento porque no eran ningunos ordinarios, se amaban en el guáter del cine Doré, la verdad es que casi no cabían y cómodos, lo que se dice cómodos, tampoco estaban. ¡Todo sea en aras del amor! Don Gregorio, en llegando el momento glorioso, tiraba de la cadena y daba un viva a España, en esto fue siempre muy conservador y de orden. Un día, se conoce que con el meneíto, se le fue la prótesis por la taza y hubo de llamar a un experto y discreto fontanero para que la recuperase.

—¡Qué vergüenza!

—Pues tampoco, cada cual hace lo que puede.

—Sí; eso también es verdad.

—¿Y doña Gerarda de los Sagrarios, qué tal se portaba?

—También bien, aunque expresaba sus sentimientos de diferente modo. Doña María de los Sagrarios, cuando salía del guáter, se iba a confesar y después se daba un baño muy caliente.

—¿Para despegar el resentimiento?

—¡Pues no le digo a usted que no! Doña María de los Sagrarios, como se había educado en las monjas, era muy mirada y relamida.

El mirlo silbaba una mazurca en el ciprés.

—¿Se acuerda usted de Copérnico?

—¿El que decía que los planetas giraban alrededor del sol?

—No; yo digo su primo, el que era consumero en Orense.

UN CAMBIO ENREVESADO

Supongo que es más enojoso y embarullado el cambio de sexo que el cambio de chaqueta, por ejemplo, o el mero cambio de domicilio. Y metidos ya en cambios, que cada cual opine sobre las zarabandas que pudiere fingir o malparir el cambiar la peseta (diccionario de la Real Academia Española: vomitar a consecuencia de haberse mareado o emborrachado) o cambiar el agua al canario (Luis Carrandell, *Diccionario madrileño-castellano*: mear) o el caldo a los garbanzos (José María Iribarren, *Vocabulario navarro*: exonerar la vejiga). Yo en esto ni entro ni salgo porque nadie me dio vela en el entierro y también porque procuro ser muy considerado con el prójimo vomitador o meón, que de la misma pasta nos hizo Dios Nuestro Señor a todos y aquí seguimos para lo que, quien pueda, guste mandar.

—Y que sea por muchos años.

—Y usted que lo vea, señora. A conservarse.

—Agradecida.

—Servidor.

Los hay que, para escapar de la persecución de la policía y de la inercia de la justicia, recurren a la cirugía estética y se mudan el perfil de la nariz o el dibujo de la boca; a mí me parece que hacen bien, mientras puedan, porque eso de andar silbandillo por la calle y cada cual a su aire y compostura es algo que no tiene precio. Lo que ya no suele ser tan frecuente es cambiar de sexo porque, amén de que debe ser más difícil y costoso, a lo mejor resulta que uno no se acostumbra y hace un pan como unas hostias (antes de alarmarse, conspicua matrona, vuelva usted al diccionario).

En Lima, a don Neftalí Lázaro Cachay, de oficio cuatrero, o sea ladrón de semovientes, lo metieron en el quirófano, le cortaron lo que le sobraba y lo convirtieron en doña Laura Gregoria Cachay, de profesión sus labores. Parece ser que doña Laura, antes de la poda, esto es, cuando era aún don Neftalí, tenía ciertas cuentas pendientes con el juzgado pero, después del arreglo, ¿cómo se iba a argumentar que esta dama honorable (en femenino y tricotando) era aquel forajido peligroso (en masculino y a caballo)?

La ley no tiene muy previsto el caso de que se pueda perseguir a una señora con el argumento de que antes era señor y lo repararon con habilidad; estas transmutaciones más genéticas que estéticas son posteriores a los códigos y pueden confundir mucho al legislador y al juez. A mí me parece que don Neftalí Lázaro hizo bien en retocarse la entrepierna y convertirse en doña Laura Gregoria, porque el caso era librar de la trena y poder seguir tomando el sol a voluntad.

—¿Y en las partes?

—Bueno, o en el solar de las partes.

Un abogado habilidoso podría argumentar que, contra todas las apariencias —e incluso a favor de esas mismas apariencias—, un cuatrero presenta ciertas evidentes características que no se dan, aunque se hubieran dado, en una hacendosa ama de casa.

—¿Y virtuosa también?

—También. ¿Por qué no? La virtud tampoco tiene una inmediata relación de causa a efecto con las gónadas.

Ignoro la jurisprudencia que hayan podido sentar los tribunales peruanos, pero dudo que se pueda iniciar un proceso en un género, el masculino, para fallar sentencia en el contrario, el femenino.

—¿Y qué se hizo de aquella novia morocha que tenía don Neftalí Lázaro?

—No sé; a lo mejor, la operaron también y ahora es corredor de bicicletas. Hoy las ciencias adelantan que es una barbaridad.

—¡Y usted que lo diga!

Sí; yo creo que es más confuso y enrevesado el cambio de sexo que el cambio de residencia, un suponer, e incluso que el cambio de sentimientos. El *homo sapiens* es un animal de costumbres y, cuando uno se habitúa a una fisiología, le cuesta cierto trabajo no verla todos los días igual, sobre poco más o menos. La costumbre puede llegar a ser una segunda naturaleza, y los atributos del varón (¿se da usted cuenta, señora, qué manera más fina de señalar?) también son, bien mirados, una costumbre.

LOS MILAGROS POÉTICOS

A veces, en la naturaleza acontecen milagros poéticos que nos llenan de estupor y de gratitud. En Ciudadela, en la vecina y bellísima isla de Menorca, un halcón salvó a una paloma del sanguinario ataque de otro halcón; que el suceso —que leo en la sección de efemérides de un diario local— haya tenido lugar hace un cuarto de siglo, no le resta ni un ápice de emocionada actualidad. A veces, en la naturaleza se muda la dura y cruel lucha por la vida por el airoso y blandísimo esguince de la fantasía de color de rosa. La naturaleza está muy bien calculada y obedece a unas raras y elegantes leyes que escapan a la roma percepción del hombre, esa bestia inerte y salvo excepciones, monótona y aburrida. Pienso que es mejor que esto sea así para que no se nos atoren del todo los delicados caños de la sorpresa.

—¿Se imagina usted el estupor de la paloma al ser defendida por el halcón?

—Sí. Y también me imagino sus dudas y titubeos para acertar a expresarle su gratitud. Las palomas son animalitos inteligentes pero no muy fantasiosos; aciertan con el camino de vuelta, sin duda, pero no distinguen los halcones épicos de los halcones líricos.

Hace años, en la ladera norte de la serranía de Gredos, una loba alimentó y calentó a un niño perdido en la nieve y que hubiera muerto, sin remisión, de no haber terciado el trinomio del más venturoso azar: el que pudieron mantener en pie el instinto, la casualidad y la poesía, esos tres torrentes arrastradores de bienaventuranza.

La vida se hace habitable cuando la puebla la sorpresa y da cobijo a la incierta y amable pirueta del milagro; de no ser esto así, la vida, probablemente, dejaría de ser un venero de esperanzas para convertirse en una inerte ciénaga de hastío que ni merecería la pena vivir. La gente, con frecuencia, se aburre tanto que hasta se olvida de que se aburre.

A mí me hubiera gustado ser testigo de la lucha de los dos halcones y del salvamento de la paloma por el halcón vencedor pero, como no lo vi, me lo imagino como un ballet rebosante de fiereza y delicadeza en gentil coyunda.

Sí; la naturaleza nos regala a diario cien diferentes números de circo que no sabemos ver y otras cien distintas y recónditas melodías que no sabemos oír. El hombre está muy limitado por sus propias rejas y muy condicionado por sus prejuicios y, con frecuencia, ignora el ubérrimo manantial de salud del alma que le rodea.

Desde mi ventana veo a la paloma volando sobre la tierra y a la gaviota haciendo equilibrios sobre la mar; de cuando en cuando cruza el alto cielo el halcón altanero y velocísimo mientras los pájaros se pegan al polvoriento terrón del monte bajo, como disimulando. El mirlo y el verderol enmudecen y el gorrión, que es un golfo simpático y descarado, se agazapa en el tupido corpachón del ciprés. No; a mí se me ha negado el milagro de ver volar y pelear al halcón paladín de palomas, ese caballero andante del que deben quedar ya muy pocos ejemplares.

—¿Y sigue usted mirando para el cielo cada mañana?

—Sí. Y siempre con mayor ilusión, puede creerme. El milagro, como el amor, no precisa apoyaturas; tampoco avisa porque, con presentarse, cumple. Y dentro de cada pájaro —y de cada rosa, y de cada nube, y de cada mujer que cruza por el camino cantando a media voz— habita el milagro, ese latidor botón que relampaguea sobre los corazones que se aprestan a verlo.

A veces, en la naturaleza repica la mansísima esquila que arrulla el vagaroso latido de los corazones solitarios; tampoco es necesario alborotar más de la cuenta para dejar constancia de que la felicidad ronda con su zigzagueante vuelo de mariposa.

—¿O de libélula?

—Quizá. En el fondo, la libélula no es más que una mariposa en bicicleta y volando en línea quebrada.

EL CHINO DE LOS RATONES

Ahora, desde que el chino se transcribe de otra manera, parece menos chino; yo creo que ha perdido encanto y quizá eficacia porque una de las fuerzas del chino era que ya parecía chino a simple vista. Al chino (idioma) le pasa lo mismo que al chino (contribuyente), que si se deschina, desmerece.

—¿Y llega a parecer de Ciudad Real?

—Sí, señora, o de Pontevedra; depende de cómo incidan los rayos del astro Febo sobre su colodrillo.

—¡Qué horror!

—No, señora: no es ningún horror. Me se hace, digo se me hace que no se ha percatado.

—¡Puede! A mí, esto de ser medio lela me viene ya de antiguo; mi papá siempre decía que en esto había salido a mi mamá.

El chino Chan-Tsé-Chiu, ahora Zhan Jiu, que queda más económico, sirve a la revolución cazando cien ratones diarios; cada día, en cuanto llega al ratón número cien, el chino Chan, bueno, Zhan, entiende que ya se ha ganado el jornal y que ya ha contribuido al destino histórico de su pueblo y, rebosante de orgullo, se va a tomar una coca-cola con la satisfacción del deber cumplido.

—¿Y no le parece a usted un poco exagerado?

—Pues, no; no crea. Si a los revolucionarios les quita usted su miajita de exageración, se quedan como medio aguados.

—Sí; eso también es verdad.

El chino Zhan, según informa el *Diario del Pueblo* en su sección de héroes locales, caza los ratones a flechazos y con un arco de bambú tan perfecto que los deja como en visita, que diría don José Solana, vamos, que los mata sin darles tiempo ni a rechistar.

—¿Y es cierto que el chino Zhan es manco?

—Bueno, digamos que medio manco; un brazo lo tiene un poco a la remanguillé, se conoce que se le quedó seco de un mal aire, pero la inferioridad la suple con su propio celo.

—¿Como la infantería?

—Pues, sí; una cosa así, sobre poco más o menos. O como un probo funcionario.

—¡Qué meritorio!, ¿verdad, usted?

—Pues, sí; no le diría a usted que no. Bien mirado, lo encuentro la mar de meritorio y exuberante.

—¿No exagera?

—No, señora; le juro que no.

El chino Zhan, en cuanto se despierta por la mañana temprano, exonera los órganos exonerables (que tampoco son tantos), hace media docena de armoniosas flexiones, se come un puñado de arroz que quedó de la noche antes, regüelda (con moderación), se monta en su bicicleta y, ¡hala!, ¡a cazar ratones con su artilugio!

—¡Pobres múridos!

—¿Mu..., qué?

—Nada; usted de esto no entiende.

—¡Ah!

El otro continuó.

—¿Y no se lava la cara?

—Pues, mire, usted: no consta. ¡A lo mejor, sí! A mí no me parece que los chinos sean más espesos que los escoceses.

—¡Puede!

Como ya se medio dijo, los ratones que caza el chino Zhan ni se enteran, vamos, que ni se dan cuenta del óbito.

—¡Qué asco!

—¡Y usted que lo diga! El chino Zhan, según se desprende de lo que dice el *Diario del Pueblo*, es muy aseado y perfeccionista.

—Y eso, ¿no podría suponer cierta proclividad contrarrevolucionaria hacia la decadente sociedad de consumo?

—Pues la verdad, no entiendo lo que usted quiere decir.

—No se preocupe; yo, tampoco.

Los ratones chinos son incluso más listos que los ratones europeos, que tampoco son tontos; el ratón es un animalito muy evolucionado, la prueba es que, a pesar del chino Zhan y sus secuaces, sigue naciendo, viviendo, reproduciéndose y muriendo, algunos incluso de muerte natural.

—¿Y usted sabe que el chino Zhan prepara el escabeche de ratón como nadie?

—¡Algo ha llegado a mis oídos, no crea! Eso no lo dice en el *Diario del Pueblo*, pero estas cosas siempre trascienden.

—¿Incluso por encima de la Gran Muralla?

—Hombre, ¡juzgue usted mismo!

Mi interlocutora, doña Genoveva Mínguez de Brabante, estaba un poco distraída.

—¿Me atiende?

—Sí.

Yo creo que no me atendía, pero es lo mismo.

—Lo que no hace el chino Zhan con los ratones es amaestrarlos; él los prefiere asaetados, como los mártires de la Antigüedad.

CUENTO AL ITÁLICO MODO

Paola Pía di la Poglia Lissa y Ruffinato-Cafone, alias Trabícolo, o sea Armatoste, tiple de proporciones cumplidas y arrobas de sebo por doquier, era feminista, ecologista y tortillera.

—¡Qué completa! Pero, ¿por qué no dice usted lesbiana, que queda más fino y condescendiente?

—Pues, la verdad, no sé..., quizá haya un leve matiz, ¿cómo le diría?, vagamente diferenciador.

El padre de Paola Pía, el signore Modestino-Giacomo, era *commendatore*, esperantista, vegetariano, filatélico y fabricante de fideos, macarrones y similares. Su novia, porque el padre de Paola Pía, Trabícolo, para que usted lo sepa, tenía novia, se llamaba Rosina Scricciolata, alias Frágola, o sea Fresa, y no pesaba más que cuarenta o cuarenta y dos kilos, parecía un vietnamita.

—¡Qué poco!, ¿no le parece?

—Pues, sí; la verdad es que no era mucho. Con la Paola Pía o Trabícolo se podían hacer lo menos tres de las proporciones de la Rosina, la Fresa.

—Sí; lo malo es que la técnica falla. En esto de la cirugía estética aún no se ha llegado a la partición perfecta y adecuada.

—¿Adecuada, a qué?

—¡Anda! ¡Pues también es verdad! Adecuada al patinaje artístico, digo yo.

—A mí me parece que usted habla por hablar.

—¡Puede!

La Rosina la Fresa montaba muy bien en burro y en su pueblo ganaba todos los certámenes.

—¿Los de belleza, también?

—No; ésos no. Pero las carreras de burros las ganaba todas, una detrás de otra y sin excepción.

Los amores del *commendatore* Modestino-Giacomo y

la Rosina la Frágola, vamos, la Fresa, no fructificaban porque ella padecía de las trompas de Eustaquio.

—Oiga, que ésas están en el oído.

—¡Anda! ¿Y quién le dice a usted lo contrario?

A la Rosina la Fresa le hubiera gustado tener un niño, o por lo menos, un gato, pero su novio el *commendatore* y especialista en *pasta asciutta* se lo quitó de la cabeza persuadiéndola de que los niños y los gatos, sobre todo los gatos, se hacían pipí detrás de las consolas y lo ponían todo perdido. Y además, daban muy mal olor.

—¿A meao de gato? ¿O a orinao, dicho sea por lo fino y remilgao, también de gato?

—Exacto. Por su boca habló la razón inmanente.

—¡Caray! ¡Quién lo diría!

Una vez, en un concurso de elegancia que hubo en su pueblo, el de Miss Gamba, que no quiere decir gamba sino pierna, de 1965, o sea hace ya quince años, a la Rosina la Fresa le dieron el tercer premio porque no era *dalle gambe arcate*, o sea chueca, ni *dalle gambe inarcate*, o sea patizamba, ni *dalle gambe smilze*, o sea zanquivana. Los italianos, en esto de las gambas, son muy mirados y exigentes. Y si no lo cree, ahí tiene al Dante y al Petrarca.

—¿Qué les pasaba?

—No lo sé, ¡hace ya tantos años! Pero a lo mejor eran cojos, no crea, que del mismo barro nos hizo Dios Nuestro Señor a todos y unos salieron mejor y otros, peor.

—Sí; eso es bien cierto.

La tiple Trabícolo, quiere decirse la Paola Pía de la Poglia Lissa y Ruffinato-Cafone, o sea la hija del *commendatore* Modestino-Giacomo, el de los tallarines, e hijastra por detrás de la iglesia de la escuálida Rosina Scricciolata, la Frágola, coleccionaba latas de sardinas abiertas y no vacías del todo y papel de pegar moscas, el que más le gustaba era el *attrape-mouches* (*vliegenvangers*, en flamenco) Aeroxon, de fabricación belga y de suma confianza, y tenía el camerino tan lleno de moscas, unas vivas, otras muertas, otras agonizantes y aun otras que ni fu ni fa, que sus admiradores le decían:

—Paola Pía, *mon amour, ¿per che non focking la mosca e il moscerino?* ¡Coño, con tanta mosca!

Y entonces la Paola Pía, levantando una cacha, exhaló un vaporoso lamento.

—¡Qué cumplida!, ¿verdad, usted?

—Sí, mi bien amado capellán, la mar de cumplida.

El astro Febo acarició con sus últimos rayos la Toscana mientras el *commendatore*, encaramado en una columna como es natural toscana, o sea de catorce módulos, recitaba versos de amor sin demostrar la más mínima fatiga.

EL DEDO MEÑIQUE

Es muy útil y, de los seis dedos de la mano (algunas personas no tienen nada más que cinco), es el más airoso y elegante; adornado con una sortija de rubí queda que da gusto verlo y, con la uña pintada de color verde esmeralda, que se hace con purpurina, clorofila y un poco de pigmento de hocico de buey, resulta de lo más coquetón y hasta lascivo.

—¿Usted cree?

—Hombre, ¡creer, creer...!

Un boticario albaceteño medio lelo y, quizá por eso, buen amigo mío, el licenciado don Eleuterio Monjalés Trifón, se dejaba crecer la uña del meñique izquierdo para poder quitarse el cerumen del oído —¿de dónde iba a ser?— con mayor aseo y diligencia.

—¡Qué previsor!, ¿verdad? ¡Anda, que lo que no prevea un licenciado en farmacia de secano!

—Eso es lo que una dice, que no son hombres todos los que mean en pared.

—¿Y usted cree que eso viene a cuento, doña Irenea?

—Pues no mucho, que la viuda rica, con un ojo llora y con otro repica.

—¡Ah, ya entiendo! Usted quiere decir que el mentiroso, cuando dice la verdad, no le dan autoridad.

—Exacto.

La mente de doña Irenea, de profesión rentista, quedaba muy paremiológica y su dedo meñique, si se miraba sin prejuicios, esto es, con libertad bien entendida y, por ende, sin libertinaje, quedaba morcilloncillo y descarado, en seguida se veía que su propietaria era hembra de posibles.

—¡Qué suerte para sus deudos y allegados!

—Pues no; puedo asegurarle que no. Doña Irenea, como era de raza bárdula, no soltaba ni un chavo aunque la volvieran del revés.

—¿Y para qué quería los cuartos?

—¡Vaya usted a saber! A lo mejor para sobarlos incluso con salacidad y concupiscencia.

—¡Qué horror! ¡Cómo la pringa el personal cuando es achuchado por los deleites carnales!

—¡Y usted que lo diga!

El licenciado don Eleuterio y la hacendada doña Irenea estaban liados, ¡qué vergüenza!, y una vez dieron un escándalo memorable en el motel Dulcinea del Toboso, agua caliente en todas las habitaciones, del que, tras haberse amado con harto rijo, quisieron marcharse sin pagar. El encargado, o sea el Indalecio González, les reprendió con gran mesura no exenta de rigor.

—¿Ustedes creen que tienen edad para querer largarse sin pasar por caja?

—¡Anda! ¿Y no tenemos edad para otras cosas?

Doña Irenea, cuando bebía agua o vino, o cuando tomaba café o chocolate (al té pasaba), cogía la copa o vaso o taza o jícara, según fuera la substancia deglutible, dejando el dedo meñique rígido y disparado.

—¡Qué horror!

—Sí; en la Inglaterra victoriana, a las señoras que se permitían tal licencia, las arrojaban al canal de la Mancha, al mar de Irlanda o al mar del Norte, según la costa.

—¡Hacían bien!

—Sí; yo, tal pienso.

El licenciado don Eleuterio quiso quitarle esa fea costumbre a doña Irenea dándole patadas en el abdomen y en las posaderas, pero doña Irenea, aunque al principio procuraba enmendarse, se olvidaba pronto de la lección y volvía, erre que erre, a las andadas.

—A mí me parece que eso de dejar el dedo meñique enhiesto es peor que el adulterio, ¿no le parece?

—Sin duda; el adulterio es algo que se da en las mejores familias, la de su tía doña Dominga, sin ir más lejos, al paso que el disparo del meñique sólo se produce entre gente de medio pelo. En los tratados de urbanidad, la sublevación del dedo meñique se castiga con enemas de agua en la que se han cocido álcalis o sus carbonatos o aplicándole al (o a la) culpable sinapismos de mostaza colmans en sus partes pudendas.

—¿Y no le parece a usted un poco duro el tratamiento?

—No crea; los hay que, ni aun así, escarmientan.

—¡Qué pertinaces!

BELLEZA Y SALUD MENTAL

La idea es poética y merecería ser cierta: en el sanatorio psiquiátrico Padre Jofre, de Valencia, se va a tratar —mejor dicho, se empezó a tratar ya— a las enfermas embelleciéndolas para que cobren confianza en sí mismas y accedan a la salud tras sentirse guapas e ilusionarse por conservar y aún mejorar su aspecto. La belleza puede ser consecuencia de la bondad —noción muy difícil de definir— y la bondad, secuela de la salud, y en todo caso, es tan fácil identificar a un ángel con la gracia saludable como a un demonio con la terca y desdichada fealdad enfermiza colgada de los lomos. Como el paciente lector o la gentil lectora podrán entender sin mayor esfuerzo, no aludo sino a una vagarosa teoría que, por desgracia, no aguanta un embate medianamente serio y riguroso. Las cosas no son tan bellas y líricas y etéreas como quisiéramos que fuesen, pero de esto, claro es, nadie tiene la culpa.

La experiencia de estos médicos valencianos, cuya directora es médica y no creo que por casualidad, nos abre a todos una ventana a la esperanza al tiempo de encender en cada corazón una ilusionadora llamita de poesía. ¿Se imaginan ustedes el horizonte que ante todos se presentaría si se consiguiera, con esta dulcísima terapéutica, devolver la salud a una sola mujer triste y abdicada?

El loco, con harta frecuencia dolorosa, empieza por aborrecerse a sí mismo, y de ahí que no se acicale e incluso que fomente su capa de mugre y desaseo. Tener pinta de loco es expresión popular que acierta en lo que señala y pienso que si alguien es capaz de romper esa inercia, ya se dio el primer paso para la recuperación que jamás es fácil aunque siempre se desee posible.

La prueba se inició hace unos meses, digamos que hace tres o cuatro meses, y pienso que a no pocos españoles nos gustaría tener gratas noticias de su marcha; ruego a la doctora Ana López Barri que, si puede hacerlo, nos las dé. Declaro que entendería como un éxito el hecho de que hubiera mejorado —y no digamos sanado— una sola de las sesenta enfermas sobre las que se prueba. La salud, como la felicidad y aun antes, no tiene precio posible ni previsible, y un sano que estuvo enfermo vale más que todo el oro que pudiera cubrirlo.

Es hermoso pensar que la hermosura es sana y, no sólo deseable, sino incluso socialmente precisa. En la naturaleza hay pocos instantes de mayor belleza o armonía que el que nos brinda un joven o una joven tirándose airosamente al agua desde el trampolín o lanzando la jabalina con el elegante gesto que ya los griegos hicieron suyo; un ave volando majestuosamente o un corzo brincando con toda la gracia del mundo, quizá los igualen pero, sin duda, no los superan. Para mí tengo que los médicos, si a esta experiencia, como deseo, le acompaña la fortuna, habrán aprendido mucho en el difícil arte de sanar. Algún día pudiera ser que llegase a demostrarse que todas las enfermedades pasan por el sistema nervioso, y la serenidad y el equilibrio —signos de un sistema nervioso en buen funcionamiento— también añaden belleza al semblante y adecuado ritmo al gesto de quien se sabe sano.

En el mundo están acaeciendo demasiado necios y criminales dolores y a algunos hombres y a algunas mujeres —que a lo mejor no somos tan pocos como nos imaginamos— nos reconforta la idea de que algo bello puede ser útil y preconizable. La poesía es más permanente y duradera que la técnica y la humanidad, cuando madure —quizá le falten todavía varios milenios—, sabrá que la paz de un instante vale más que cien falsos triunfos a los que ciñe la corona de malas yerbas de la muerte. En cualquier supuesto y sin la menor duda, la prueba valenciana de un equipo de médicos que cree en los efectos sanadores de la belleza, bien merece el homenaje de todos.

MI CONCUÑADA MEMIA

A doña Invención de las Llagas de San Francisco López Maluendas, alias Tarángana Calagurritana, la legítima esposa de don Afanías de Fregenal y Quilis, alias Zarajo Ahumado, ya la aludí en el *ABC* del próximo pasado día de San Antonio Portugués, a quien el vulgo llama San Antonio de Padua, y de San Peregrino, a quien los longobardos ahogaron en el río Pescara.

—¡También son ganas de amolar!

—¡No me hable, hombre de Dios, no me hable! Los longobardos, ¡tenían cada ocurrencia!

Doña Invención de las Llagas de San Francisco, incluso cuando se quitaba el caucholín o tubular, era algo parienta de mi difunta concuñada Memia, q.e.p.d., que resultaba medio mema, tampoco más de lo corriente, quiero decir la que pasó a mejor vida atufada con gas ciudad; la pobre quedó tan atufada, tan atufada, que el señor juez, dicen que inducido por el señor médico forense, que era el entendido en muertos, mandó orearla bien oreada para que el nicho no explosionara, como ahora se dice, igual que un artificiero.

—Pero, oiga, usted, los artificieros, ¿explosionan?

—No estoy seguro, la verdad sea dicha: o explosionan o hacen explosionar, una de dos.

—¡Ah, ya!

A doña Invención de las Llagas de San Francisco le decían Tarángana porque tenía gusto a morcilla de pobre, o sea a morcilla rellena con arroz del año pasado y condimentada con especias de droguería, que saben todas a formol y seroformo, y Calagurritana, como su nombre indica, porque era de Calahorra, la que es mejor que Guasintón, la antigua Calagurris riojana.

—¡Anda! ¿Y si llega a ser de Valdepeñas, que también es gente muy de fiar?

—Pues entonces sería valdepeñera y manchega, que tampoco está mal.

—¡Claro!

Mi difunta concuñada Memia, q.e.p.d., así a lo tonto, tuvo amores con un marqués que también era tonto, aunque quizá no tan a lo vivo y descarado como ella, eso no, que le regaló un citroën del 1942 que no andaba más que cuesta abajo. A mi concuñada Memia, q.e.p.d., como vivía en lo alto de una cuesta, la que llamaban ronda de los Héroes de Belchite, hoy avenida del Frente Polisario, le venía muy bien porque bajaba a la novena o a hacer la compra hasta sin encender el motor.

—¿Y cómo subía?

—No; mi difunta concuñada Memia, q.e.p.d., no subía: bajaba siempre, que le resultaba más cómodo.

—¡Jo, qué tía, cómo se espabilaba! ¡Y luego dice usted que era medio mema!

—Sí, eso sí; lo cortés, no quita lo valiente y, bien mirado, el hábito no hace al monje.

—Ya. Oiga, usted, ¿y eso pega?

—¡Hombre! ¡Pegar, pegar!

Mi difunta concuñada Memia, q.e.p.d., antes de atufarse, que después ya no, porque la gente es muy mirada y supersticiosa y no quiere tener nada con las muertas, gozaba de muy justa fama de cachonda por lo fino, esto es, por el parcheo táctil y social.

—¿Como la poesía?

—No; más fino. Como los ecos de sociedad.

Los caballeros le brindaban sus mejores homenajes táctiles y en sus formas más variadas —magreo, parcheo, como ya dije, manoseo, sobo, tiento, tocamiento, palpación, sobajadura, frotamiento, rozamiento, cosquilleo, pellizco, titilación, metedura de mano o pierna, etc.— y, como ella era cumplida de arrobas y presentaba mucha superficie, podía complacer a varios al unísono y sin detrimento.

—¡Qué cómodo! ¿Verdad?

—Pues, sí; la cosa resultaba cómoda, justo es reconocerlo. A veces, sus galanteadores reñían y hasta se cabreaban pero, en general, se llevaban bien y no escandalizaban más de lo preciso. Mi concuñada Memia, q.e.p.d., se había quedado viuda muy joven y, claro es, echaba de menos el tálamo.

—Sí, eso suele pasar; a las señoras, en cuanto las entalaman un poco, se les despierta el apetito carnal y se ponen pesadísimas. Las señoras, bien mirado, están algo buenas, tampoco mucho ni todas, pero son una lata. Yo me lo callo porque, con esto del feminismo, me iban a llamar cosas atroces, pero pensarlo, vaya si lo pienso, ¡se lo juro!

EL NOVIO DEL NOVIO

Antes, en las bodas, cuando el cura decía «¿Hay alguien que tenga razón bastante para oponerse al matrimonio de este hombre y esta mujer?», solía arrancarse alguna hembra valerosa y escandalosa quien, levantando a un niño por encima de todas las cabezas, rugía con énfasis tribunicio: «¡Ese perjuro es el padre del hijo de mis entrañas!» La cosa solía quedar muy bien y entretenida y la gente, para expresar su gratitud, decía: «¡Qué horror, qué horror! ¡Los hay que no tienen vergüenza!, etc.»

Ahora, como estamos más evolucionados y nunca falta un maricón para un descosido, puede ser el novio del novio, o mejor el ex novio del novio, el que proteste:

—¡Ay, padre cura, qué penita pena más honda me acongoja! ¡Ese indigno del Pacorro me había jurado amor eterno y ahora quiere santificar sus relaciones con esa vil mujer que, bien mirado, tampoco tiene nada de particular!

—Paciencia, hermano —le replicó el padre cura—, el hombre es inconstante de natural y propende al tumulto y al cachondeo...

—¡Aunque así fuere! ¡Si ese hombre que es mío y sólo mío matrimonia con esa descarada, un servidor se abre las venas!

El cura, que era un hombre sensato, procuró disuadirle.

—No diga ni haga usted tonterías y repórtese, que después todo son lamentaciones.

—Sí; eso también es verdad, diga usted que sí.

A veces el amor da como el sarampión, de forma muy violenta y aparatosa, pero otras veces, en cambio, da como el reuma, esto es, poco a poco y sin alborotar. Al ex novio del Pacorro, al pobre, le dio el amor asarampionado y tumultuario y hasta lo puso al borde del crimen pasional.

—¡Qué bonito! ¿Verdad?

—Pues, sí; la verdad es que sí. Eso del crimen pasional, aunque lo ponía todo perdido y había que acabar baldeando la alcoba, era muy ejemplar y sintomático, muy lozano y verdadero. ¡Entonces aún quedaban principios, vergüenza y patriotismo!

—¡Y no como ahora!

—Eso, ¡y no como ahora!

Don Rumoldo de Dios y Simond (su mamá era suiza francesa), sociólogo conservador, llamaba complementarios a los especímenes heterosexuales, Napoleón y Josefina, por ejemplo, y sumandos a los homosexuales, Rómulo y Remo, pongamos por caso.

—¿Está usted seguro de eso que afirma?

—Hombre, seguro, seguro, lo que se dice seguro, no, porque cultivo la duda metódica, pero casi seguro, sí.

El novio del novio, bueno, el ex novio del novio, usted ya me entiende, cuando los guardias lo echaron a la calle, se metió en un bar a ahogar sus penas.

—¿A beber para olvidar?

—Exacto.

El ex novio del novio le dijo al camarero:

—Déme usted una ración doble de ajenjo.

—No nos queda. ¿Le es a usted igual una mirinda o un trinaranjus de limón?

—Vale.

El ex novio del Pacorro se llamaba Celsito y se peinaba estilo afro, que hace muy lujurioso.

—¿Lujurioqué?

—Lujurioso, de lujuria o vicio que consiste en el uso ilícito o apetito desordenado de los deleites carnales.

—¡Ah! ¡Ya decía yo que algo pasaba!

Celsito jugaba muy bien al futbolín y si no hubiera sido por la deslealtad de Pacorro, le hubiera consagrado su vida entera.

—¡Qué lata!

—¡Hombre, tampoco! ¡A todo se acostumbra uno!

Celsito era rubicundo y tenía muy buen color, estaba muy tostado por el astro Febo. Además, Celsito no era ningún muerto de hambre porque tenía veintitrés mil pesetas en la cartilla y una sortija con un zafiro no muy grande pero de buena clase. En aquel pueblo no estaban todavía muy acostumbrados a los mozos sumandos; haber los había, sin duda alguna, pero aún se guardaban las formas con cierto decoro.

—¿Y pudor?

—Sí; también con cierto pudor.

El primer grito en pro de liberación de los esfínteres lo dio Celsito en la boda de su ex novio el Pacorro, que era un traidor de clase.

TOMADO AL OÍDO

Los invitados dejaban escurrir por el gaznate abajo las magdalenas y los polvorones con malvasía...

No, no. Los invitados dejaban escurrir las magdalenas y los polvorones por el gaznate abajo con malvasía...

No, tampoco. Los invitados dejaban escurrir las magdalenas y los polvorones con malvasía por el gaznate abajo...

¡Jo, que confusión! Los invitados dejaban escurrir con malvasía por el gaznate abajo las magdalenas y los polvorones...

¡Hoy estoy de malas! Los invitados dejaban escurrir con malvasía las magdalenas y los polvorones por el gaznate abajo, ¡bueno, como sea!, pero cuando la niña de la casa aparecía con la guitarra, se dispersaban como filibusteros al grito de ¡maricón el último! La gente tiene mucho instinto y el que más, el que menos, todos aspiran a alcanzar la jubilación sin mayores sobresaltos.

—Lo malo es cuando la criaturita llega a lo de «Asturias, patria querida», que se reblandece del sentimiento y, se conoce que de la emoción, se escagarrucia por la pata abajo.

—¡Qué horror! ¿Y qué dice su papá?

—Nada, su papá hace diez años que no dice nada..., es que falleció en 1970, ¿sabe usted?, el día de San Roque.

—¿El primo de Santa Nicasia, mártir bajo Diocleciano?

—No, el otro: el cuñado de San Rígoli de Éfeso, al que torraron los judíos.

—¡Vaya por Dios!

Las veladas de la señorita María Pía, antes Sacramento la del sepulturero, así llamada porque su padre enterraba al personal difunto, cuarentona que se gastaba sus buenos cuartos en malvasía, en magdalenas y en polvorones para invitar a los poetas y a los artistas en general, eran muy celebradas por el vecindario. Lo malo es cuando se le veían intenciones de trincar la guitarra porque entonces la gente se daba tal prisa por huir que hasta había contusos, leves, por fortuna, en la mayor parte de los casos.

—¿Y fracturas? ¿Había fracturas?

—No; eso, no. Por lo común no se pasaba del leve parcheo sin mala intención propio de las aglomeraciones.

Estercacio y Pavacio, quienes, además de ser hermanos gemelos, eran consonantes (y en eso ya se les notaba su propensión a la rima) cultivaban las bellas letras al alimón, como los hermanos Álvarez Quintero, Serafín y Joaquín, que no eran gemelos pero también sí consonantes, que es lo propio.

Estercacio y Pavacio se enamoraron, como es lógico, al unísono, de la niña de la casa y, en cuanto asomaba con la malvasía, la atufaban a endechas, cada uno por su lado. Al final de temporada, a la niña de la casa ya no le quedaban más clientes que Estercacio y Pavacio, cuya fidelidad no conocía fronteras.

—¿Aquí vale casarse con dos?

—¿Con dos mujeres?

—No; con dos hombres.

—La verdad es que no lo sé fijo, pero me parece que no. Con dos mujeres, donde dejan es en el Islam.

—¿Hacia dónde cae?

—Pues queda hacia el Sur y más bien repartido.

—¿Hacia Almería?

—No; más abajo... Aquí, cuando una mujer quiere arrimarse a dos hombres, pues eso, se arrima, pero no se casa.

—¡Qué horror!

—Pues tampoco, no crea; eso va en costumbres...

Estercacio y Pavacio tenían un tío cura que fue el que los adiestró en el arte de Cúchares.

—¡No, hombre, no: de Ovidio! ¿Qué tendrá que ver Cúchares con todo esto?

—Usted dispense. Un servidor no quisiera ser irrespetuoso con las personas mayores, pero le aseguro que a un servidor le suena mucho esto del arte de Cúchares...

—¡Qué incultura! ¡Usted ha oído campanas, pero no sabe dónde! Cúchares fue un novillero, ¡para que se percate!, famoso, eso sí, pero un novillero, y Estercacio y Pavacio son vates.

—¿Como Campoamor, un suponer?

—Pues sí, una cosa así.

—¡Vaya! ¡Un servidor ya se va haciendo cargo!

Los invitados se ponían de magdalenas, de polvorones y de malvasía como el niño del esquilador pero, cuando la niña de la casa asomaba la gaita con la guitarra en la mano, los únicos que aguantaban marea eran sus dos fieles galanes Estercacio y Pavacio. ¡Así es la vida!

AMORES EN EL VELORIO

Don Caucasiano d'Esplugas i Bardolet, del comercio, que tampoco era catalán, según salta a la vista, cuando empezó a sospechar fundadamente que su cama estilo vernáculo iba camino de convertirse en su lecho de muerte, le dijo al coro de deudos, allegados y demás suertes de mirones y curiosos civiles, eclesiásticos y militares:

—Os ruego que no me enterréis con dentadura postiza; sería una provocación a los gusanos o, al menos, un desaire y una desconsideración para con los gusanos.

En un aparte, su sobrina Visanteta que, claro es, era valenciana de Ruzafa, como Estrabón (¿está usted seguro?), comentó con su vecino Cascales:

—¡Qué bien se expresa mi tío! ¡Dése usted cuenta que ni siquiera en este trance se trompa o yerra!

—¡Ya, ya! Uno, la verdad sea dicha, siente la mar de admiración por los agonizantes que no pierden la compostura ni la concordia; ese detalle de la prótesis odontológica o dentadura postiza, me ha conmovido. ¿Se percata usted, Visanteta, del desaguisado que se puede organizar si los gusanos del camposanto se cabrean y van a la huelga de celo, como los carteros o los controladores de los aeroplanos?

—¡Calle, calle! ¡Más vale ni pensarlo!

A don Caucasiano d'Esplugas i Bardolet, del comercio, le decían de apodo *Culotte del nueve*, seguramente porque su señora era como una vaca marina.

—¿O terrestre?

—No, no: marina, que son más blandas.

Lo más gracioso fue que, tras su óbito, a don Caucasiano ya podían llamarle *Culotte del nueve* o lo que quisieran porque él ni se enteraba, vamos, que ni se estremecía, quiero decir; se conoce que gozaba la benemérita sordera peculiar de los finados y de los campeones de pesca submarina.

—Lo más probable; la verdad es que, unos y otros, se

quedan como tapias, y los finados peor, porque a los campeones de pesca submarina aún se les puede hablar por señas.

—¡Claro!

Su sobrina la Visanteta, cuando perdió el respeto a los principios, que fue durante el velatorio de su tío don Caucasiano, y se arrimó a su vecino Cascales, que era casquero, empezó a tutearlo y a llamarle amor mío, amorcito, vida mía, pichón, etc., como si fuera caribe, quizá por eso de que el jergón, aunque no sea más que intuido (o adivinado o presentido), propicia los tratamientos a la pata la llana y cuasi eróticos.

—¿Te percatas, tortolito del manglar, de lo bien que se expresa mi tío *Culotte del nueve*, perdón, quiero decir *Pantaleta del nueve*? ¿Te das cuenta, amor mío, que ni siquiera en este amargo y definitivo trance se trompa o yerra? ¡Ay, ay! Toma mi boquita de piñón, pichón, que me inundan las ansias amorosas.

Y entonces el casquero Cascales, que era más normal, la reconvenía:

—¡Repórtate, Visanteta, que todavía tenemos a tu tío el señor de d'Esplugas i Barlotet de cuerpo presente! Ya nos iremos a merendar y ya nos solazaremos por todo lo alto cuando le demos cristiana sepultura. ¡Dentro de una hora y treinta, a lo más tardar, te haré mía!

—Bueno, ¡si es así! Una hora y treinta pronto pasa..., una hora y treinta todavía aguanto..., ¿qué es una hora y treinta comparada con toda la eternidad?

Durante el pésame, la Visanteta estaba radiante. Las visitas le decían «sentido pésame», o «le acompaño a usted en el sentimiento», o «no somos nadie...», y ella respondía siempre: «lo adoro, lo adoro, yo creo que va a hacerme muy feliz, ¡soy inmensamente dichosa!, ¡por fin he encontrado al hombre de mi vida!».

—¿Mande?

—¡Que soy inmensamente dichosa porque por fin he encontrado al hombre de mi vida!

Entonces las visitas la miraron y, tras sujetarla, le dieron tres papelitos de bromuro. El casquero Cascales ni se inmutó.

—¡A la pobre le afectó tanto el deceso de don Caucasiano!

El casquero Cascales, cuando los ánimos se sosegaron, se dirigió a las visitas del pésame.

—¡Señores, no se olviden de dejar a don Caucasiano limpio y sin dentadura postiza! ¡Cumplamos su última voluntad y no provoquemos a los gusanos!

—¡Tiene mucha razón Cascales, sí, señor!

CELEBRACIONES DOMÉSTICAS

Las señoras son muy isócronas, a estos efectos es igual que sea la esposa o la amante; algunas están buenas, incluso muy buenas, y otras no, otras son un asco, y como es lógico y natural así hay donde elegir, pero todas son muy isócronas y contemplativas, muy aficionadas a dar al tiempo lo que es del tiempo: el cumpleaños, el santo, el aniversario de la boda o del lío, etc., en esto las señoras son como los elefantes, animalitos que tienen muy buena memoria según dicen los libros de aventuras, o como el calendario *El Zaragozano*. Las fechas de los santos, cumpleaños y demás eventos hay que llevarlas apuntadas en un cuadernito o grabadas en la cabeza porque, si no, si uno se olvida, la señora se cabrea y da unas latas horribles y muy considerables e incisivas.

—¡Ya no es como antes! Ayer fue mi santo y tú ni te acordaste siquiera y no tuviste conmigo ni el menor detalle. ¡Ay, ay, qué vida más amarga!

—Mujer, se me pasó... Si te hubieras llamado Pepita o Carmencita no se me hubiera olvidado, te lo juro, ¡pero llamándote Fesolina! ¿Quieres que te compre una blusa estampada?

—No; mejor un conjunto de blusa estampada y falda a juego. A ver, pregúntame.

—Bueno. ¿Quieres que te compre un conjunto de blusa estampada y falda a juego?

—No; dos.

—¡Pero, hija! ¿Después de que ya hice la declaración de la renta, te atreves a hablarme con esa falta de decoro y aun de piedad?

—Sí. ¡Haberte acordado a tiempo de que ayer fue mi santo u onomástica!

—Bueno, bueno, yo no quiero líos.

Uno de los más graves errores que cometen los hombres ante las mujeres es el de declarar que no quieren líos, porque entonces se los organizan; las féminas tienen mucho instinto y están a la que salte, ¡menudas son!

—¡Hombre, tampoco! Las señoras se defienden y yo creo que hacen bien porque los hombres, vamos, digo yo, tampoco somos demasiado recomendables. A lo mejor, lo que pasa es que la culpa de todo la tienen las celebraciones domésticas. Yo creo que si no hubiera celebraciones domésticas, la vida transcurriría con más naturalidad y sosiego.

—Sí; yo también creo lo mismo. Pero, ¿quién le pone el cascabel al gato?

—¡Ahí está el problema! ¿Usted se atreve?

—No; yo, no.

—Pues entérese usted bien: yo tampoco. Yo, en mi familia, lo que quiero es pasar lo más inadvertido posible. Mi señora es como un carabinero retirado, con bigote y todo.

—¡Pues anda que la mía propia!

Esta amarga conversación la mantenían, a la sombra de un tamarindo medio en flor, don Eladio Gutiérrez, el marido de doña Fesolina, y don Ventura Gutiérrez, el marido de doña Engracia, que tampoco era manca. Aclaro que ambos Gutiérrez no eran parientes; mera coincidencia.

—Oiga, ¿usted cree que si hablamos con el ministro de Administración Territorial nos quitarían esto de las celebraciones domésticas?

—¡Hombre, no sé! Eso es un hábito muy arraigado y lo más probable es que el ministro no quiera quemarse luchando contra la costumbre.

—Sí; eso, sí..., ¡quizá tenga usted razón!

Don Eladio Gutiérrez, de joven, había sido «boy-scout» y tenía un concepto deportivo de la existencia. Don Ventura Gutiérrez, en cambio, había sido de los luises y enseñaba una cierta tendencia administrativa.

—¿Y eso es malo?

—No, de ninguna manera; eso es como el consenso y, a veces, hasta funciona.

—Ya.

Doña Fesolina y doña Engracia, a fuerza de pegar la pelma, se habían hecho con un almacén, bueno, con dos almacenes de blusas estampadas y faldas a juego muy aparentes y bien surtidos.

—¡Ay, hija! ¡Aquí como te estés callada, te quedas a la luna de Valencia! ¿Qué malo tiene que, con motivo de una celebración doméstica, le regalen a una una blusa estampada y una falda a juego?

—Eso es lo que una dice: ¿qué malo tiene? Si fuera una amistad, no digo, ¡pero siendo el esposo! Los hombres son unos egoistones que no van más que a lo suyo. ¿Quieres creer que mi Eladio anda rondándome para que le haga una bufanda cuando llegue el invierno?

EL PREMIO DEL AMOR

Un alemán cincuentón y cachondo, herr Rolf Eden, ha dispuesto testamentariamente, que legará cien mil marcos, unos cuatro millones largos de pesetas, a la mujer en cuyos brazos expire. ¡Qué romántico y previsor! La cosa está pensada con sentido común, aunque bien mirado, tiene la posible e incómoda quiebra de que, a lo mejor, le anticipan el tránsito aprovechando alguna íntima circunstancia; en esto de los óbitos en íntima circunstancia y trance amoroso suceden cosas muy raras y nunca está de más el tomarse precauciones: cachear a la amante de turno, hacer algunas inspiraciones profundas y acompasadas, adecuarse con algún jarabito cordial, etc. Un seductor consciente debe prepararse como un gimnasta, no improvisar jamás y no dejar cabo suelto alguno; en España no solemos tomar en serio estas circunstancias y, por lo común, todo lo suplimos con celo y buena voluntad, lo que, a veces, no basta.

—¿Y entonces usted cree que esto del amor es, sobre poco más o menos, como el lanzamiento de disco o de jabalina?

—Pues, sí, una cosa así. Y en algunos casos, como la marathon.

—¿Tanto?

—¡Ya lo creo! ¡Tanto y más!

El Don Juan español suele ser un aficionado muy modesto e históricamente desnutrido (ahora ya no) que, tan pronto como ve algo mermadas sus facultades, se desmoraliza y no vende una escoba. El amor es una tradición y una cultura, esto es, algo que no admite saltos en el vacío, ni trampas, ni piruetas. A mí me parece que los alemanes, los daneses, los suecos y, en general, todos los nórdicos son, en este terreno, menos pardillos de lo que nosotros, en nuestra megalomanía, solemos creernos, y que si por los veranos nos mandan a sus mujeres a retozar por estos pagos es no más que para que las desbravemos y se las devolvamos más pastueñas y manejables.

—En esto son más listos que nosotros.

—Sí: en esto y en otras muchas cosas más, pero, como nosotros vamos a nuestro aire, ¡todos contentos!

—Más vale.

—¡Sin duda! Éste es un juego en el que nadie pierde porque todos creen que toman el pelo al prójimo. ¡Así da gusto!

—Ya, ya...

El alemán de los cien mil marcos ensaya, con su premio a la casualidad e incluso a la mala ventura, la política contraria a la que ejerció mi tío abuelo Sir James Walcock, coronel de lanceros y solterón que asignó a su querida y a sus cincuenta y tantos sobrinos su suculento jornal semanal mientras viviera, lo que motivó que todos lo cuidaran afanosamente porque, con la vida del prócer, se les acababa el momio.

—Pero Sir James era inglés.

—Sí. Y en eso estribaba la diferencia.

—¿Y la ventaja?

—También.

Uno se imagina a las aspirantes al premio de herr Rolf haciendo cola a la puerta de su alcoba y jugando al parchís para matar las horas muertas.

—¿Y las horas no estaban ya lo bastante muertas?

—No; a las horas muertas, aunque no lo parezca, hay que estar matándolas siempre.

—Ya, ya...

Uno se imagina a las aspirantes rubias y un poco vampiresas, algo así como Marlene Dietrich en versión doméstica y con aires de estar ansiosas por terminar de pagar los plazos del electrodoméstico de turno.

—¿Y tiene buena cara herr Rolf?

—¡Ya lo creo! ¡Está como nunca! ¡Yo creo que a este tío no lo mata un rayo!

Entonces el coro de aspirantes se disuelve con gesto desesperanzado.

—Tengo que ir a la compra —dice una—, ya volveré después.

—Yo tengo que ir a recoger el nene a los salesianos, pronto va a ser la hora de la salida.

—Y yo tengo que ir a la consulta del seguro porque tengo el hígado a la remanguillé.

En los grupos desmoralizados y en huida siempre hay algún héroe solitario que mantiene el tipo.

—Pues yo me quedo porque, a lo mejor, se distrae y le da un infarto de miocardio. ¡No me perdonaría el perderme la ocasión! ¡Con lo bien que iban a venirme a mí los cien mil marcos!

MORENAS Y PIMIENTOS

—Mire usted, Gasparito Serviola, a mí lo que más me gusta en esta vida son las morenas y, después, los pimientos.

—Don Claudio, permítame que se lo diga: sus palabras me emocionan. En usted reencarna el selecto espíritu de mi papá, q.e.p.d., que murió en brazos de una morena (mi mamá, q.e.p.d., era rubia), de un hartazón de pimientos morrones.

—¿De Calahorra?

—No; de al lado.

Don Claudio de Hornabeque y Salmuera, del comercio, carraspeó un poco y trasegó un chupito de marrasquino.

—Pues, sí, como le digo a usted, Gasparito Serviola..., un inciso, ¿le molesta que le llame Gasparito Serviola?

—No, no, don Claudio. Llámeme como guste.

—Gracias. Pues como le iba diciendo a usted, Gasparito Serviola: a mí también me gusta degustar berenjenas rellenas y jugar al futbolín, pero no tanto. ¡Donde esté una buena morenaza y un buen pimientazo! Sobre gustos no hay nada escrito, ¿verdad?

—Verdad.

—¿De la buena?

—Sí, señor, ¡de la óptima e inmarcesible!

—¡Jo, qué bien habla usted el castellano, Gasparito Serviola, desde que lo operaron de fimosis!

Gasparito Serviola, que era mancebo de botica (hoy auxiliar de farmacia), hinchó el pecho.

—¡Porque se puede, don Claudio, porque se puede!

Y don Claudio de Hornabeque y Salmuera, del comercio (hoy industrial al menudeo), salió disparado para el retrete (hoy guáter o báter, según la latitud) porque sintió precisión de exonerar la vejiga (ayer mear u orinar). Cuando volvió, todavía abrochándose la bragueta, que para eso era español, venía muy contento.

—Mire usted, Gasparito Serviola, para que después digan que si tal y que si cual. Una vez, en Cochabamba, a orillas del río Cocapata, aparecieron algunos cadáveres con las tripas fuera, tampoco muchos, digamos treinta o cuarenta, y el coronel Julio César Siete Machos Gutiérrez le dijo al sargento Marco Antonio Trilita Domínguez: Échele flit a los muertos, suboficial. ¿No ve que las moscas los deslucen?

—¡Qué cuidadoso!

—Y tanto. Los latinoamericanos son muy mirados en cuanto a formas, en esto salen a Quinto Horacio Flacco, o a Tito Lucrecio Caro, o a Marco Valerio Marcial.

—Lo más probable..., aunque la verdad sea dicha, a mí ni me suenan.

—¡Anda! ¡Ni a mí! Yo creo que debieron ser tres jefes de tribu de los primitivos pobladores del Altiplano, había algunos que hablaban latín. Otros, no; otros no hablaban más que portugués y, además, mal.

—¿Y ruso? ¿Ninguno hablaba ruso?

—No, que yo sepa: ni ruso, ni alemán, ni sueco.

Don Claudio de Hornabeque y Salmuera, alias Faneca Vertiginosa, y Gasparito Serviola, alias Tripacallos, se sentaron en un chiringuito, a tomar zarzaparrilla y a ver pasar morenas.

—Oiga, usted, fámulo indígena, ¿tienen ustedes pimientos?

—No, señor. No podemos servirle, la casa no trabaja el pimiento.

—Bueno, no se preocupe... Oiga, usted, Gasparito Serviola, ¿querría acercarse a la tienda de ultramarinos y traerse una lata de pimientos?

—Con sumo gusto.

A los tres pasos de Gasparito Serviola, don Claudio habló.

—Tome el dinero, ya me dará la vuelta...

Y a los tres nuevos pasos de Gasparito Serviola, don Claudio volvió a hablar.

—¡Oiga!

—Mande.

—Que sean buenos.

—Sí, señor.

Y a los tres otros pasos de Gasparito Serviola, don Claudio volvió a hablar de nuevo.

—¡Oiga!

—Mande.

—Que la lata se la den ya abierta.

—Sí, señor.

Los dos amigos se pusieron morados de pimientos.

—A mí, la zarzaparrilla me da flato, ¡qué quiere!

—Sujételo arrimándole más pimientos.

—¿Usted cree? La verdad, no me atrevo no vaya a ser que salgan disparados.

Don Claudio no le hizo ni caso.

—¡No me distraiga! ¡Mire usted esa morena y no me distraiga!

—¿Cuála?

—¡Ésa! ¿Cuál va a ser? ¡Mírela cómo pisa! ¿No es una bendición de Dios? ¡Qué tía! ¡Está todavía mejor que los pimientos!

Gasparito Serviola miró para la morena que había descubierto don Claudio y se pegó tal susto que se atragantó y hubo que hacerle la respiración boca a boca.

—Pero, ¿no decía usted que los pimientos le salían disparados?

—Sí, señor, pero eso es con la zarzaparrilla; con las morenas me atoran el gaznate y me estrangulan la respiración...

CUADRO DE COSTUMBRES

Las señoras son dignas de mucha admiración y respeto, dadas sus peculiares costumbres. Las señoras, por citar un botón de muestra en sus hábitos y querencias, lo pasan muy bien en los velatorios, sobre todo cuando se trata de velar a un interfecto bien macerado.

—¿Y si es en el depósito de cadáveres?

—¡Hombre! Entonces, ¡miel sobre hojuelas! ¡Pues no ha dicho usted nada que digamos, don Simeón!

Algunas señoras, eso es cierto y la verdad no debe ser ocultada jamás, hacen excepción a la regla, pero la mayoría son muy locuaces.

—¿Y dicharacheras?

—Pues, sí; incluso dicharacheras.

—¡Qué horror, qué horror! ¡Animalito! Y dígame, Socorrito, ¿cómo quedó el pobre Damián a raíz del toñazo?

—Pues ya ve usted, doña Micaela Leoncia, *fait la pougnette*, que hubiera dicho La Rochefoucauld, con un brazo y una pierna para cada lado, aquello parecía la rosa de los vientos, la cerviz escorada y el tronco talado.

—¿Talado?

—Talado.

—¿A ver, a ver? Descríbamelo más a lo vivo, se lo ruego.

Las señoras, en los velatorios, acostumbran a entrar muy compungidas, tan manoteadoras como micos guineanos y tan chilladoras cual loros de la dilatada selva del Orinoco, pero al poco tiempo se calman y acaban hablando de los contrariados amores de Carolina de Mónaco o de la mejor manera de preparar el cordero en chilindrón.

—¿Y si se le va la mano en el ajo o en los pimientos colorados?

—No se preocupe: le añade un poco de agua, le echa más cordero y en paz.

—¿Y si aún así?

—Pues si aún así, dice usted que es muy bueno para el reuma.

—¡Anda! ¡No había caído! ¡Tiene usted cada ocurrencia, doña Gertrudis!

Las señoras propensas a vestir de retales con los colores del arco iris suelen ser más grandilocuentes y shakesperianas, sobre todo cuando desplazan un tonelaje de arqueo digno de mención.

—¿Por encima de las once o doce arrobas, como las eralas cumplidas?

—No es necesario que lleguen, aunque más vale tener que desear.

—¡Claro! ¿Sabe usted quién decía mucho eso de que más vale tener, etc.?

—No sé. ¿Fray Benito Jerónimo Feijoo y Montenegro, pongamos por caso?

—No: Benjamín Disraeli, conde de Beaconsfield.

—Pues la verdad, si usted no me lo dice no hubiera caído nunca. Disraeli..., ¡qué raro! Yo no lo hubiera acertado jamás.

No es costumbre dar baños de asiento con agua bicarbonatada a las señoras de los velatorios, pero no estaría de más implantar esos terapéuticos usos porque son muy sedantes.

—¿Quieren ustedes pasar de siete en siete al bidetódromo para una breve sesión de bideterapia calmante?

—Con mucho gusto, pero que no se lleven al muerto, por favor, que todavía tiene muy buen ver.

—Descuiden: pueden irse tranquilas, que aquí nadie tocará nada.

Las señoras, cuando vuelven del baño de asiento, sacan la calceta y se entretienen mucho contando uno del derecho y dos del revés; de vez en cuando paran de calcetar y se quedan mirando para el fiambre.

—¡Pobre Damián! ¡Aún ayer persiguiendo criadas por el supermercado! ¡No somos nadie, doña Cástula, absolutamente nadie!

—Tiene usted razón, Josefinita, tiene usted más razón que un santo, no somos nadie, sobre todo el finado...

—¡Calle, por favor, doña Cástula, que se me hace un nudo en el yeyuno!

—¡Repórtese, Josefinita, por favor se lo pido! ¡No complique usted las cosas más de lo que ya están! ¡Deje usted al yeyuno tranquilo y no maree!

—Como guste, doña Cástula. A una servidora, cuando se le anuda el yeyuno, es contra su voluntad.

—Bueno, ¡pues aunque así sea! ¡Estése tranquila y no haga movimientos violentos!

Cuando dieron cristiana sepultura a los restos del pobre Damián (lo más probable es que faltara algún resto de importancia menor, de esos que suelen pasar inadvertidos), todas se quedaron un sí es no es defraudadas. Aquí no se habló sino de la Socorrito, la de la casquería; de doña Micaela Leoncia, la viuda de don Estanislao Gerena Baños, el que fue interventor del ayuntamiento; de Carolina de Mónaco, ésta de pasada; de Josefinita, que era taquillera de cine, y de doña Cástula, que estudiaba los ovnis, pero había más, ¡ya lo creo!, muchas más.

LOS AMORES LANGUIDECIENTES

Pepa Torralba, a quien decían Varsoviana porque había nacido en Teruel, o sea la concubina de don Escipión el Africano, natural de Ceuta, era hermana de Micaela, también Torralba, claro, alias Soletera, o sea aficionada al trote, la novia formal de Romino Rizzoli, sus labores, cantante melódico a quien los desocupados, que nunca faltan, llamaban Goleada y también Frailejón, como si fuera un indio chibcha a quien caparon los exploradores durante una tormenta tropical.

—¡Caray, cómo me lo pone!

—¡Qué quiere usted hermano! ¡La vida es dura, muy dura!

—Ya me hago cargo, ya...

Micaela Torralba, Soletera, a quien, no es por nada ni tampoco porque uno lo diga o lo deje de decir, pero le crujía el culo como una sandía, cuando hablaba con don Escipión el Africano tiraba al ripio.

—¿Como la cabra tira al monte?

—Pues, sí; una cosa así.

He aquí la rima que le costó la existencia a Micaela.

—¡Vete a llamar a tu abuela!

—Ven aquí.

—¡Tiruró, tirurí!

—¿No puedes dejar de hablar en verso?

—No me sale del reverso.

—¿Quieres estarte callada?

—No; ni tampoco sentada.

—¡Me estás poniendo nervioso!

—¡No me seas tan ansioso, tío asqueroso!

Entonces don Escipión el Africano se encabritó como un conejo acosado, descolgó el hacha de abordaje que tenía de adorno encima de su retrato de bodas y la decapitó sin reparo alguno.

—¡Qué horror! ¿Y cómo lo puso todo?

—Perdidito, mi buena amiga, lo que se dice perdidito.

—¡Qué chapucero! ¿Verdad, usted?

—¡Y usted que lo diga, doña Gúdula del Preboste y Gómez! ¡Y usted que lo diga! ¡Lo puso todo hecho una verdadera pocilga!

—¡Qué desaseado lenguaraz!

—¿Lenguaraz, por qué?

—Lo ignoro, ésa es la verdad, ¡pero como se dice tanto!

—Sí; eso también es cierto.

Doña Gúdula del Preboste y Gómez se enseñaba casada en segundas con don Leoncio Expósito y Expósito, que estaba dispuesto a comprar un título nobiliario costase lo que costase.

—Por un condado pago hasta un millón de pesetas y por un marquesado, ¡bueno!, ¡de eso es mejor ni hablar siquiera! Por un marquesado doy lo que me pidan y además me comprometo a deslomar a siete, uno detrás de otro.

Don Leoncio tenía un concepto un tanto heroico de la nobleza de la sangre y, cuando don Escipión el Africano separó la cabeza del tronco a Micaela la Soletera, lo fue a visitar al penal del Dueso y le dijo:

—Oiga, usted, amigo Escipión, si quiere le degüello a Pepa la Varsoviana, para que no le engañe.

—No, déjela. ¡Pobrecilla! No creo que me engañe, y si lo hace, ¡pues mire usted! ¡De tal día en un año! Lo normal sería que me engañase con el cantante melódico, pero a mí me parece que éste no le da facilidades, se conoce que todavía está llorando el óbito de la Micaela.

—Puede...

Don Escipión el Africano, en presidio, estaba muy bien considerado y trabajaba de escribiente en el economato; en presidio, por lo menos antes, los que gastaban buena letra vivían mejor que los demás.

—¿Y si sabían redondilla y bastardilla?

—Entonces hasta los dejaban ausentarse a buscar anís.

Don Escipión, con eso de la redención de penas por el trabajo, no estuvo en presidio más que treinta años, lo que, bien mirado, tampoco es tanto.

—Hombre, bien mirado, no, ésa es la verdad, pero mirado corriente, ya es bastante.

A don Escipión el Africano, cuando le dieron el canuto, se le notaba el sufrimiento en el semblante.

—Yo estoy ya un poco cansado, los años no pasan en balde para nadie. La Pepa está hecha una ruina y mi vida ya no tiene objeto; yo le dejo que me haga sopas de ajo porque se entretiene, pero ya no tiene la mano que tenía antes. ¡Es una lástima que los jueces sean tan mirados en esto de los homicidios!

UNA BORRACHERA DE PIPERMÍN

Don Filomeno de Villefranche de Lauragais-Du-Lac y Pérez, que era aristócrata francés por parte de padre y algo tartamudo español por parte de madre, le dijo al señor notario, don Nepomuceno de Iriarte y Jabugo, que cuando era banderillero de la cuadrilla de Nicanor Villalta se firmaba Chindasvinto de Cervera de Río Pisuerga IV:

—Usted apunte lo que le digo y cállese, que para eso le pago. Cláusula séptima. A los ángeles, arcángeles, querubines, serafines, tronos, potestades y similares de la tercera edad, antes ancianos desamparados sin mayor señalamiento, lego mis testes, que ya no son lo que fueron, circunstancia de la que tampoco me lamento porque no por eso iban a mejorar ni a volver a sus pretéritas lozanías, para que las beneméritas hermanas de la caridad, con sus mañas y sus buenos oficios, les preparen unas reconfortantes croquetitas en el día de mi onomástica. ¿Queda bien?

—Sí, señor; la mar de bien.

Don Filomeno respiró con un gesto de alivio.

—¡Cómo se lo agradezco a usted, Chindasvinto de Río Pisuerga IV, perdón, qué distraído soy, don Nepomuceno! Para demostrarle a usted mi reconocimiento, voy a invitarle a una copa de pipermín. ¡Eduvigis!

—¡Mande, mi amo!

—¡Marchando el pipermín y dos copitas! ¡Y date prisa si no quieres que te zumbe la badana!

Eduvigis era la coima, o mejor ex coima, de don Filomeno, que la había heredado de su tío don Zenón antes de que se fuera canónigo penitenciario de la catedral de Coria. Eduvigis tenía el pelo azafranado, miraba contra el gobierno, admiraba mucho a Elvis Presley y al Niño de la Capea, jugaba muy bien a la correlativa y al chamelo, cantaba en el coro Aromas de la Serranía (voces blancas con acompañamiento de pulso y púa) y se alimentaba de criadillas a la romana y de gambas al martirio. Don Filomeno, como ya estaba apartado de los viciosos deleites de la lujuria, la usaba para tundirla a palos y arrearle algún que otro puntapié en las nalgas, tampoco demasiados.

—¡Algo es algo! ¿Verdad, usted? Los psiquiatras dicen que eso es una muestra de amor.

—Los psiquiatras puede que sí, pero la Eduvigis quizá hubiera preferido que la quisiesen menos, porque estaba llenita, lo que se dice llenita, de mataduras.

—¡Es que hay amores que matan, mi dilecta amiga Flora!

—Ya, ya... ¡Ahí tiene usted a Romeo y Julieta, sin ir más lejos!

—¿Y yendo más lejos?

—¡Huy, cualquiera sabe!

Don Filomeno, a pesar de su simpatía por las monjas, que lo cortés no quita lo valiente, era muy ateo y descreído, para mí que era hasta librepensador, y, cuando le tocó cascar, trance por el que ya pasaron todos los difuntos y aún hemos de pasar quienes todavía no lo somos, se puso rabioso con el cura y le habló de esta guisa:

—¡Váyase! ¡No me interrumpa! ¡No moleste! ¿No ve que me estoy muriendo?

Después se volvió de cara a la pared musitando.

—¡Qué barbaridad! ¡En esta casa no hay manera de que le dejen a uno descansar en paz con cierta paz!

—¡Y qué quiere usted, don Filomeno —le arguyó la Eduvigis, quien, pese a pretéritas cohabitaciones y otros excesos, le trataba muy respetuosamente de usted—, son los signos de los tiempos!

—¡Ya, ya! ¡Jopé con los signos de los tiempos! ¡Qué lata!

Volviendo atrás, a lo del pipermín con el señor notario, las cosas sucedieron así.

—¿Hace un poquito de hielo?

—¿Y no perderá la fuerza?

—No creo.

—Bueno, pues venga el hielo y que sea lo que Dios quiera.

—¡Así me gustan a mí los hombres!

Don Filomeno de Villefranche de Lauragais-Du-Lac y Pérez, el medio franchute, y don Nepomuceno de Iriarte y Jabugo, antes Chindasvinto de Cervera de Río Pisuerga IV, a fuerza de trasegar pipermín, engancharon semejante toña o pea, perdonada sea la manera de señalar, que tuvieron que hacerles un lavado de estómago, por dentro, y un lavado con jabón de tocador, por fuera.

—¡Estos hombres! ¡El mejor, para ahorcado! ¡Ay, qué harta está una, Santísima Virgen de los Dolores, de las Angustias, de la Regla y del Socorro, todas juntas!

LA QUIEBRA DE LA PAREJA

La costumbre es la costumbre y aquí se intenta hablar de la costumbre. En España no suelen ser los hombres, que son más débiles e indecisos, sino las mujeres, que son más fuertes y lanzadas, quienes rompen la pareja en escora y con vías de agua difíciles de taponar. En España, cuando la pareja no navega en buen orden y grato sosiego, el hombre contemporiza y hace equilibrios chinos pero no suele tomar el portante; quien se larga con viento fresco, dando un portazo y desafiando a todo lo que le echen y algo más, es la mujer, animal más valiente y consecuente, más decidido y aficionado al riesgo. Yo siempre admiré el valor que le arriman las féminas a algunos trances; en España, hace no muchos años, desnudar a una mujer no era fácil pero, una vez desnuda, no había quien la vistiera. ¡Qué tías! ¡Qué presencia de ánimo ante el peligro! A mí me parece que, mientras el hombre puede equipararse al conejo, pongamos por caso, o todo lo más al asno común (o burro, borrico, pollino, ruche, rucho, rucio, etc.), la mujer tira más a la pantera o, al menos, a la garduña, que también es alimaña bravita y juguetona. Cuando a los hombres, en vez de emparentarnos con el conejo o el asno, que son especies dignas y sufridas, nos relacionan con el chivo, aunque sea expiatorio, peor que peor porque, en cuanto llega al estado adulto, se convierte en un espécimen de poco grata alusión.

—¿Lo dice usted por lo de los cuernos?

—No, señora; lo digo por lo del bazo.

Los hombres, en determinados trances, solemos ser unos pardillos que, cuando queremos sacar los pies del plato, tropezamos y nos damos unas costaladas tremendas; en estos casos, que son no poco amargos y desairados, las mujeres se ríen de nosotros y nos dicen que a ver si miramos dónde pisamos y medimos bien el terreno, lo que da mucha rabia.

—Lo veo a usted muy pesimista y como bajo de forma, don Camilo.

—No, hija, pesimista, no, y bajo de forma, puede; es que acaba de largárseme un amor dejando en mi zurrada vida una paz de la que ya me había olvidado. Ahora estoy en lo que pudiéramos llamar trance de readaptación al medio; supongo que, como tengo el alma con buena encarnadura, pronto podré volver a rizar el rizo del tumulto y el cachondeo.

—¡Que Dios le oiga!

—Gracias; llámeme usted por teléfono la semana que viene. Como es lógico le dirán que no estoy, pero usted insista.

La huida de la hembra amada en dirección contraria suele resolver muchas situaciones límite y a las que no se encontraba salida.

—¡No caería esa breva!

—Jamás debe desconfiar usted de los designios de la providencia, don Samuel; yo sé de señoras septuagenarias que se fueron a cazar leopardos y no volvieron en la vida porque se arrimaron a un peluquero que las hizo muy felices.

—¡No caería esa breva!

—¿No sabe decir usted otra cosa?

—Sí, señor, pero tampoco quiero esforzarme. ¿Para qué?

El hombre suele ser más institucionalista y conservador que la mujer; quiero decir que el hombre se escuda en el reglamento por miedo, sensación que a la mujer tarda más en acometerle. En situación y sinrazón de amor, la mujer es una heroína y el hombre no va mucho más lejos de asemejarse a un perrillo faldero.

—¿No exagera?

—Ni un ápice, doña Claudia, puede creerme; los hombres hacemos lo que podemos pero, por lo común, podemos hacer poco. Nuestro papel es el del zángano de la colmena aunque a veces, para disimular, nos hagan ministros de Fomento, capitanes generales de las Antillas u obispos de Coria, la del tonto que se reía de la sombra de los demás. Cada vez, la gente cree menos en nuestra estrella e incluso en nuestra voluntad, doña Claudia. ¿Por qué no me invita a una copa de tinto de Jumilla?

—¡Eso está hecho, don Camilo! Espere usted a que salga la luna.

MÁS SOBRE LA BELLEZA Y LA CORDURA

El 16 de agosto, día de Santa Serena, la emperatriz romana que fue bella y cuerda y mujer de Diocleciano Augusto, sañudo perseguidor de cristianos, publiqué en esta misma página un papel al que puse por título *Belleza y salud mental*. En él hablaba de unos médicos valencianos que trataban de curar o de aliviar locas mejorándoles su aspecto físico, quiero decir, embelleciéndolas; no voy a repetir ahora, claro es, los argumentos entonces utilizados. No; ahora voy a dar cuenta de una alegría que me ha traído el correo, esa misma herramienta que con tanta frecuencia nos hiere y nos zarandea.

La directora de la inteligente experiencia, la médica Ana López Barri, dermatóloga y no psiquiatra como quizá pudiera deducirse de mi papel anterior, me escribe para decirme, entre otras cosas: «Si para usted un éxito sería que una sola enferma mejorase, podemos cantar victoria pues han mejorado muchísimas y en gran manera. Están ilusionadas, desean vivir y reincorporarse a la sociedad. Sonríen al contemplar su imagen en el espejo.» ¡Bendito sea Dios, y qué hermoso y humano premio reciben estos médicos valencianos al ver los frutos de su inteligente terapéutica!

Para el esteta Gabrielle D'Annunzio, la belleza es el vestido de todas las grandes esperanzas y, según pienso, no puede haber esperanza mayor que el orden y buen concierto de la sesera. Y para el profético Shakespeare, cuando muere la belleza, retorna el negro caos, esto es, vuelve a enseñarse la sima sin fondo de la honda tristeza, el abismo profundo de la desesperanza y de la abdicación.

Reconforta el espíritu el hecho de enterarse de que en algún lado, ahora en Valencia, alguien cree en la belleza y en sus sanadores efectos y, además, acierta. A los médicos valencianos metidos en esta empresa de hermosura no los conozco ni de vista pero me los imagino serenos e ilusionados con lo que están haciendo. Ninguna gran empresa se llevó a cabo jamás sin entusiasmo, nos predicó el prudente Emerson, y los médicos valencianos están recogiendo ahora la próvida cosecha de su buen deseo.

También refresca el espíritu la idea de que alguien consiga demostrar la utilidad de la belleza, esa casi divina noción que no tiene fronteras conocidas. La belleza no muere sino que se trueca en otra cosa bella, nos dejó dicho un inglés que creía en la belleza y en su presencia vigorosa, y en su eficacia debe confiarse a ciegas y como en la ordenada sucesión del día y de la noche.

Si el mundo —y España, dentro del mundo— funcionara con arreglo a una mediana lógica, a estos médicos valencianos que sanan al desastrado enfermo disfrazándolo de acicalado sano, habría que pasearlos en hombros y por encima de todas las cabezas al grito de ¡viva la vida y el último latido de la esperanza!

No sé, no sé, pero a mí me parece que este grupo de médicos, que me imagino jóvenes, sanos y con buenos deseos de acertar, están arreglando —por tablas— algo más que algunas cabezas en desvarío; quisiera decir —y no sé si acierto a hacerlo— que están arreglando también una situación no sólo médica, que quizá no haya funcionado jamás con holgura y con eficacia: me refiero a la mágica administración de la buena estrella de cada cual, esa lucecita que nadie, sino la muerte, puede jurar que está apagada y fría.

A lo mejor, algún día la zigzagueante marcha del mundo desemboca en las lindes de la belleza y la poesía, esas dos nubecillas casi inaprensibles en cuyas eficacias todavía no cree demasiada gente. Los médicos valencianos que esgrimen el florete de la belleza para pinchar el mal y tirarlo por la borda, nos están dando a todos un ejemplo que probablemente ni imaginan y ni siquiera sospechan. Cuando los poetas hablan, ignoran que su palabra ha de repetirse por los siglos de los siglos.

SOMBRAS CHINESCAS

Mi parienta Minervina Cebollada, que era de raza hebrea, antes judía, como su nombre indica, alimentaba sanguijuelas en la farmacia y herboristería naturista, de algo tiene una que vivir, y era muy partidaria del estofado de cordilla con unos ramitos de collejas salpimentadas.

—¿Y estaba bueno?

—Mujer, ¡bueno, bueno...!

A mi parienta Minervina Cebollada le decían la Marrana, no porque fuera sucia, que era más aseada y primorosa que los chorros del oro, sino porque no tenía limpio el expediente.

—Vamos, que hace cinco siglos su familia no comía tocino.

—Pues, sí, más o menos.

—¡Ya me hago cargo!

Mi parienta Minervina Cebollada también tocaba el saxofón en la orquesta The Black Buccaneers, conjunto discotequero cuyos componentes eran todos de Collado Mediano menos el batería, Pacorro el Leches, que era de Collado Villalba.

—¡Qué casualidad! ¿Verdad, usted?

—¡Huy, la mar de casualidad!

Mi parienta Minervina Cebollada, el año pasado tuvo la glosopeda, se la pegó su novio Pau Puig i Pirretas, que tampoco era catalán y que se conoce que había andado en malos pasos. El Pau Puig i Pirretas tenía una tienda de compraventa de metales preciosos, marfiles y obras de arte a medias con un tipo muy poco recomendable que atendía por Genuino Chamberlain Gómez, que era gibraltareño y, a lo que dicen, maleante y tres cuartos sarasa.

—De la gente tampoco hay que hacer demasiado caso porque, a veces, es muy murmuradora.

—No; demasiado caso no, pero un poco, sí.

Mi parienta Minervina y el mozo Pau llevaban treinta

y dos años de relaciones prematrimoniales pero, por ahora, no pensaban casarse porque querían obrar sin precipitaciones y aún tenían sus dudas sobre eso de los caracteres, sus afinidades y sus incompatibilidades; según don Braulio, el ecónomo, eso les pasaba porque eran muy peliagudos y eróticos y muy poco cuaresmales y continentes. Yo creo que don Braulio exageraba en el diagnóstico, pero en esto no me quiero meter; yo no soy más que un amanuense que escribe al dictado de las inexorables circunstancias.

—¡Jo, qué frase!

—Sí, mi buen amigo y contertulio; sé bien que es una frase feliz, pero puedo jurarle que yo no tengo la culpa de su perfección. ¡Es el numen del karma el que habla por mi boca!

—Dispense, no había querido ofenderle.

—¡Más le vale!

Mi parienta Minervina, un día que le entró el cabreo hispánico o propio y peculiar de la capra hispánica, le echó tres sanguijuelas en el vermú a su novio el Pau, que si no reventó fue porque el vermú, que era de barril y tenía mucho aguarrás, dejó medio anestesiados a los anélidos.

—Oiga, ¿y por qué llama anélidos a las sanguijuelas?

—Pues ya ve, usted, ¡manías! Igual podía haberles llamado samurais nipones medievales.

—¡Eso es bien cierto!

Un día, la guardia civil se hartó de que el Genuino diera más escándalos de los permitidos por la costumbre y fue y lo enchironó sin más contemplaciones; para mí que hizo bien porque el vecindario estaba ya muy harto de las indecencias y las libertinas provocaciones del Genuino.

—¡Más le valdría devolvernos Gibraltar!

—Bueno, eso quizá no sea cosa suya. A mí me parece que el Genuino, en el Peñón de Gibraltar, debe contar poco; no merece la pena que nos ocupemos de él.

—Tiene usted razón. ¿Y qué fue de Pacorro el Leches y sus muchachos?

—Eso se lo contaré a usted otro día; perdóneme ahora, pero es que me dio un torcijón inapelable.

THE BLACK BUCCANEERS

The Black Buccaneers, que como cabe suponer no eran ni negros ni bucaneros, sumaban seis y el cantante, siete, pero armaban tal estruendo que parecían por lo menos siete y el cantante, ocho. Pacorro el Leches, el batería, era el que gobernaba el cotarro y, aunque todos eran muy progres, allí no se desmandaba nadie. ¡Al primero que me cerdee, lo tundo a palos!, les había dicho Pacorro en el acto fundacional. ¡Aquí no se admiten ideas propias! ¿Sus enteráis?

—¿Y se enteraron?

—¡Cómo se lo diría! Pacorro el Leches era un jefe nato, de esos que se les ve en la mirada que es más prudente no desobedecerles.

—¿Como Hitler?

—Pues, sí, una cosa así. O como Temujin, a quien algunos decían Gengis Kan, que tampoco era manco.

El conjunto The Black Buccaneers empezó siendo una rondalla de pulso y púa, guitarras, mandolinas y bandurrias, La Armonía Serrana, pero después, se conoce que con esto de la democracia, fue evolucionando y se convirtió en lo que era en la actualidad.

—¿Y es cierto que ya salió en Aplauso, en Fantástico y en Trescientos Millones?

—Sí, señora, y con mucho éxito, gracias a Dios, si bien con escaso rendimiento económico todavía. Al principio, la costumbre es que rasquen y soplen y percutan al fiado; así se promocionan mejor.

—¡Hay que ver! ¿Eh?

—¡Y tanto que hay que ver, doña Pura, y lo que nos queda por ver todavía, a poco que duremos!

Los componentes de The Black Buccaneers eran, salvo error o descuido, los que a continuación se citan:

Pacorro el Leches, batería, auxiliar de farmacia de

extrarradio, AFE, todo un carácter autodidacta y pendenciero.

—¡Qué mezcla!

—¡Ya ve...! A mí me parece que una característica está en función de la otra, ¡qué quiere!

—Mi parienta Minervina Cebollada, la Marrana, saxofón, pasto natural de sanguijuelas, PANASAN, que aromaba su entorno a chotuno.

—Eso se quita con jabón.

—No lo dudo; pero ella era poco propensa a higienes y otros respetos humanos.

—Rumoldo Expósito, alias Abundio el de la Chisgarabisa, guitarra eléctrica, guardagujas eventual de ferrocarriles de vía estrecha, GEFEVE, que era medio albino y padecía de flato intermitente y de ataques temblones.

—¿Y por qué no lo echaban a las fieras del circo, para que lo devorasen sin compasión?

—Lo ignoro; eso es algo que no supe jamás.

—Ostiano el Piernas, contrabajo, embalador de jeringuillas asépticas, EJA, a quien en la fábrica tuvieron que llamarle la atención por zullón o zullenco.

—¿O sea, pedorro, como vulgarmente se dice?

—Exacto.

—Zaqueo el Circunciso, órgano eléctrico, sin profesión conocida, aunque, a lo que parece, vivía de las mujeres.

—¡Caray, qué tío! ¡Eso sí que es suerte! Oiga, pero, si es el que yo digo, ¿no es medio enano?

—Sí, señora, pero se conoce que da la talla precisa para el bailón macarra.

—Claro, ¡cada cosa quiere su tamaño, ni más ni menos!

—Epigmenio Troncoso Badulet, también llamado Berberisco de Berbería, trompeta, zapatero artesano del cuero y similares, ZACUS, que llevaba una sortija con rubí en el dedo meñique.

—¿De la mano derecha?

—¡Déjeme pensar! Pues la verdad, ahora no recuerdo... Y el cantautor, Sócrates Méndez, el Mulato, que tenía voz de grillo y era escribiente de juzgado municipal, EJUM, y, según lenguas, también ciclán o chiclán.

—¿Y eso qué es?

—No maree usted, hermosa, y vaya al diccionario de la Real Academia Española, que para eso está.

—¡Huy, hijo! ¡Qué cardo!

Los componentes del grupo The Black Buccaneers ensayaban en la vaguada del barrio de la Concepción, cerca de la M-30. El lugar no tenía muy buenas condiciones acústicas, pero, en cambio, era un horizonte abierto a la esperanza, como decía Sócrates Méndez, el cantautor.

—¡Qué frase más hermosa y dialéctica!

CASI UNA FÁBULA DE ESOPO

En la mitología griega, que era un chorro de vida amable y deleitosa en el que casi nada estaba vedado, se amaban los dioses, los hombres y los animales, todos contra todos, sin mayores dengues ni escrúpulos y con muy poético deleite y arrebatada pasión. Con la quiebra del mundo pagano el hombre se asustó de sí mismo y se escudó en las virtudes de la renunciación y de la abstención, se refugió en el planeta pintado de purpurina de las formas de vida convencionales y pactadas y, por la cuesta abajo del olvido, dio al traste con el epicúreo sentido de las horas vividas y gozadas con aplicación y con muy sabia lentitud y parsimonia. Aquél fue un período glorioso de la historia que es probable que no vuelva a repetirse jamás.

Ahora me llega una noticia confusa —y quizá bellísima— de los amores, todavía idílicos y no más que imaginados y presentidos de un toro con una yegua que, para que no haya mayores dudas, él se llama Enamorado, y ella, Coqueta. La escena tuvo lugar en el cortijo mejicano de Santa Cruz, no demasiado lejos del Distrito Federal, y Coqueta, la potranca que despertó amores por encima y más allá de los usos establecidos, es propiedad del rejoneador portugués Pedro Louceiro, quien no creo que se atreva a lancear al galán, si llegara el caso.

El suceso es infrecuente, puesto que el hombre no suele delegar en nadie los pecados, viejos como el mundo, en los que la carne se mezcla con la carne distinta y de otro latido; en castellano, a este desliz se le llama bestialidad y de él se habla en el Viejo Testamento, que es fuente acreditada.

En la placita del cortijo se dejó al toro solo, para que se desentumeciese un poco y se desfogara a gusto. Al cabo de un rato se soltó a Coqueta, sola y desnuda, que correteó de arriba para abajo ante la complacida mirada de Enamorado que, claro es, ni la embistió ni le hizo el menor gesto de desaire. Cuando Coqueta, tras sus carreras rituales y prenupciales, se detuvo, Enamorado intentó montarla, ¿para qué andarse con mayores rodeos?, y hacerla suya, como se decía en las novelas de principios de siglo. La yegua, que por algo se llama Coqueta, rechazó al pretendiente y salió al galope por la puerta abierta que la devolvía al campo.

Pedro Louceiro supone que el idilio, tarde o temprano, terminará en unión sentimental (y de la otra) y yo pienso que, a lo mejor, estamos asistiendo al nacimiento de una nueva era más poética y, en cierto sentido, también más inmediata.

Sobre el amor se han escrito millones de páginas desde que el mundo es mundo, pero se han dicho pocas cosas cuerdas y oportunas. Si llegáramos a definir el amor con cierto sentido común, cosa de la que todavía estamos muy lejos, admitiríamos que un elefante pudiera enamorarse de una mariposa, un hombre —y si es navegante solitario, mejor— de una gacela y un lobo trotador de una golondrina zigzagueante. Estamos todavía en mantillas en este mar sin lindes que es el amor y sus entendimientos infinitos, pero día vendrá en que lo que hoy no entendemos sea claro como la luz del día.

En una cancioncilla de moda hace algunos años se hablaba de un toro enamorado de la luna. El toro del cortijo de Santa Cruz, que tiene la ventaja de que le dicen Enamorado —y pienso que por algo será— se enamoró de una potranca núbil, airosa y retozona que, tampoco por casualidad, se llama Coqueta.

El amor de Enamorado y Coqueta, si llega a consumarse, jamás será fecundo —la biología manda—, pero sí será hermoso, airoso e ilusionador. Al menos para mí, que creo en dos cosas: en el amor y en el objeto amoroso.

NOTICIA DE UN MATRIMONIO BIEN AVENIDO

Don Fabricio de Murciego y Piris, alias Paquito de Ayamonte, funcionario del Catastro y «cantaor» de alegrías de Cádiz, tanguillos de Huelva, sevillanas de Sevilla, medias granaínas de Graná, malagueñas de Málaga, cartageneras de Cartagena y así sucesivamente, se casó por amor y, en consecuencia, se dio con muy desmedido entusiasmo a la vida de hogar y de familia; como quien ama el peligro, en él perece, don Fabricio de Murciego y Piris, alias Juancito de Isla Cristina, contable de la funeraria «El óbito digno» (¡jo, el pluriempleo!) y jugador de chamelo, garrafina, correlativa y otros lances del noble escarceo del dominó, acabó padeciendo de golondrinos sobaqueros.

—¿Rebeldes?

—Sí, señora, o sublevados, como también se dice. Algunos maximalistas les llaman golondrinos nacionales o imperiales o cruzados de la causa, pero esta suerte de taxonomías, si quiere que le diga la verdad, está cayendo en desuso.

—¿A pasos agigantados?

—Bueno, digamos que al trote.

Don Fabricio de Murciego y Piris, alias Luisón de Palos de Moguer, pedicuro callista, o sea podólogo, y tañedor de cítara albaceteña, accedió al tálamo intonso y virgo potens y, entre la rusticidad, la virginidad y la potencia, dejó a su señora como unos zorros.

—¿De la zurribanda amorosa que le recetó?

—¡Usted lo ha dicho con suma sagacidad!

—¡Qué desconsideración, amigo González!

—Según como se mire, compañero Gómez, según como se mire. Hay señoras muy temperamentales que aguantan todo y que hasta agradecen que se las deje hechas una pena con el pene.

Entonces intervino doña Escolástica de Salmuera y Mínguez-Mínguez, alias Pandora la de la Caja, del Comercio (sección cerería: lamparillas, cirios, blandones y velas en general), quien exclamó:

—¡También son ganas!

—Sí, señora: muchas ganas y nunca peor.

La legítima esposa de don Fabricio se llamaba doña Segunda Ricarda de Fuencebadón y Piñeiro-Picheleiro aunque, se conoce que para abreviar, le decían Ñandú, por lo que galopaba.

—¿Pero galopaba tanto?

—¡Huy! ¡Tanto y aún más! Cuando doña Segunda Ricarda se ponía al galope había que hacerse a un lado porque se acatarraba uno sólo del vendaval que levantaba.

—¡Caray, qué ímpetus!

—Sí, señora: unos ímpetus atroces. Don Aglutinante Domínguez, el coadjutor, les llamaba ímpetus sarracenos y decía que no se recordaba nada análogo desde la cultura sumeria.

—¿Como Gudea, el rey sumerio de Lagasch?

—Exacto. Oiga, ¿cómo es usted tan culto con la pinta de inflagaitas que tiene?

—Pues ya lo ve, ¡errores de la naturaleza!

A doña Segunda Ricarda, cuando galopaba mucho, le daba el flato o el paralís, según las estaciones; el primero se le quitaba con licor café orensano y el segundo con baños de asiento de manzanilla de camposanto o *matricaria chamomilla*.

—¡Viva la precisión!

—Sí, señora, y el Celta de Vigo, que también es de Dios.

Los señores de Murciego, o séase don Fabricio y doña Segunda Ricarda, formaban lo que se dice un matrimonio bien avenido, algo que quizá pudiera servir de ejemplo a tanto zángano y zángana y a tanto adúltero y adúltera como andan por ahí pecando y refocilándose y pasándolo bomba.

—Por su boca habló la sabiduría, don Camilo.

—Sí, hija, pero de poco me sirve porque me hacen pagar igual la contribución. Y hablando de otra cosa. Eso que dicen de que don Fabricio se entiende con doña Escolástica y eso otro que murmuran de que don Aglutinante se beneficia a doña Segunda Ricarda, es una cochina mentira y una vileza; puede usted publicarlo, si quiere. La gente ha perdido el temor de Dios y así van las cosas: manga por hombro.

EL ETERNO FEMENINO

La señorita Honorina se destocó el colodrillo y don Hugo, ni corto ni perezoso, fue y se lo tocó.

—¡Tocón!

—¡Mejor!

Don Hugo, en el colmo del descaro, le sacó la lengua a la señorita Honorina, que se quedó como hipnotizada, y después le dio un lambetazo o lametón o lengüetada en el colodrillo.

—¡Laminero o lamerón!

—¡Cállate, tonta, y aguanta marea!

Don Hugo era calagurritano y escribiente de notaría, y su partenaire, o séase la señorita Honorina Mantecón Cantero, era bilbilitana y bordaba para afuera, a tambor, de realce, al pasado, a canutillo, etc.; también daba masajes tailandeses a los pensionistas —civiles y militares, pero no eclesiásticos— de la tercera edad y conocía repostería y el difícil arte de garrapiñar.

—¡Qué completa!

—¡Y usted que lo diga!

—Oiga. Y el débito conyugal, ¿qué tal se le daba?

—¡Hombre! Según su cónyuge, la mar de bien.

—¿Y según don Hugo?

—Repare en que don Hugo no era su cónyuge.

—¡Anda, pues también es verdad! ¡Qué distraído es uno! Desde que padecí la glosopeda, me he quedado sin memoria.

—¿Y para qué la quería?

—Pues la verdad, ¡no lo sé! ¡Como no fuera para acordarme de aquel chiste tan gracioso que ahora no recuerdo!

—¿El del loro?

—No, otro.

Don Hugo, a fuerza de trabajarle el colodrillo a la señorita Honorina, acabó pasándosela por la piedra.

—¿O, como también se dice, llevándosela al río?

—Exacto; o al huerto.

Don Hugo se caracterizaba por sus buenos modales y su aroma a agua de colonia de a granel; con lo que le pagaban en la notaría tampoco podía gastar agua de colonia de marca, de esas que anuncian en la televisión y que dejan a las señoras como absortas y a punto de caramelo. Don Hugo, aunque natural de Calahorra, era partidario del Recreativo de Huelva y, subsidiariamente, del Real Madrid, al paso que la señorita Honorina, aunque natural de Calatayud, era hincha del Niño de la Capea y de Odysseas Elitis.

—¿El vate heleno que fabrica jabón de olor?

—El mismo.

Cuando don Hugo se hartó de los amores de la señorita Honorina le dijo que se fuera a freír espárragos, pero ella, que era algo pava, hizo como que no entendía.

—¡Pero si ahora no es tiempo de espárragos!

—¡Bueno! ¡Pues de lata! ¡Los hay de óptima calidad!

Las relaciones entre don Hugo y la señorita Honorina, como cabe colegir tras la secuencia de los espárragos, fueron de mal en peor y la señorita Honorina, a fuerza de almacenar despecho, decía a las visitas:

—Los hombres, ¡el mejor para ahorcado!

—No, mujer; hay algunos buenos... En mi pueblo queda uno, que antes era padre escolapio, que hasta invita a vermú con pincho de aceituna con anchoa.

—¡Caray, qué mirlo blanco! ¿Por qué no me lo presenta?

—¡Sí, claro, para que seas tú la que se aproveche del vermú con pincho de aceituna con anchoa! ¡En eso estaba pensando!

Cuando la señorita Honorina llegó a la conclusión de que los hombres, el mejor para ahorcado, empezó a componer poesías en verso libre y se matriculó en un curso de cerámica aplicada.

—¿Aplicada, a qué?

—Pues no lo tengo bien claro; me imagino que aplicada a platos, tazas, fuentes, soperas, salseras y otros enseres. ¡Si no, no me lo explico!

—Ni falta que le hace, compañero. Cuando una dama empieza a componer poesías en verso libre y se inscribe en un curso de cerámica aplicada, lo más prudente es huir.

—¿Con dignidad, al menos?

—No; eso importa poco. Lo que hace falta es huir despelotado y aunque se pierda la compostura. ¿Usted no ha oído hablar del instinto de conservación?

AMOR, AMOR, AMOR

Don Sebastiano Minerva, garañón calabrés nacido antes de que a los españoles nos echaran de Cuba, se metió en la cama de su vecina doña Giulia Stanca, madona todavía de buen ver que había venido al mundo reinando don Amadeo de Saboya.

—¿Y sumaban, entre los dos, doscientos años?

—Pues mire, usted: no eché la cuenta, pero por ahí debía andar la cosa.

—¡Los hay pertinaces!

—Sí, señora: los hay muy entusiastas e infatigables. Durante Franco se les llamaba inasequibles al desaliento. ¡Lo que no sé es cómo no se mueren de un calentón!

—Yo tampoco, créame. A lo mejor, escapan vivos, enfriándose por procedimientos naturales.

—¡Puede! En esto ya está todo inventado, ¿no cree?

—Sí, señora; a eso no le dé usted más vueltas porque no merece la pena.

Doña Giulia, tras la visita que recibió, se fue a ver al juez y denunció a don Sebastiano por violación fogosa, pasión desaforada y violencia sexual.

—¿Y el juez qué dijo?

—Primero la felicitó y, a renglón seguido, declaró inocente a don Sebastiano y lo propuso para la medalla del trabajo.

Doña Giulia, tras oír el veredicto del juez, dio marcha atrás en su actitud e invitó a comer a don Sebastiano.

—¡Qué tonta soy! Si le traje al juzgado fue porque creí que se había vuelto usted loco.

—¡Loco de amor!

—Disculpe mi precipitación. Llevaba cerca de medio siglo, ¿usted se da cuenta?, ¡medio siglo!, sin ser palpada, ni toqueteada, ni manoseada, ni sobada, ni magreada, ni acariciada..., usted ya me entiende, y como es natural, su benemérita actitud me pilló a contrapié.

—No me extraña, pero, ¡está usted tan apetitosa, doña Giulia!

Doña Giulia suspiró profundamente.

—Apéeme el tratamiento...

—Gracias. Como le decía, ¡está usted tan apetitosa, Giulia!

Doña Giulia, ahora, además de suspirar profundamente, también sonrió.

—Yo creo que después de haber yacido juntos, debiéramos tutearnos...

—Y yo...

—Lo del juzgado fue un mal momento..., estaba como desorientada, te lo juro... ¡El buen momento fue el de antes!

—¿El de la cama?

—¡Calla, tonto, que me da vergüenza!

Doña Giulia, con una paz infinita brillándole en el mirar, siguió hablando.

—¿Me dejas que te llame amor?

—¡No faltaría más!

—Gracias, amor.

—De nada, vida mía.

—Oye, amor, ¿si te invito a comer, dormirás la siesta conmigo?

—¡Y aunque fuera en ayunas, pichoncito!

—No; más vale que antes aprovisiones algunas calorías. ¡Te voy a hacer unos macarrones capaces de levantar a un muerto!

—Gracias anticipadas. ¿Tienes vino?

—Sí, me queda todavía botella y media. ¿Tendrás bastante?

—No sé; por si acaso, compra un par de botellas más. ¿Tienes queso?

—Sí.

—¿Y salchichón?

—También. En casa tengo de todo.

—¡Ya lo veo! Pero no olvides que soy un hombre objeto, vamos, un macho de lujo.

—No, amor mío: ni lo olvido ni lo olvidaré jamás.

Don Sebastiano se quedó como pensativo y guardó silencio durante unos instantes. Después habló con la voz entrecortada por la emoción.

—Giulia.

—Dime, amor. ¡Soy toda oídos!

—No sé cómo empezar... Nuestros hijos están ya colocados...

—¿Colocados, amor? Nuestros hijos están ya jubilados.

—Bueno; es una forma de colocación como otra cualquiera... Y tú y yo, los dos viudos..., ¡estamos libres! ¿Por qué no nos casamos? ¿Por qué no unimos nuestras vidas en el indisoluble lazo del matrimonio?

Doña Giulia soltó una sonora carcajada.

—¡Qué antiguo eres, amor mío! ¿Casarnos así, sin más ni más? Ahora ya no se estila. ¿Por qué no dedicamos algún tiempo a las relaciones prematrimoniales, a ver si nos va bien?

Don Sebastiano compuso el gesto triste y el ademán solemne.

—¿Y si reventamos durante la experiencia, prenda adorada?

VOCACIÓN DE CÉLIBE

A miss Claudia Heredia Berruguete, gibraltareña de pro y comadrona diplomada, la pidió en matrimonio el reverendo Jacintecito Reyes Jiménez, también gibraltareño, pastor anglicano y «cantaor» que le arrimaba mucho duende al cante grande; según los entendidos, su estilo recordaba al de Pericón de Cádiz e incluso al de don Antonio Chacón.

—¿Será posible?

—Sí, señora: posible y muy posible. ¡La mar de posible!

El reverendo Jacintecito era más bien bisojo y pitarroso pero la comadrona miss Claudia, diríase que para contrapesar la situación, gastaba mirada de rana cachonda y célibe.

—¿Tanto?

—¡Huy, ya lo creo! Tanto y más, podría jurárselo.

—No, no, ¡por favor! Evitemos las situaciones límite.

—Como guste.

Miss Claudia usaba chaleco y reloj de bolsillo con leontina, un reloj que marcaba siempre las seis y media (o las dieciocho treinta, según) porque tenía las manecillas flojas y desajustadas y, claro es, caían a su ser natural.

—¿Y cuándo eran las trece quince o las veinte cuarenta y cinco?

—Pues entonces, como no le preguntase a un transeúnte, tenía que aguantarse. Esto a miss Claudia le importaba poco porque era de buen conformar.

—¿De tan buen conformar como los mártires de la antigua Roma, pongamos por caso?

—No; quizá, no. Miss Claudia era de buen conformar pero no llegaba al martirologio.

—¡Claro, como era protestante!

El reverendo Jacintecito, cuando quería desintoxicarse un poco del flamenco, tocaba polcas al clarinete y valses vieneses al bombardino; no le quedaban muy bien, ésa es la verdad, pero el hombre hacía lo que podía. Cuando era joven y la verja no estaba aún cerrada, el reverendo pasaba todas las tardes a San Roque, a jugar una partidita de tute subastado y a beberse un par de copitas de anís en la casa de lenocinio de Sagrario la Chiclanera, que era una morenaza de tronío que gastaba lunar con pelo rizado, era alta como un alabardero y enseñaba verdaderas dotes de mando; allí no se le desmandaba nadie, ni en el salón, ni en el comedor, ni en las alcobas, ni en ningún lado, porque lo tundía a palos.

—Aquí, al primero que me cerdee lo desgracio.

—Descuide.

Sagrario la Chiclanera, cuando se arrancaba, era un animal muy peligroso, era peor que una leona a la que hubieran restregado el esfínter del ano con una guindilla.

—¡Qué horror!

—¿El qué, la Chiclanera?

—No, la guindilla.

El reverendo, algunas tardes, además de la partidita y la copita, echaba una canita al aire, usted ya me entiende, con una señorita más bien delgadita y muy bonita que se llamaba Adelita Anguita.

—¿Y no quedaba todo un poco ridículo?

—Sí. Pero, ¿qué quiere? Con los reverendos hay que tener cierta tolerancia.

—¿Y condescendencia?

—También. Yo creo que tolerancia y condescendencia se debe tener con todo el mundo. Antes, cuando se podía quemar a la gente, era otra cosa, pero ahora, con las costumbres nuevas, es más prudente tener paciencia. ¿Hace un chapachup?

—Gracias, no gasto.

Miss Claudia le dijo al reverendo Jacintecito que no, que ella no se casaba y menos con un cura, digo, pastor, porque tenía vocación de célibe y no era proclive a someterse al doble yugo marital y clerical.

—¡Caray, qué culta!

—No lo sabe usted bien; miss Claudia tenía madera de orador parlamentario.

—¿Y de orador sagrado?

—No; eso era el otro, el Jacintecito.

Sagrario la Chiclanera, que tenía muy buen corazón, le

lavaba los ojos al reverendo con infusión de manzanilla templada y pasada por el tamiz de un pañuelo limpio para filtrarle las impurezas.

—Comprenda usted, reverendo, que con esos ojos no se puede ir a ningún lado. Que sea bizco, pase, ha habido bizcos muy famosos, Napoleón Bonaparte, Nelson, el general Polavieja, Rabindranath Tagore, mi difunto esposo, que en paz descanse, sin ir más lejos, ¡pero esas legañas! ¡Ay, Dios, Dios, qué trabajo me dan los hombres! ¡Qué punta de inútiles!

SUCESO CON ALGUNA INTERFERENCIA

Don Terpandro Willoughby Domínguez, alias Guernesey, le dijo a su legítima esposa doña Margot Fustanque Soldevila, alias Chilolita Linda:

—¿Por qué suspiras, amada mía?

—No suspiro, pichón, sino que regüeldo o eructo.

—¡Oh, Dios! ¡Oh Santo Dios de los Ejércitos! ¡Perdona mi *lapsus linguae*!

—¿No se dice lapislázuli?

—No, mujer, esto es otra cosa.

Entonces hubo una interferencia y se escuchó una voz gangosa que exclamaba con cierto énfasis:

—Decidme, ¡oh Fabián Echenique! (hoy Etxenike), ¿sois un cachondo mental?

—¿Como Edelmiro IV de Baviera?

—Pues, sí, una cosa así.

—¡Me hacéis mucho favor, marquesa, yo no soy más que un pobre iluso enamorado de vuestras morbideces!

—Jo, ¡qué detalle!

Como el tiempo estaba muy húmedo hubo una segunda interferencia.

—¡Társilo Saturninovich Voronej, *please*, o sea por favor! Deje sus partes pudendas en el excusado; detrás de la puerta hay un clavo que puede utilizar a guisa de percha.

—No me es posible complacerle cual hubiera sido mi deseo, Basilea Filemonovna Cheboksara, porque las partes pudendas las tengo adheridas al bajo vientre.

—¡Maldición! —exclamó Basilea Filemonovna Cheboksara.

—¿Mande? —replicó Társilo Saturninovich Voronej.

—Nada; que por la taiga y la tundra, más por la tundra que por la taiga, merodea el lobo hambriento a ver si la tripulación o el pasaje de algún trineo se aburre o se descuida.

—¡Claro!

Don Pedro Crisólogo Andreu Domínguez, alias Pitiuso, que era hermanastro de don Terpandro por parte de útero, heredó de su finada, doña Dulce Nombre Mantecón del Cura, una expendeduría internacional de hot-dogs y gallinejas, a elegir, que le dejaba sus buenos cuartos cada temporada. La expendeduría de despojos en fritanga se llamaba New Arizona y tenía dos servicios debidamente señalados con sus letras: W.C., para caballeros y W.S., para señoras; la ley manda que los caballeros y las señoras orinen en recipientes distintos y don Pedro Crisólogo, no es por nada, siempre fue muy respetuoso con el poder legislativo.

Don Pedro Crisólogo, cuando doña Dulce Nombre recibió cristiana sepultura, o sea, que la metieron en un nicho para que se pudriera con paciencia y sin alborotar, le puso los puntos a doña Inmaculada, que era hermana de la muerta, algo culona y con más máculas que la bragueta de un diabético de pueblo.

—¿Tanto?

—¡Anda! ¡Tanto y más todavía!

—¡Qué horror!

Don Gregorio Taumaturgo de Espantaleón y Parla, alias Chirigaita de Puentegenil, escribiente de juzgado, un sí es no es bizco y medio vegetariano, había sido novio de doña Inmaculada, la de la hermana fiambre.

—¡Jo, qué pendón!

—¿Lo dice usted en serio? —inquirió don Pedro Crisólogo.

—¡Absolutamente en serio! ¡Así me muera, si miento! ¡Así me parta un rayo y me deje más torrado que un torrezno! ¡Más pendón que un onagro, se lo juro!

—¿O asno silvestre, perdonada sea la manera de señalar, cual silvestre es también la orquídea?

—Sí, ¡pero a lo bestia!

El viudo don Pedro Crisólogo, al oír los favorables informes del célibe don Gregorio Taumaturgo, fue y matrimonió con doña Inmaculada Mantecón del Cura.

—¡Sí, claro! ¡Que iba a dejar yo escapar la ocasión!

Los nuevos señores de Andreu, o sea don Pedro Crisólogo y doña Inmaculada, de soltera Mantecón, fueron muy felices y sus sobos, parcheos, magreos, tientos y demás variados toqueteos, alcanzaron gran renombre en todo el partido judicial.

—¿Y es cierto que el maestro Barbate llegó a componerles un pasodoble?

—Cierto y bien cierto, amigo mío: un pasodoble con letra de don Marcial Gestoso, el señor maestro, que se daba muy buena mano para la rima.

—Bueno; yo no quiero restarle mérito alguno, ¡Dios me libre!, pero cuando la fuente de inspiración ayuda, la cosa resulta siempre más fácil.

—Sí, ¡eso también es verdad!

El don Pedro Crisólogo y su señora, metiéndose mano en público, propiciaban el numen de los vates, ora locales, ora foráneos.

EL DIÁLOGO DE LA ESPONTANEIDAD

Matiítas el Nano le dijo a don Tomás, que también era nano.

—Oiga, usted, compadre. A mí me parece que debemos demostrar gratitud infinita a la Divina Providencia cada vez que nos permite contemplar a una señora que tenga un par de polvos o tres, aunque no seamos nosotros, ¡pobres de nosotros!, quienes hayamos de echárselos. ¿Verdad, usted?

—Cierto y bien cierto, mi dilecto amigo. Nosotros no estamos ya para demasiados trotes y además somos nanos, no nos engañemos, lo que siempre desluce, ¡pero se ve por la calle cada gachí! Mi señora, que es un callo, perdonada sea la manera de señalar...

—¡Pues anda que la mía!

—No me interrumpa, Matiítas, se lo suplico; a mí me da mucho coraje que me interrumpan.

—A mí sólo cuando estoy orinando cabe los vetustos muros de la colegiata, o cabe las acacias en flor, o cabe el escaparate de la confitería de doña Jesusa. Si no, no.

—Se conoce que es usted más sufrido.

—¡Puede!

—Como le iba diciendo. Mi señora, que es talmente un callo recalentado quizá tan sólo comparable a la suya, cuando se cruza con una de esas señoras que la Divina Providencia aún nos permite gozarlas con la vista, ¡y nunca peor, ya que con otros sentidos y ex potencias nos iban a dejar en «offside»!, les llama guarras, pellejos y lagartonas, las tres cosas, a media voz y como disimulando.

—¡Lo que hace la envidia!

—No; yo no creo que mi señora sea envidiosa, a mí lo que me parece es que es obtusa. Mi señora, sobre ser una mierda, no discurre; en eso es como un asno al que hayan operado del cerebelo con detrimento de las meninges.

—¡Pues anda que la mía! ¡La mía es como ese asno que dice, sólo que reumático y tirando a tartamudo!

—Le repito que no me interrumpa, Matiítas. Yo no dudo que su señora sea un callo revenido y una mierda solitaria y puesta a secar al sol, vamos, como la mía, sobre poco más o menos, pero las interrupciones me cabrean, ¡que quiere!

—Dispense, don Tomás; le prometo que no hablaré sino cuando me toque.

—Gracias, Matiítas, ¡más le vale! En ilación con lo que decía: mi esposa, cuando pasa una señorita despampanante y excluyente o, simplemente, aparente, siempre dice: será un maricón, bueno un marica, quiero decir un mariquita, ¡ahora pasan cosas muy raras!

—¡No me negará que su señora tiene razón!

—No. Que ahora pasan cosas muy raras lo sabemos todos, pero a lo que mi señora se resiste es a admitir que todavía queden hembras de bandera y ciudadanas presentables, muy presentables. Mi señora, aunque nació escorada y ya se podía haber ido acostumbrando, lleva muy a mal la evidencia de que es como una calcomanía jubilada. Una vez se lo dije, ¡y no quiera saber usted cómo se puso!

—¡Animalito! Las verdades ofenden, don Tomás, siempre se dijo. Cuando a usted y a mí nos llaman nanos también nos parece mal, y eso que usted tuvo cargos de mucho relieve cuando mandaba don Francisco, el hermano de doña Pilar.

—Sí, ¡eso es cierto! Pero lo que yo le digo es que da mucha rabia, vamos, una rabia beréber, lo que Althusser llamaba la inmediata contemplación del callo mantenido y aun progresivo. El afamado pensador galo, tras formular su enunciado axiomático, tiró de sábana y ya ve usted lo que hizo.

—¿Y usted cree que obró con cordura?

—Quizá no; pero sí con eficacia.

—Lo malo es que ahora tendrá que inventar algo para decirle al juez porque en estas cosas, como usted sabe, los jueces son muy mirados y muy chinches.

—¡Y tanto! A mi primo Lesmes, cuando le vació un ojo a su suegra con una lezna de zapatero…

—¿No fue con la badila del brasero?

—Bueno, es igual. A mi primo Lesmes, cuando le vació

un ojo a su suegra, lo condenaron a seis meses de cárcel y a indemnizarla con mil setecientas pesetas.

—¡Qué barbaridad! ¿Has dicho usted mil setecientas pesetas?

—Lo que usted oye.

—¡Qué horror! ¡Qué caras se han puesto las señoras, aunque sean viejas! Si por un ojo le cobran al contribuyente mil setecientas pesetas, ¿cuánto le cobrarían por despiezarla?

—Lo ignoro; la regla de tres no fue nunca mi fuerte.

LOS TIEMPOS IDOS

En un lugar de la provincia de Toledo de cuyo nombre no quiero acordarme aunque sí diga, para que se orienten los listos, que queda a la derecha, según se baja, y tiene una iglesia mudéjar (también se pueden pescar barbos en el río), el caballero don Felícito Ternero y Capón, ¡qué ansioso!, se dirigió a la dama, o sea su señora, doña Felícula Borrego y Manso, ¡también son ganas!, y fue y le dijo con voz de boticario verriondo e incluso montaraz y trabucaire (análisis de sangre, orina, heces fecales y esputos, báscula de precisión):

—¡Felícula!

—Dime, amor —susurró doña Felícula con sonrisa de subalterna y procurando agradar.

—¡Café! ¡Leche!

—Presto, vida. ¿Café con leche?

—¡No, leche! ¡Leche es exclamación, en este caso, y no líquido blanco que segregan las mamas de las hembras de los mamíferos!

—Dispensa, encanto. (Y como hablando consigo misma pero en voz alta.) ¡Marchando un cafelito de primera calidad para mi amo y señor!

—¡Felícula!

—Dime, pichoncito.

—No seas gilipollas y no divagues. ¡Café! ¡Leche!

Doña Felícula guardó silencio y enchufó la cafetera italiana, que era la mejor de las siete que tenía; doña Felícula siempre había sido muy previsora y prudente.

—¿Algo así como Séneca?

—Pues sí; una cosa así, pero con menos letras y aptitudes para el pensamiento abstracto.

Cuando doña Felícula vino con el café, don Felícito rugió:

—¡Felícula!

—Soy toda oídos, corazoncito, ¡habla por esa boca!

—¡*El sabor de la tierruca*, primera edición, Barcelona, 1882, capítulo III!

—Con diligencia, rey, ¡voy por ella!

Doña Felícula empezó: Alzábase la iglesia de Cumbrales sobre un tumor del terreno o montículo de roca viva...; la cosa iba bien, ésa es la verdad, la mar de bien, pero cuando llegó a lo de Pablo se acercó a la portalada de la derecha, no pudo más y se quedó dormida.

—¿Como una marmota?

—Justo.

Entonces don Felícito la devolvió a la vida de un impetuoso bastonazo, bueno, de dos impetuosos bastonazos.

—¿En dónde?

—Pues sobre poco más o menos, uno en una cacha y otro en el solomillo. ¡Entonces todavía quedaban hombres! ¡Ay, tiempos, tiempos!

—¿Y no como ahora, que se hacen diputados y fuman tabaco sin nicotina?

—Usted lo ha dicho. España ya no es lo que era en tiempos de Chindasvinto y de don Juan de Austria, el de Lepanto, y la mitad de los españoles de nuestros días, con esto del sufragio universal, parecen franceses cuando no cosas peores. Antes, por lo menos, les llamábamos gabachos y les sacudíamos la badana, acuérdese usted de Bailén y de Zaragoza, ¡viva España!, pero ahora ni eso. ¡Qué lástima de país, amigo mío, con los berberechos que esconde en sus aguas jurisdiccionales, sin necesidad de llegar a las doscientas millas, y con las aguas termales y mineromedicinales tan buenas que tiene en su subsuelo!

Don Felícito Ternero y Capón, sobre boticario, patriota y cónyuge a la antigua usanza, también era anfiscio (vaya usted al diccionario, que aquí no se explica) y, claro es, jugaba a confundir con la sombra.

—¡También son ganas de marear!

—Sí, pero, ¡qué quiere! ¡Cada cual es cada cual!

—Sí, eso, sí. Oiga, eso de ser anfiscio, ¿no es delito o, por lo menos, pecado?

—Pues, no, que yo sepa. No está bien visto, eso es verdad, pero delito o pecado, vamos, lo que se dice delito que haya que pagar con arresto mayor o prisión menor, o pecado que haya que purgar con purgatorio, no creo que sea. En algunos pueblos los desloman a palos, es cierto, pero en otros, quizá porque les llega mejor la televisión, los dejan vivir en paz y no los tunden a cantazos ni los persiguen por las eras. Ahora hay más tolerancia y hasta los municipales son muy mansos y complacientes.

—¿Y usted cree que eso es bueno para la recta marcha del procomún?

—Pues eso ya no lo sé, ¡qué quiere que le diga!

LECCIÓN DE HISTORIA

—¿Sabe usted lo que le digo, joven? —exclamó don Píndaro de la Nuez y Tribulete—. ¡Pues le digo, para que lo sepa, que la condesa de Asturias se murió de comer bellotas!

—¡Jo, macho! ¡Qué hartazón!

—Pues, sí, amigo mío; la condesa no era parca en nada y, claro es, se la llevó la parca, no la parca por antonomasia, o sea la muerte, sino la parca Atropos, que tenía muy mala uva, peor aún que sus hermanas Cloto y Láquesis, y que era la encargada de cortar el hilo de la vida, que viene a ser lo mismo que propiciar el sepelio.

—¡Jo, macho! ¡Qué mala milk!

—¡Y tanto, hijo, y tanto! Oiga, joven, no diga usted siempre ¡jo, macho! a cada momento, que no queda fino.

—¡Jo, macho! ¡Qué manías!

El joven se arrepintió sobre la marcha.

—Dispense... ¿Puedo decir ja?

—Sí, joven: o je, o ji, o ju, pero sin macho. Lo que no queda bien es jo ni macho, juntos o por libre.

—¡Jo, macho! ¡Qué usos y costumbres! Digo, ¡ji, sin macho, qué reglas de urbanidad tan confusas y deterioradas!

El joven Nebot había sido seminarista, género mesetario, subgénero numantino, especie polinésica, o sea partidario de la violenta expresión de los más recónditos sentimientos y pensamientos.

—¡Pero le partirían la cara todos los días!

—Sí, señora; al menos un día sí y otro no. El pobre no ganaba para tintura de árnica ni para esparadrapo.

—¿Y no lo curaban de balde en el seguro, poniendo los materiales?

—No, porque se hartaron. ¿Le extraña?

—No, a una ya no le extraña casi nada.

Don Píndaro de la Nuez y Tribulete, que era botánico y padecía de la vejiga de la orina igual que si fuera droguero o numísmata, tenía al joven Nebot para hacer recados y para que le escuchase su particular versión de la historia de España y Portugal.

—¿Sabe usted lo que le digo, joven? —le dijo don Píndaro al joven Nebot el día de la Conmemoración de los Fieles Difuntos de hace dos o tres años—. ¡Pues le digo, para que lo sepa, que la condesa de Monchique del Algarve se murió de comer pipas!

—¿De girasol, un suponer?

—De girasol, sin suponer nada: de girasol, girasol.

—¡Claro, ahora me lo explico! Recuerde usted lo que nos decían en la escuela: que las condesas no debían ingerir aquenis.

—¡Anda! ¡Pues es verdad, ahora que me percato!

La señora que ya no se extrañaba de casi nada era doña Velantina Botas, viuda de Botas, que venía a resultar algo pariente de don Píndaro, con quien estaba liada por la comida y cinco duros los domingos y fiestas de guardar, y eso ahora que le habían subido la paga porque la aleccionó el sacristán de San Isidoro, que era de CC.OO, que antes no le daban más que un duro y, para colmo, en calderilla.

—¿Y no le sisaban algo?

—No, porque ella lo contaba con mucho esmero e iba apuntando todo en un papel: cada real, una raya, y así hasta veinte rayas, o sea veinte reales, que dividido por veinte sale uno.

—¿Un duro?

—¡Claro!

El joven Nebot se quedó pensativo.

—¡La verdad es que saber matemáticas nunca estorba!

Don Píndaro, un día que estaba estreñido y, en justo correlato, de muy mal humor, cogió al sacristán de San Isidoro por la sotana y le dijo:

—¡Oiga, usted, Tarsicio de la mierda! ¡O consigue usted de Santa Rita de Casia que exonere el vientre con fluidez y sosiego o, donde hay un sacristán, hago dos! ¡Así que espabílese y tengamos la fiesta en paz! ¡En marcha!

—Pero, ¿qué dice, Píndaro?

—¡Nada: que entre putas y maricones anda el juego! ¡Ya me está usted espabilándose, antes de que lo descrisme como a un hereje!

—Sí, señor, lo que usted mande —musitó Tarsicio Méndez, el sacristán de San Isidoro, con un hilo de voz.

LOS GRANDES AMORES DE LA HISTORIA

La dueña de la fonda se llamaba doña Eufronina Pacheco y era tía de doña Digna Chicharrón, viuda de Picafort y lectora de *El Pensamiento Navarro*. Doña Eufronina, por esas cosas que pasan, tenía dos años menos que su sobrina doña Digna, dos años y cinco meses, y estaba muy encaprichada con don Kanuto-Berekundo Gaintxurizketa Txoritokieta, alias Kalitx, fabricante de las gomas higiénicas La Alsaciana, calidad extra, que cuando era lego jesuita se firmaba, modestamente, hermano Canuto-Verecundo de Fátima alias Verruga.

Al hermano Canuto-Verecundo de Fátima, Verruga, bueno a don Kanuto-Berekundo Gaintxurizketa Txoritokieta, Kalitx, en su nueva imagen, le hubiera gustado ser pelotari pero, como no tenía muchas fuerzas, se quedó en industrial sanitario, de profesión, y en amaestrador de oropéndolas y verderoles, lo que tampoco está mal, de afición.

Doña Digna, que era muy antojadiza, quiso quitarle el novio a su tía pero ésta, claro es, no se dejó.

—Sí, en eso estaba yo pensando: en dejar escapar a mi Canuto-Verecundo con lo bueno que está, sobre todo después de haber tomado los hipofosfitos. ¡Vamos, que ni loca!

El ex lego, un día que se encontró a doña Digna en el supermercado, se le encaró y fue y le dijo:

—¡Es usted una kapritxosa, que no tiene respeto al kariño que nos profesamos su tía y un serbidor!

Después mercó sus hortalizas, sus colas de rape congelado y su redondo de segunda como si tal y se volvió a su casa silbandillo y tan campante. Doña Eufronina Pacheco, como de costumbre, lo recibió con los brazos abiertos.

—¡Olé mi lego de mis entretelas y qué bien hace él la compra de saludables vituallas y exquisitos manjares!

¡Pero qué suerte he tenido, Santo Dios de los Ejércitos, pero qué suerte he tenido! ¡No me merezco la suerte que acompaña a todas mis acciones!

—Sí, mujer —le decía su seudocónyuge y seguro servidor—, tú te mereces todo y aun más. ¡Yo soy muy poca cosa para ti!

—¡Calla, por Dios! ¡No me digas eso, Canuto-Verecundo, que me se parte el corazón y me se cae la cara de vergüenza!

—Se me.

—¿Se me qué?

—Se me nada, que se dice se me.

—¡Ay, sí, amor mío! ¡Qué asna soy! Por cierto, mete las colas de rape en la nevera, que son para mañana, y vete pelando unas patatitas, mientras yo voy a hacer de vientre.

—Como gustes, vida mía, pichón.

Doña Eufronina Pacheco Bustasur, a quien también llamaban Cogotera, era viuda de don Cosme Cornezuelo Méndez, por mal nombre Enjambrazón de Aloños, del comercio, que fue talmente como una acémila. Cuando don Cosme falleció, doña Eufronina se puso tan contenta que invitó a todo el pueblo a polvorones y malvasía.

—¡Bebamos y comamos hasta la saciedad, que mi Cosme cascó! ¡No se reporten que está todo pago! ¡El que quiera gaseosa, que la pida!

Por aquellas fechas fue cuando doña Eufronina conoció al hermano Canuto-Verecundo de Fátima, que todavía gastaba sotana.

—Le voy a regalar a usted, hermano, el ropero de mi difunto que era, más o menos, de sus carnes y alzada. Póngalo a airear durante una semanita para que se le vayan las miasmas. Está en muy buenas condiciones, ya verá usted: tres trajes, dos pantalones de franela sueltos, un abrigo, una gabardina, seis camisas y la ropa interior a juego; también tiene dos pares de zapatos en buen uso y unas zapatillas de buena calidad.

—Dios se lo pague, doña Eufronina.

—Nada, hermano; pásese usted mañana por casa y se lleva todo.

—Usted me manda, doña Eufronina.

Al día siguiente, cuando el hermano Canuto-Verecundo de Fátima arrimó por casa de doña Eufronina, el demonio, que estaba escondido detrás del perchero, le puso la zancadilla y, ¡zas!, doña Eufronina se lo pasó por la piedra.

—Pero, ¿así, tan sencillo?

—¡Pues claro! ¿Cómo cree usted que han empezado los grandes amores de la historia?

OTRA PASIÓN DE AMOR

Doña Digna Chicharrón Mansueto, alias Cataplexia, viuda de Picafort, de don Angelino Picafort i Privat de Bas, alias Gargamelleig, cuando se percató de que, se pusiera como se pusiera, no podía cepillarse al ex hermano Canuto-Verecundo de Fátima, alias Verruga, o sea el lego de su tía doña Eufronina, se buscó un apaño más doméstico y se arrimó a un maestro de escuela jubilado, don Fileto Loringuín Cadrijuela, alias Saprofito, que era un asturiano muy mañoso.

—¿Y le daba juego en el somier?

—Pues no mucho, ésa es la verdad. Pero para eso presentaba suplente, el mozo Emigdio Coronel Aceño, alias Azucarí, que la criaturita era de boca dura y deleitaba a la que se dejase y se lo pidiese de buenas formas, y eso sin tener en cuenta prejuicios de edad, tonelaje, acartonamiento, asimetría facial o lo que fuere.

—¡Qué completo! ¿Y qué se hizo del mozo Emigdio?

—¡Pues ya ve usted qué casualidad! Ayer, sin ir más lejos, le dimos cristiana sepultura porque se le desató el ombligo, se conoce que del esfuerzo. El mozo Emigdio llegó hasta donde pudo y murió, como un paladín del medioevo, haciendo suya a doña Digna sobre la mesa de la plancha mientras don Fileto le daba al turmix para preparar una rica crema de hortalizas y legumbres.

—¿De rechupete?

—Sí, señorita. Y también de zanahorias, vainas, cebollas y tomates, entre las hortalizas, y de guisantes, garbanzos, lentejas y alubias, entre las legumbres, todo con un poco de sal, claro.

—Claro. ¿Y qué hizo don Fileto?

—Pues nada, lo que se hace en estos casos: tapó al

mozo Emigdio con una gabardina vieja, para que no le picaran las moscas y se puso corbata de luto.

—¡Qué detalle!

—Sí; eso, sí. Don Fileto era todo un caballero.

Doña Digna Chicharrón, cuando se quedó sin el mozo Emigdio y sus contribuciones, pasó por muy malos momentos y estuvo al borde de la histeria, de la claustrofobia y de la zangarriana al bazo.

—¡Jo, macho! ¿Y eso qué es?

—Pues que se le pone el bazo triste, como su nombre indica. La zangarriana no se quita sino en el catre, pero no en solitario y estándose quieto, como la podagra de los bien comidos o la tabes de los mejor ayunados, sino en compañía y dando brincos, usted ya me entiende.

—Ya. Pero, ¿y dónde está el colaborador que le devuelva a una la salud?

—¡Ah! ¡Eso ya es cosa de cada cual! En ese terreno hay que espabilarse porque, el que no corre, vuela.

Doña Digna, orientándose por los anuncios por palabras de los periódicos, ligó con un ciclista retirado que se llamaba Moncho.

—Mire usted, Moncho, a mí me parecen aceptables sus condiciones e incluso no me disgusta su apostura, pero no le puedo decir nada hasta que apruebe nuestras relaciones don Fileto.

—¿Su marido?

—Más todavía, ¡mi dueño y señor!

—¡Jope! Bueno, ¿y cuándo me enseño?

—Vaya mañana por la mañana por casa. Si ve que tiene puestas las gafas negras, diga que es el fontanero y escape por la puerta de servicio.

—Como guste. ¡Adiós, amor!

—No, no; eso todavía no. Ya veremos más adelante.

A don Fileto le gustó la presencia de Moncho (córtese usted un poco el pelo, lleve siempre las uñas bien limpias, no se ponga pantalón vaquero los domingos...). Y doña Digna empezó a mejorar.

—¡Qué útil! ¿Verdad?

—¡Y tanto! Yo creo que hasta podríamos comprarle una bicicleta, para que recordase los viejos tiempos.

—¿Y no se escapará?

—¡No, mujer! ¡Esto de comer caliente sujeta mucho al personal!

Al ciclista Moncho Mañueco Morangas le llamaban Landrú en su pueblo, Piedrafita de Babia, en la montaña de León, ya camino de Asturias por el puerto de Somiedo, porque las mujeres le comían en la mano.

—¿Como las palomas?

—Usted lo ha dicho: como las palomas.

DOÑA VIRTUDES Y SU NENA

Doña Virtudes, antes de que se le acabara la cuerda, había sido desnudista, esperantista y vegetariana. Su nena, o sea la señorita Virtudecitas, como aún tenía algo de cuerda, tampoco mucha, era feminista, ecologista y macrobiótica.

—¡Qué completa! ¿Verdad, usted?

—¡Ya lo creo! ¡La mar de completa!

Doña Virtudes, en vida, gastaba bigote y sotabarba, quizá para compensar la mansurrona y misericordiosa vista de su esposo, don Abundio Viñuelas Casamata, que era barbuchín y, según lenguas, chiclán de estribor; doña Virtudes, en muerte, no se sabe lo que hizo con sus vistosos y tupidos pelluzgones porque, la verdad sea dicha, nadie la desenterró ni siquiera por curiosidad.

—¡Qué olvidadiza y desagradecida es la especie humana!

—¡Y tanto, mi buena amiga Regla, y tanto! ¡Da vergüenza pensar lo olvidadiza y desagradecida que es la especie humana!

—Eso ya lo dije yo.

—Bueno, pero una servidora lo corrobora.

La nena de doña Virtudes, esto es, la señorita Virtudecitas, también gastaba ornamentos pilosos de capricho, aunque no tenía ni comparación con los de su difunta madre.

—¡Aquélla, la de la muerta, sí que era una barba de zamarro! ¡Parecía un sargento de la legión! Esta otra, en cambio, la de la viva, no pasa de ser un perejil mal sembrado; se conoce que la nena salió a su padre, que tenía menos casta.

—¿Usted cree que el don Abundio era ganado morucho?

—¡No lo dude! ¡Carne de matadero! ¡Deleznable tasajo de fonda de tercera!

Doña Virtudes, además de las dotes y características que atrás quedaron apuntadas, propendía a la helioterapía, al parcheo, magreo o sobajeo, según la clase social de la parte contraria, y generalizando, a toda suerte de deleites carnales y otras paganías.

—¡Qué epicúrea!

—¿Mande?

—Nada, ¡que qué zorrupia por lo fino!

—¡Ah, eso sí! En eso no tenía nada que envidiar a nadie. Doña Virtudes era un zorrastrón que así, a lo tonto, a lo tonto, zorreaba más que una baraja de zorras en cuadrilla. Y eso que no le ayudaba el físico, ¡pero anda que el químico!

—¿Y la nena?

—¿La nena? ¡Una calamidad! A mí me parece que la pobre no tiene condiciones más que para declarar la huelga de hambre.

—¿Y la declaró alguna vez?

—Sí, la declaró ya tres veces: cuando había una gotera en el grupo escolar Eliseo Reclús, antes Virgen de las Angustias; cuando los bomberos pidieron el descanso dominical, y cuando el gobernador civil no le quiso pagar las catorce tejas que le llevó el viento.

—¿Y qué hizo?

—Pues, ¿qué iba a hacer? En cuanto vio que se depauperaba en vano por la falta de solidaridad del prójimo, se fue a la despensa y se puso como el Quico de productos naturales.

—¿Y no se hubiera repuesto antes con salchichón?

—Quizá, pero eso iba contra sus principios.

La señorita Virtudecitas había tenido un novio, el Ormagosto Lechugales Cadriega, alias Asperges, que la dejó plantada sin más ni más y se le fue cura.

—Vamos: al revés que todo el mundo.

—Sí; en esto la señorita Virtudecitas tuvo mala suerte.

—¿Y no será que el Asperges se acogió a sagrado, vamos, que se metió en el seminario escapando de la quema?

—Eso es lo que dice la gente. La verdad es que la sola contemplación de la señorita Virtudecitas puede ser capaz de despertar la vocación tardía más reacia.

La señorita Virtudecitas, tras el fracaso de su amor, hacía gestiones para que tirasen los hoteles que bordean la costa del Mediterráneo.

—¡Y no le falta razón!

—No; razón no le falta, lo que pasa es que iba a salir un poco caro y no está el horno para bollos.

—Pues, sí; eso también es verdad. Oiga, hablando de otra cosa: ¿el Ormagosto cantó ya misa?

—No lo sé, le perdí la pista hace ya algún tiempo y no lo sé. ¡A lo mejor, hasta se ha muerto!

LA QUEBRADIZA OSAMENTA

El día de difuntos del año pasado me rompí los tres huesos nobles de la pierna izquierda: el fémur, la tibia y el peroné. Fue eso que llaman un golpe tonto —me caí de la bicicleta tras haber chocado con una cabra que se cruzó a destiempo— y ahora me reconforta pensar que el golpe, de haber salido listo, me hubiera desgraciado a conciencia y para siempre.

—¿Y lo hubiera dejado a usted renco irreversible, como lord Byron, es un decir, o el conde de Romanones, pongamos por caso?

—Sí, mi buena amiga, me hubiera dejado candín irreversible y sin apelación; pero con no tanta gloria como el primero y con menos sagaz provecho que el segundo.

—No se queje, que lo puede castigar Dios.

—No, señora, ¡nada más lejos de mi ánimo! Repare en que me limito a informar procurando ser objetivo.

—Hace usted bien, don Camilo; la verdad es el más hermoso adorno del alma.

—¡Jo, doña María de las Mercedes, qué bien le salió a usted eso!

Del trastazo no dije nada a nadie por si acaso el gozo delator le brillaba a alguien en el mirar y me ponía en el trance, siempre enojoso, de tener que estrangularlo con las manos, como en Jaén o en Almería, o con una media, como en Liverpool o en Manchester.

—Es que eso es siempre una lata, ¿verdad, usted?

—¡Y tanto, mi estimada vecina doña María de las Mercedes Retuerta de Domínguez, y tanto! Cuando se llega a mi provecta edad sin haber manufacturado por estrangulamiento, colgamiento o sofocación, más que a media docena de congéneres (y tres de ellos eran portugueses, uno moro y dos latinoamericanos), conviene no ser presuntuoso y saber parar.

—¿Por aquello de que la avaricia rompe el saco?

—Usted lo ha dicho. Y también por aquello otro de que más vale pájaro en mano que Guadalajara en fotografía, aunque sea en color. ¿De qué nos vale conquistar el mundo si perdemos la paz del alma? ¿A ver? ¿De qué puñeta, perdón, de qué cáscaras nos vale? ¡Eso es lo que yo quisiera saber! Le confieso, mi dilecta interlocutora doña Isabel II, digo doña María de las Mercedes Revuelta, digo, Retuerta, de Martínez, digo de Domínguez, ¡Jesús, qué día!, que ese profundo y substancioso pensamiento no es mío sino de un sabio de la Antigüedad.

—Que no es por nada, pero tenía razón.

—¡Ya lo creo, doña Engracia la de la disglobulinemia! ¿No lo voy a creer? La cosa es clara como la radiante luz de la amanecida: ¿de qué le vale al ser humano, por guapo y listo que sea y por cachondo que se sienta ante la contemplación y tocamiento de las voluptuosas turgencias de su prima del pueblo, de qué le vale, digo, acertar una quiniela de catorce resultados si le da un cáncer en la rabadilla o lo atropella una camioneta terciada, pintada de verde celedón y cargadita de sifones? ¡Oh, vanidad de vanidades!

—¡Hombre, no se ponga usted así, don Camilo, que todavía está de buen ver!

Volviendo a lo del día de difuntos y la pata quebrada, comunico a quien leyere que, tras andar cerca de dos meses escayolado y otro más con muletas, ahora ya me las voy apañando solo, mejor o peor.

—¿Mejor que peor?

—No, más bien al revés: peor que mejor.

—¡Vaya! ¿Y no le da la lata a su familia?

—¡Mujer, sí! Pero para eso no hace falta romperse nada, eso no tiene mayor mérito y es lo que pudiéramos llamar un instinto.

—¿Como el instinto sexual, o el instinto de conservación, o el instinto de orientación?

—Más bien como el primero. En esto de los instintos hay que dejarse llevar y no conviene ser nunca demasiado maniático; en realidad basta con ser un poco mirado y condescendiente.

DOS AMIGOS CONVERSAN

Llovía inclementemente sobre San Juan de Peñagolosa, en el Maestrazgo, cuando don Seimilaino de Sol de Riu y Pulpis, alias Palomo Tripolín, mirando con fijeza a Ebodio Badum y Miravet, alias Tapera, fue y le dijo:

—¿Ve usted esta gorda pedorra, teñida de rubio, que está sentada en la mecedora leyendo tebeos? ¿Sí? Pues es mi señora, para que se empape.

—Me doy por empapado, don Seimilaino, me doy por empapado y le acompaño a usted en el sentimiento.

—Gracias, mi buen amigo, muchas gracias. Ya veo que se hace cargo de mi situación; tome usted un real, para vicios.

Aunque donde llovía era en San Juan de Peñagolosa, que queda al sur de Vistabella y al oeste de Chodos, donde hablaban don Seimilaino y Ebodio era en La Serafina, en el camino que va de Vinaroz a Morella, paraje en el que lucía un sol esplendoroso.

—Mejor así, ¿verdad, usted?

—Sin duda alguna, Claudio, digo, Ebodio, ya que como bien se dice, lo cortés no quita lo valiente.

—¡Exacto!

Don Seimilaino era maestro aguañón, al paso que Ebodio no pasaba de zabacequia y, los domingos, sollastre en la fonda de doña Marujita la Cómica y, claro es, no tenía el tratamiento de don.

—¿Ni en las cartas?

—Bueno; en las cartas, sí, pero cartas, lo que se dice cartas, recibía pocas, vamos, casi ninguna.

La señora de don Seimilaino, o sea la gorda de la mecedora y los tebeos, se llamaba doña Miguela y, según muy acreditadas fuentes, era una mula de varas, perdonada sea la manera de señalar.

—Eso del amor es para las guarras, ¡ya se condenarán, ya, por sicalípticas! A una servidora lo que más le gusta es el baturrillo de cochifrito con almóndigas de gigote de puerco y patatas con ajilimójili rebajado con moscatel.

—¿Y después?

—Después, se repite hasta media docena de veces y, aún después, una servidora eructa con comedimiento y puede pasar a la leche frita o al alfandoque, eso va en gustos.

Don Seimilaino llevaba con poca paciencia a doña Miguela y hasta una vez le puso tachuelas en el arroz, siete tachuelas, para que se le pincharan las tripas y falleciese presa de horribles tormentos.

—¡Qué horror! ¿Y ella, qué hizo?

—Nada; las apartó como la cosa más natural del mundo, vamos, como si fueran las espinas de los chicharros, y siguió tan campante.

—¡Qué desaire para el esposo!

—Eso es lo que dijimos todas, pero, ¡qué quiere! Doña Miguela es la mar de peculiar, de eso esté bien seguro, de lo más peculiar que hay.

Don Seimilaino había sido somatenista y, de joven, cazaba muy bien conejos y liebres, mejor que perdices y codornices, porque a él según confesión propia, le iba más el pelo que la pluma.

—Eso es lo normal y lo decente, ¡vamos, digo yo! Entre una señora y una gallina, la costumbre es quedarse con la señora; yo tuve mala suerte, ya lo sé, pero no me salí de los usos establecidos. Quizá ése haya sido mi error porque si la Miguela, en vez de ser señora hubiera sido gallina, la pongo en pepitoria y santas pascuas; pero, claro, si pones en pepitoria a una señora, como la ley no lo permite, te empapelan en el juzgado y te aspan vivo. Ahora los juzgados han subido una barbaridad, en proporción incluso más que el teléfono, y tiene uno que andarse con mucho ojo para poder llegar a fin de mes. Usted, mi buen amigo Ebodio, tuvo suerte porque su señora, la Eleazara, sobre tonta es mansa, ¡pero yo! Lo mío es una verdadera desgracia, Ebodio, una calamidad sólo comparable a las siete plagas de Egipto.

—¡Hombre, don Seimilaino! ¡No será para tanto!

Don Seimilaino miró para Ebodio, bueno, contra Ebodio, con ira incontenida.

—¡Si vuelve usted a dudar de mi palabra, le quito el real!

—No, señor; usted dispense.

DOÑA MARUJITA, LA DE LA FONDA

La fonda de doña Marujita la Cómica estaba en la recta que hay entre La Jana y La Serafina, a la derecha, según se deja Vinaroz a la espalda. A doña Marujita le decían la Cómica porque en su juventud, o sea, antes de la guerra civil, estuvo ejerciendo de hurgamandera en El Grao de Castellón de la Plana, en un chamizo que había en la playa del Serrallo.

—¿Y le daba para comer?

—Pues, sí, ¡no crea! La Cómica fue siempre muy hormiguita y rebañando aquí y allá hasta se hizo con unos ahorrillos y se compró la casa en la que ahora tiene la fonda. Al acabar la guerra se arrimó a un moro medio negro que no se quiso volver a Marruecos y que no se casó con ella por la Iglesia porque era mahometano y, claro es, no creía en estas cosas de los españoles. El moro se llamaba Salem y, aunque no le duró mucho, retiró a la Marujita del oficio, le enjalbegó la fonda por fuera y por dentro y hasta le dejó la luz eléctrica a medio instalar. Al pobre moro lo atropelló un tractor mientras dormía la siesta, ¡también fue mala pata!, en el camino de Canet lo Roig, al pie del barranco de los Moles. ¡Para mí que lo atropellaron a propósito, para ver cómo era un moro por dentro! ¡La gente es muy curiosa!

—Y la Marujita, ¿qué hizo?

—Pues, nada, ¿qué iba a hacer? Como el cura no dejó enterrar al moro en cristiano, o sea en el cementerio, porque era infiel, la Marujita lo sepultó a media ladera del monte que dicen Tozal, y lo bastante hondo para que no se lo llevasen ni el lobo ni la garduña. Después fue cuando conoció a Ebodio, que es muy buena persona, algo lelo, y le ayuda los domingos en la cocina a pelar patatas, desplumar pollos, atizar el fuego y lo que se tercie.

Doña Marujita no es ya ninguna niña, pero aún está de buen ver, pulcra como los chorros del oro y siempre metida en su faja, bueno, en su tubular, porque ahora se lleva más el tubular.

—¿Y cuando se quita el tubular?

—Bueno, ¡para qué decirle! Cuando se quita el tubular se esbarroa, o sea se dilata y hay que apartarse. Ebodio ya está acostumbrado y ni siquiera le extraña. ¡Lo que hace la práctica! ¿Verdad, usted?

—¡Ya lo creo!

Doña Marujita es muy buena cocinera y no escatima nunca ni la calidad ni la cantidad, por eso tiene una clientela fija de mucha confianza, de la que paga al contado y no se anda con coñas ni con disculpas. Doña Marujita se hubiera casado con Ebodio pero no pudo arreglar los papeles y se quedó soltera. Ebodio, como era respetuoso con las instituciones y alguien tenía que cuidarlo, matrimonió con la Eleazara, de la que ya se sabe que es tonta y mansa, pero como también es propenso al jaleíllo, ¿y quién no?, se pasa la noche del sábado y todo el domingo con doña Marujita la Cómica, bueno, la de la fonda, a la que jamás apeaba el tratamiento porque era de natural respetuoso.

—¿Y también la trataba de usted?

—No; eso sólo delante de la gente.

La fonda de doña Marujita no se llamaba de ningún modo, y encima de la puerta no ponía más que FONDA, todo en mayúsculas, pero con la «n» al revés porque el letrero se lo había pintado el difunto moro.

—¿Y era bizco?

—No; era moro y no conocía bien las costumbres.

Doña Marujita la Cómica, los domingos y fiestas de guardar, se pintaba la boca en forma de corazón, se conoce que para que se viese que era la dueña, y a veces hasta se ponía un lunar a medio camino de la nariz y la oreja de babor.

SE SIGUE CON DOÑA MARUJITA

El lunar que, a veces, se pintaba doña Marujita la Cómica en la mejilla no se le desviaba jamás.

—¿Y acertaba siempre con el sitio?

—Siempre. Yo creo que no se equivocaba ni en una micra.

—¿Una mi qué?

—Una micra. La micra, para que usted se entere, es una unidad de medida del tamaño de un microbio, más o menos y como su nombre indica.

—¡Jo, qué pequeña! ¿Y cómo se puede ver, a simple vista?

—¡Porque la pintan de negro, pasmado, porque la pintan de negro!

—¡Ah, ya!

Doña Marujita la Cómica, cuando enviudó del moro, no sabía si mandar decirle un par de misas o no.

—La verdad es que estoy perpleja y no sé lo qué hacer porque, lo que una dice, si las misas no le aprovechan porque era mahometano y le iban a resbalar, ¿para qué me voy a gastar los cuartos?

—Sí, verdaderamente. Un servidor no entiende mucho —le decía Ebodio—, pero a uno le parece que para salvar a un infiel hacen falta lo menos mil misas.

—¿Mil misas? ¿Tú sabes el dineral que valen mil misas? ¡Yo no estoy para meterme en gastos superfluos!

—Sí, uno ya se hace cargo. Un servidor, no es por nada, cree que lo sensato sería dejarlo que se vaya al infierno, que se lo encontrará lleno de paisanos suyos y no se sentirá extraño.

—También es verdad. En fin…, ¿nos vamos a la cama?

—Como gustes.

Los domingos, Ebodio desayunaba torreznos, pan con miel y café; la verdad es que doña Marujita, además de tener muy buenas carnes, era tan considerada como agradecida. Las costumbres patriarcales se están perdiendo, sobre todo en el débito conyugal o sus sucedáneos por detrás de la iglesia, que al final todo se resuelve de la misma forma y en igual o parecida postura, y es lástima porque la raza degenera y, como sigamos así, dentro de nada pareceremos franceses, ya lo verán. Doña Marujita premiaba los nocturnos entusiasmados sabatinos de Ebodio dándole bien de desayunar.

—Por el pan baila el can y si el can o perro no está fuerte y contento, la cana o perra se queda *in albis* y para vestir santos de palo. Mi difunto moro me acostumbró mal en el catre o tálamo, dicho sea por lo fino y esmerado, y ahora tengo que cuidar la materia prima, usted ya me entiende.

—¿Y la Eleazara, o sea la señora de Ebodio, qué dice?

—Nada; la Eleazara guarda silencio porque si habla la mandan a dormir al gallinero y se pone perdida de excremento avícola. ¿Se percata usted cómo matizo?

—Ya, ya...

Don Seimilaino de Riu y Pulpis, o sea Palomo Tripolín, no aprobaba la conducta de Ebodio Badum y Miravet, o sea Tapera, pero envidiaba sus resultados tangibles.

—¡Y parecía bobo! ¡Lo que es el Tapera es más listo que el hambre y si pone cara de bobo es para confundirnos y para que acabemos dándole un real! ¡Menudo es el Ebodio! ¡Y menuda bicoca se encontró con la doña Marujita la Cómica, que lo tiene como un rey! ¡Y yo, mientras tanto, aguantando a la Miguela y sus tebeos! ¡Si esto es justo, que venga Dios y lo diga!

—¡Repórtese, don Seimilaino, que le puede oír el vecindario!

La última vez que vi a doña Marujita la Cómica fue el día de San Vindonio del año pasado, o sea el 1.° de septiembre, después no volví a pasar por aquella carretera. Doña Marujita me conoció en seguida.

—¡Pero, hombre, Camilo, qué bien te conservas! ¡Qué barriga más lucida tienes, cómo se ve que tu señora te da de comer caliente! ¿Te acuerdas de lo bien que lo pasábamos en el chamizo de la playa? ¿Te acuerdas de Salem, aquel moro que era medio negro? Se vino a vivir conmigo, pero el pobre cascó y lo tengo enterrado ahí en el Tozal, a media ladera... En fin, ¿quieres una jarrita de vino? ¡Paga la casa! A ti antes te gustaba mucho soplarte unos vasos...

SE ACABA CON DOÑA MARUJITA

A mi viejo amigo don Neofico Misericordia y Calaceite, factor de la estación de Alcalá de Chivert, que queda al otro lado del cementerio y de la capilla de las Ánimas, me lo encontré en Sodoma y Gomorra, un bar de travestistas que hay en las afueras de Castellón, en el camino de Burriana por Almazora, no por Villarreal.

—¡Pero, hombre, Neofico! ¿Tú por aquí?

—¡Pues ya ves! Vine a dejar a doña Marujita la Cómica, que es medio parienta de mi señora, en el hospital, y aprovechando que andaba por aquí, me llegué a darme un garbeo entre el paisanaje. Aquí hay que andarse con mucho ojo, porque ¡te llevas cada chasco!

—¡Ya, ya! ¿Y qué le pasó a la doña Marujita?

—Pues, nada, que se puso mala de repente con unos escalofríos al espinazo, le subió mucho la calentura y hubo que traerla al hospital.

—¿Y está mejor?

—No; la pobre se murió a la hora del café, mi señora se ha quedado velando el cadáver con algunas aficionadas de la vecindad.

Yo me sentí muy apenado y exclamé con sumo comedimiento:

—Descanse en paz.

Entonces se me acercó un travestista y me dijo:

—Me llamo Mariví. ¿Me invitas a un trago?

—Bueno, pero de anís de barril. ¡Yo no pago vicios!

—¡Huy, estos hombrones!

Cuando Mariví se sinceró conmigo y empezó a hablar claro, averigüé que se trataba del mozo Bienvenido Benavides Calig, medio hermano, o sea hermano por parte de madre, de una amiga de la que llevaba un siglo sin saber palabra.

—¿Y cómo pudiste caer tan bajo, desgraciado?

—¡Llámame desgraciada, si no te molesta!

—Bueno. ¿Y cómo pudiste caer tan bajo, desgraciada?

—Pues ya lo ves, rodando por la cuesta abajo de la incomprensión.

—¡Jopé, qué cara!

Luego me volví al Neofico para pedirle detalles.

—¿Y cuándo la entierran?

—Mañana a las doce y media, tenemos tiempo.

—¿Tiempo de qué?

—¡Hombre, de tomarnos unas copas y hasta de descansar un rato!

—Sí, eso, sí.

Sodoma y Gomorra estaba muy animado.

—A mí me parece que era más decente la fonda de doña Marujita la Cómica, ¿no crees?, aunque no pidiera la documentación a los huéspedes. Por cierto, ¿qué ha sido del Ebodio?

—¿Del Tapera, dices?

—Sí.

—Se quedó en el velatorio, el Tapera fue siempre muy agradecido y cumplidor. A mí me parece que va a echar mucho en falta a doña Marujita. Al pobre se le acabó el almorzar como un señorito tras haber yacido con hembra placentera. Ahora tendrá que conformarse con la Eleazara, que es como un saltamontes destemplado. ¡También es mala suerte!

—Bueno, ¡ya se acostumbrará! La gente acaba acostumbrándose siempre a todo.

—Sí; eso es verdad. El hombre es un animal muy resistente. ¡Mira toda esa nube de maricas alimentándose de un tomate y el anís que quiera caer! A mí me parece que el hombre es el animal más resistente que hay, incluso más que el conejo. En fin, la pena es que la doña Marujita la Cómica ya no está con nosotros. En el purgatorio no se quedará demasiado tiempo, ya verás; lo más probable es que la llamen al cielo a no mucho tardar, lo malo es que no podrá encontrarse con su moro.

Hablando, hablando, nos dio la amanecida y mi viejo y buen amigo don Neofico Misericordia y Calaceite, adoptando un ademán tribunicio, y mirándome al mirar, exclamó:

—¿Y si nos llegásemos al río Mijares, a echar una meadita?

—Bueno..., también podíamos darle un chapuzón a Mariví.

—¡Hombre, no sé! ¿Y si se nos enfría? Estos grillos berrendos en mariposa son más bien delicados.

EL ESCABECHE DE MOSÉN EROTIS

Mosén Erotis Evangelio y de Ambrosio, natural de Mazaleón, a orillas del traicionero Matarraña, se daba muy buen arte para poner murciélagos en escabeche, manjar que hacía garridas y magreables a las damas y verriondos y apuestos a los caballeros.

—¿Y qué pasaba?

—Pues ya puede usted imaginárselo, que se divertían como enanos con eso de la propagación de la especie.

—¡Ah, ya entiendo!

A Mosén Erotis Evangelio y de Ambrosio le decían Tirabeque.

—¿O sea guisante mollar?

—No; o sea tiragomas o tirachinas.

—¡Ah, ya caigo!

Mosén Erotis Evangelio y de Ambrosio, alias Tirabeque, era tío de Carlotita la Borde, artista de la canción y callista diplomada, que tocaba la pianola con mucho sentimiento.

—¿Música profana?

—Sí, claro, de lo más profana que hay: valses, polcas, mazurcas, habaneras, furlanas al itálico modo..., lo más de derechas que interpretaba era el pasodoble «Marcial, eres el más grande...».

—¿«Se ve que eres madrileño»?

—Ése. Y el chotis «Madrid, Madrid, Madrid...».

—¿«En México se piensa mucho en ti»?

—Ése.

—¡Ah, ya me percato!

Carlotita la Borde, para conservarse joven y lozana, almorzaba todos los días murciélagos en escabeche y, al objeto de aclarar la voz, ingería puré de almortas y tejeringos para mojar. Las artistas deben vigilar mucho la alimentación porque, en cuanto se confían, la pringan y pierden facultades. A mosén Erotis Evangelio y de Ambrosio, que jugaba muy bien al frontón y tiraba la barra más lejos que nadie, quiso ficharlo la Unión Recreativa de Ribarroja como medio volante.

—¿Pero vosotros creéis que es decente que un clérigo salga en calzoncillos a pegarle patadas a una pelota delante de la multitud?

—¡Anda! ¿Y por qué no? Y además, multitud, multitud... ¡Si los mirones no pasan de veinte!

—No lo sé, aunque no pasen de veinte... En todo caso, yo prefiero seguir así.

—Pero ahora han cambiado mucho las costumbres, mosén Erotis.

—Bueno; pero la decencia sigue siendo la decencia, por más vueltas que le deis.

Carlotita la Borde, su sobrina, le dio la razón.

—Ha hecho usted bien, tío, pero que muy bien, ¡diga usted que sí! Un padre cura no tiene por qué andar enseñando los interiores al personal. Para mí tengo que tanta licencia no ha de conducirnos a lado bueno alguno. Y la culpa la tienen los italianos, no lo dude usted, tío.

—¿Y los italianos, por qué?

—Bueno; yo no puedo explicárselo, por respeto. Pero yo ya me entiendo y bailo sola.

Mosén Erotis Evangelio y de Ambrosio, alias Tirabeque, cazaba los murciélagos para el escabeche meneando una palma vieja en el aire, entre dos luces; cuando los murciélagos caen al suelo, ya no se pueden levantar y entonces es fácil despenarlos y preparar el vitalizador escabeche, que se hace así: una vez desplumados y destripados los animalitos, digamos seis para que cuadren las proporciones, se les arranca el corazón y se tira a la basura porque, aunque no sea de precepto, puede ser venenoso, sobre todo en cuaresma; después se trocean y se fríen hasta que la carne quede como el oro, se rocían con vino blanco (si es generoso, mejor), con vinagre natural (o sea de vino, no de droguería) y con aceite de oliva (no refinado, basta con que esté filtrado), se les añade media cebolla desgajada en cascos, un par de hojas de laurel y una cabeza de ajos, se sala todo con liberalidad y, cuando está a punto, se sacan con la espumadera, se meten en una olla de barro y se les ahoga con el caldo colado; el escabeche de murciélago o de lo que sea, debe enfriarse en la penumbra y jamás en la nevera, claro está.

Carlotita la Borde trabajaba de callista por las casas, cantaba en la sala de fiestas El Pavo Real y en las bodas, bautizos y funerales, y llevaba veintidós años de relaciones formales con Sigirano Algezares Valdetormo, que era sacristán, enterrador y confitero.

—¡Qué completo!, ¿verdad, usted?

—¡Digo!

SIGIRANO ALGEZARES VALDETORMO

En mi familia miramos siempre con cierto reparo al Sigirano Algezares Valdetormo, el sacristán de Mazaleón que también ejercía de enterrador y de confitero, porque a poco de acabar la guerra dejó tuerta con una quisquilla a mi tía Ceferina Manuela.

—Mire, usted, señor juez, un servidor le jura que la quisquilla se le disparó..., un servidor no le tiró a dar, señor juez, ¿a quién se le ocurre suponer que un servidor quiso tirarle a dar?

—Bueno, bueno..., páguele usted un ojo de buena calidad a la demandante, y otra vez ande con más cuidado.

—Sí, señor.

—¡Todo esto viene por andar jugando con quisquillas!

—Sí, señor.

—¡Pues que no vuelva a repetirse!

—No, señor; descuide.

El Sigirano Algezares Valdetormo, al que también decían Orapronobis, Juan Simón y Zorrocloco, según se pensara en uno u otro de sus tres oficios, estaba novio de Carlotita la Borde, la sobrina de mosén Erotis Evangelio y de Ambrosio, alias Tirabeque, desde el año 1959, o quizá desde el 1960, cuando las parejas que salían al campo tenían que camuflarse con ramas de salicíneas o de coníferas, como los tanques en el campo de batalla, para que la benemérita no los descubriera retozando y metiéndose mano.

—¡Aquéllos sí que eran tiempos decentes!

—Sí, señora, ¡y continentes!

A mí me parece que el Juan Simón y la Borde no se casan porque están bien así; a lo mejor tienen relaciones prematrimoniales, ahora se estila mucho. La caseta de las autopsias, que queda en el camposanto, según se entra, a la derecha, es muy coquetona y tiene visillos, gas butano y hasta sofá.

—Sí, eso es cierto; yo creo que no va usted descaminado. Ahora la gente no se anda con remilgos y va más derecha al asunto.

—En eso tiene usted razón, pero a mí, ¡qué quiere que le diga!, el Sigirano no me parece muy decidido.

—Ni falta que le hace; la decisión la pone la Carlotita, que tiene más redaños que don Camilo Polavieja y don Valeriano Weyler, los dos juntos.

—¿Tanto?

—¡Ya lo creo! ¡Tanto y más!

—Bueno, si es así, me callo.

Mi tía Ceferina Manuela, alias Tagarnina la de la Mansedumbre, cuando la pusieron el ojo de cristal, que lo eligió azul celeste porque le parecía más fino, le cobró mucha afición al flamenco y hubo que sujetarla porque estuvo a punto de patearse la hijuela en faldas de lunares, chatos de manzanilla, guitarras japonesas (que son más baratas) y tocaores y cantaores en mediano uso.

—¿Y por qué no nuevo?

—Porque le salían más caros, compréndalo.

—¡Ah, ya!

Mi tía Ceferina Manuela, que no era rencorosa, protegía los amores de Orapronobis y la Borde, y hasta les compró un búcaro de vidrio opalescente, muy cuco, para que adornaran un poco la caseta de las autopsias, su nido de amor, con los crisantemos que siempre se caen de las coronas mortuorias.

—¡Qué detalle!

—Sí, las cosas como son: en cuanto a detalles, a mi tía Ceferina Manuela le ganaban pocas.

El Sigirano Algezares Valdetormo era muy cumplidor, y como madrugaba, tenía tiempo para todo: para ayudar a misa, para enterrar a los fieles difuntos, para disponer el alfandoque de melado, queso y anís, y la charamusca en forma de tirabuzón, para hacer feliz a Carlotita la Borde y hasta para dejarse hacer trampas por mosén Erotis cuando jugaban a las damas.

—¿Y al dominó?

—También, pero menos; lo suyo eran las damas y, a veces, el parchís.

Ahora el Sigirano estaba ahorrando para comprarse un tocadiscos y una radio de frecuencia modulada; en el camposanto pegaba poco, eso lo sabemos todos, pero de noche y poniéndolo bajito tampoco se puede decir que pudiera molestar a nadie.

—¡Hombre, yo no creo que la gente sea tan quisquillosa!

DON CLAUDIO BUSCA AMORES

Adelita Abril Pescuezo, alias Cantimplora, hija de Gorgonio y Renata, ambos fallecidos, natural de Benamargosa, provincia de Málaga, de cuarenta y dos años de edad y de profesión sus labores, era enana, muda y sucia; esto es, reunía las tres condiciones exigidas por don Claudio Totalán Moclinejo, alias Termostato, hijo de Mauro y Gaudiosa, ambos fallecidos, natural de El Saucejo, provincia de Sevilla, de setenta y seis años de edad y de profesión pensionista, que andaba buscando una querida con esas características.

—¿Y no sabrá usted de ninguna, amigo Félix? —le preguntaba a su amigo Félix, el de la droguería—. Mire usted que estoy muy necesitado de un poco de comprensión...

—Sí, ya me hago cargo, pero la verdad es que no se me ocurre ninguna. La Dorinda es muda y sucia, pero un poco alta. La Ulrica es nana y puerca, pero no calla ni un instante, y la Regla es silenciosa y medio liliputiense, pero se lava. ¡No crea que le va a ser fácil encontrar lo que busca, don Claudio, ahora el género escasea mucho!

—¡Ya me percato, ya!

Un día llegó al pueblo un misionero mormón que era de Bacares, en la provincia de Almería, el Marcelino Rute Santomé, alias Francis L. Worthing, y antes, cuando aún no se había convertido a la nueva fe, Filabreño II, que fue quien informó al don Claudio Totalán Moclinejo, Termostato, de la existencia de la Adelita Abril Pescuezo, Cantimplora.

—No es porque un servidor lo diga, don Claudio, que a un servidor ni le va ni le viene, porque lo único que un servidor busca es sumar adeptos a la verdad, pero la Adelita es una mierda, perdonada sea la manera de señalar, se lo juro.

—¿Y es nana?

—Un servidor cree que no levanta dos palmos del suelo.

—Bien. ¿Y muda?

—¿Muda? Un servidor no la escuchó hablar jamás. Habla siempre por señas, y cuando hace un corte de mangas es que ya no tiene nada más que decir.

—Bien. ¿Y sucia?

—¿Sucia? Eso es poco. La Adelita vive en las afueras de la población, y cuando el caserío queda a sotavento, el hedor hace que las gentes se encierren en sus casas y atranquen puertas y ventanas, por si acaso.

—¡Vaya, vaya! —exclamó don Claudio—. Si es tal cual usted dice, don Francis...

—Perdón, llámeme reverendo Francis.

—Como guste. Si es tal cual usted dice, reverendo Francis, quizá me interese contactar con ella.

—¿Contactar dice usted?

—Sí, contactar. ¿Qué pasa? Yo se lo oí a siete ministros y a catorce subsecretarios; aquí, en este papel, llevo apuntados los nombres.

—¡Si es así! Pues contactar, lo que se dice contactar, un servidor no sabe lo que decirle, porque la Adelita, aunque es una mierda, perdonada sea la manera de señalar, como un servidor ya se permitió decirle, es un poco estrecha.

Don Claudio Totalán Moclinejo, Termostato, adoptó un ademán tribunicio, parecía Castelar o, por lo menos, don Melquíades Álvarez.

—¡Dádivas quebrantan peñas!

—¿Mande? —inquirió el reverendo almeriense.

—Nada, ¡yo ya me entiendo!

Don Claudio Totalán Moclinejo, Termostato, le puso los puntos a la Adelita Abril Pescuezo, Cantimplora, y al poco tiempo la hizo suya.

—¡También hay que echarle valor!

—No crea; don Claudio siempre fue muy resistente, se conoce que eso es mismo de tener ideas antiguas. Y además estaba muy harto de la antecesora de la Adelita, estaba ya hasta las narices de la Maximiliana von Hohenstaufen Méndez, alias Aligátor, una medio alemana alta como un alabardero, habladora como un charlatán de feria y limpia como los chorros del oro que conoció en San Luis de Sabinillas, más allá de Estepona, y que le hizo la vida imposible hasta que la tiró al mar en la desembocadura del río que dicen Uad-Bu-Naim, en las costas de Marruecos.

INCOMPATIBILIDAD DE CARACTERES

Eso de la incompatibilidad de caracteres es malo porque acarrea orquitis en el sentimiento.

—Pero, ¿qué dice?

—Lo que oye. La psiquiatría ha demostrado que la orquitis del sentimiento es de las peores cosas que hay; algunos le llaman orquitis del ego, pero por ahora son pocos: sólo los de la escuela de Meckel, en la Universidad de Grosslichterfelde.

—Claro.

—¿Claro por qué?

—Hombre, ¡si usted lo dice!

Don Orestes y doña Claudina están casados, tienen nueve hijos y llevan diez años aburriéndose juntos. Don Orestes y doña Claudina no tienen nada que decirse, hacen el amor (es una manera de señalar) por inercia y cultivan el hastío como una de las bellas artes. Don Orestes y doña Claudina no están hechos el uno para el otro, lo que pasa es que no lo saben y hasta creen que eso es lo habitual. Don Orestes y doña Claudina se rigen por unos principios confusos y que no dan juego, que no se atreven a cambiar por otros que a lo mejor resultaban más eficaces. Lo más probable es que cualquier día don Orestes asesine a doña Claudina con un hacha o, al revés, que doña Claudina asesine a don Orestes con el cuchillo de trinchar el rosbif; lo que es seguro es que la sacrosanta unión de don Orestes y doña Claudina va a acabar como el rosario de la aurora y, si no, tiempo al tiempo. Don Orestes y doña Claudina se aborrecen con un odio bereber y silencioso; ellos no se dan cuenta, o sí se dan cuenta y lo disimulan, que los hay muy hipócritas y farsantes, pero se espían a ver si el uno o el otro descubre que el otro o el uno ha dejado de respirar en un descuido.

—¿Es usted partidaria del divorcio?

—¡Quite usted allá, hereje descreído, quite usted allá! ¿En qué cabeza cabe que una persona de fundamento sea partidaria del divorcio?

—Pues no le falta razón, doña Gúdula Margarita Mínguez de Ocampo, que lo que hay ahora es mucha lujuria desmandada.

—¡Y usted que lo diga, simpático académico, catedrático y ex senador! ¡Aquí lo que hay es mucho rojo y mucho tomate!

Doña Gúdula Margarita y el modesto redactor de esta crónica se amaron intensamente ha luengos años; después, cuando se separaron porque ella hacía muy mal las morcillas a la moruna y este humilde memorialista es muy exigente, acordaron tratarse de usted y así continúan.

—Si don Orestes y doña Claudina hubieran hecho lo mismo, a lo mejor a estas alturas se tenían menos asco.

—No creo; para mí que lo de don Orestes y doña Claudina es de nación.

—¡Sí, puede...!

Don Orestes, para marear, se pasaba el día sentado ante el televisor, con un cartucho de pipas en una mano y una pala matamoscas en la otra.

—¿Y no se movía?

—¡Jamás! Don Orestes estaba muy bien de la próstata y no acudía al mingitorio casi nunca.

Doña Claudina, para olvidar, se embriagaba hasta la saciedad con copas y más copas de rapagardujo, un elixir que había inventado su prima doña Rigoberta Figueira Pousadoiro de López en la Rúa de Valdeorras, provincia de Orense; el rapagardujo es una infusión de rapé en aguardiente de orujo y ataca con saña especial a las neuronas, ¡así estaba doña Claudina de parva y olvidadiza!

—Pues mire usted, no sé lo que decirle, pero a mí me parece todavía peor lo de las pipas. ¿Usted sabe que el consumo prolongado de pipas produce idiocia?

—¡Anda, pues no lo sabía! ¡Ahora me explico lo de mi cuñado Laurencio! ¡No me diga más!

Sí; eso de la incompatibilidad de caracteres es malo porque puede acarrear muy confusas consecuencias. El profesor Otto Meckel, de la Universidad de Grosslichterfelde, dejó bien sentado que las hemorroides del yo tienen su origen en las frustraciones amorosas motivadas por la incompatibilidad de caracteres.

—¡Jo, qué corte!

—¡Más compostura, Paquita! ¡Más respeto a la ciencia!

DOÑA CLOQUI Y DOÑA CLOTI

Doña Cloqui, con q, Cabestro Huygens, la inventora del champú Clocabhu, no debe confundirse con doña Cloti, con t, Damiáns y Panedés, la inventora del desodorante Clodapa. A la primera le llamaban Tápara, o sea alcaparra, y a la segunda le decían Paparra, o sea garrapata; aquélla era rubia y esta otra, morena; la de la q era casada y la de la t, viuda; la Cabestro andaba estreñida y la Damiáns, más bien suelta, etc.

—La verdad sea dicha, don Ambrosio, es que no hay dos mujeres iguales. Vamos, ¡digo yo!

—No, hijo; sobre todo iguales a doña Cloqui, con q, o a doña Cloti, con t, gracias sean dadas a Dios.

Doña Cloqui era señora de Estévez-Latón, en un solo apellido, y la doña Cloti era viuda de García, también en un solo apellido.

—¡Claro!

—¡Pues, anda, yo no lo veo tan claro!

Como tanto doña Cloqui la Tápara como doña Cloti la Paparra tenían posibles, gastaban ambas unas fajas tan esmeradas y lucidas que eran la admiración, e incluso el postín, de sus siete admiradores, todos artistas, tres de la Cabestro y cuatro de la Damiáns, a saber, citados por sus edades y con indicación de pertenencia y demás circunstancias civiles:

1. Don Régulo (de doña Cloqui), setenta y ocho años cumplidos por Navidad, conquense, ex dramaturgo, orquítico. No se le levanta (el ánimo) desde el fallecimiento del anterior jefe de Estado. Es forofo del Recreativo de Huelva, nadie sabe por qué.

2. Don Simplicio (también de doña Cloqui), setenta y ocho años recién cumplidos, soriano, poeta epigramático muy chistoso, trombopático con síndrome hemorragíparo que salió hasta en la *Hoja del Lunes*. Se chifla por la lucha

libre americana y colecciona zapatos de señora, a ser posible de raso.

3. Don Emeterio (de doña Cloti), setenta y cinco años, almeriense, escritor costumbrista, adquirió una blenorragia de garabatillo, también llamada de Hand Schüller, en las islas Chafarinas durante el servicio militar y, como es de temperamento conservador, todavía las arrastra. Es admirador de Joaquín Rodríguez, Cagancho, de quien sabe muchas anécdotas.

4. Don Casimiro (también de doña Cloti), setenta y un años, albaceteño, comediógrafo seguidor de los Álvarez Quintero, cirrótico acaramelado con tendencia a la melancolía de involución. Dio gatillazo cuando la ocupación de las Filipinas por los japoneses y, que se sepa, aún no ha vuelto en sí. Le gusta el tenis de mesa, dentro de un orden.

5. Don Olegario (también de doña Cloti), sesenta y cuatro años, segoviano, poeta heroico, cachondo, dicharachero, chisgarabís y amigo de chirigotas y cuchufletas. Es alegre como unas castañuelas pese a padecer un mioma fibroblástico que perfila a punta de navaja. Es seguidor del Osasuna y del Alcoyano, cosas ambas que jamás explicó, y propenso a ajumarse con anís.

6. Don Tomás (el último de doña Cloti), también sesenta y cuatro años, salmantino, clérigo rebotado, poeta lírico, padece enfisema pulmonar y espasmos gástricos y, a fuerza de sobrevalorarse, se pasó los mejores años de su vida haciéndole la competencia a Onán. Siente pasión por las peleas de gallos y, en su defecto, de gatos, de perros o de lo que sea. Fuma tagarninas, que la verdad es que no le sientan bien del todo.

Y 7. Macarín (el tercero y último de doña Cloqui), catorce años, lo que se dice un niño, un verdadero niño, onubense cantautor de flamenco para turistas de no muchas luces y esmerado criador de *pediculi pubis* muy robustos, tanto que parecían cigalas. ¡Qué hermosura!

Doña María de la Pérgola Calabacín y Esteso, alias Cangallo Pútrido, le dijo a sus alumnos:

—Recordad, hijos míos: doña Cloqui, con q, Cabestro Huygens de Estévez-Latón, alias Tápara, la inventora del champú, era rubia, más bien estreñida y tenía tres amantes: don Régulo, don Simplicio y el nene Macarín. Por el contrario, doña Cloti, con t, Damiáns y Panedés, viuda de García, alias Paparra, la inventora del desodorante, era morena, iba más bien suelta y se solazaba con cuatro amantes: don Emeterio, don Casimiro, don Olegario y don Tomás, que es muy bajito y algo cascarrabias. El próximo día os preguntaré sobre el tema objeto de nuestra explicación de hoy.

CANGALLO PÚTRIDO Y SU HERMANA

Doña María de la Pérgola Calabacín y Esteso se había quedado para vestir santos de palo.

—¿En sentido metafórico?

—No, no: en sentido real e inmediato y sin escape ni licencia alguna, esto es, santos de palo palo, con su resina o su carcoma, según su edad y estado de conservación.

—Ya comprendo.

A doña María de la Pérgola Calabacín y Esteso le llamaban Cangallo Pútrido por tres razones: porque era alta, porque era flaca y porque era maloliente.

—¿Y no era tartamuda?

—No; eso, no.

Don Fidelino Matías respiró con cierto alivio.

—¡Menos mal! Oiga, ¿y se quedó para vestir santos porque nadie jamás tuvo malos pensamientos en su presencia?

—Usted lo ha dicho, compadre; por su boca ha hablado la verdad: ni en su presencia ni en su ausencia.

—¡Jopé! ¡Y yo sin saberlo! ¿A ver si ahora resulta que soy adivino?

Doña María de la Pérgola era la hermana mayor de la gorda e hipertensa doña Genara Magdalena, en las tablas La Mujer Barbuda del Far-West, quien cobraba cien pesetas y la voluntad por dejar a los médicos que estudiaran en su organismo el síndrome de Achard-Thiers y diabetes por hipersecreción suprarrenal de origen hipofisario.

—¿Y eso es malo?

—¡Hombre, no sé! Yo creo que mejor es no tener enfermedades con nombre propio, ¿no cree?, sino enfermedades corrientes y molientes: anginas, entripados, sarna, prurito de ano y otros males pasajeros.

—Pues, sí; a mí también me parece lo mismo.

Doña Genara Magdalena también permanecía célibe

porque los hombres, que son unos machistas retrógrados y discriminadores, suelen preferirlas barbilampiñas.

—¡También son ganas de marear!

—Sí, quizá tenga usted razón, pero qué quiere, ¡cada cual es cada cual!

—¡Pues qué quiere que le diga! No siempre. Ya ve usted doña Epifanía Rituerto Calabacín, prima hermana de las señoras de las que venimos hablando, que al final resultó que era otra, bueno, otro, cuando a consecuencia de la rubéola se convirtió en Algabeñito del Maestrazgo, matador de reses bravas (novillos-toros), y hasta tomó la alternativa y todo.

—Bueno, pero no me negará usted que es un caso raro...

Doña María de la Pérgola y doña Genara Magdalena, de niñas, esto es, cuando todavía no eran conocidas por Cangallo Pútrido y por La Mujer Barbuda del Far-West, al respective, tocaban el piano según el método Eslava, cantaban en el coro de la parroquia, conocían rudimentos de repostería y bordaban como los propios ángeles tanto de pasado como de realce o a canutillo. Aquélla era una educación propia de señoritas, ¡en fin...!

Doña Genara Magdalena, parapetada tras sus barbas de pope ortodoxo, había recorrido más de medio mundo, Egipto, Portugal, Nicaragua, etc., al paso que doña María de la Pérgola, como apestaba a chotuno y a cadaverina, las dos cosas al tiempo, nunca habían querido darle pasaporte.

—No, no —exclamaba el señor director general de Seguridad—, a la Calabacín mayor que no le permitan ausentarse del solar patrio porque sería un desdoro. Si queremos que nos admitan en la Comunidad Económica Europea no podemos andar exportando pebeteros a Francia, el Benelux, el Reino Unido de la Gran Bretaña y Norte de Irlanda, Italia, etc. A ésa que la pongan a ventilar en la isla de Menorca, a ver si le da bien la tramontana y se orea.

—¡Lo que usted mande, don Ruperto! —le respondía el subordinado de turno—. Y con doña Genara Magdalena, o sea la Calabacín menor, ¿qué procede?

—Pues procede facilitarle el éxodo.

—¿Como al pueblo judío?

—Bueno, o el exilio.

—¿Como a los republicanos en el 1939?

—Usted ya me entiende, Cajaravilla, usted ya me entiende. Le ruego una vez más que no me ponga pegas.

LOS ORÍGENES DEL AMOR

Doña Práxedes Méndez, que era uruguaya, le dijo a don Práxedes Peçunho (léase Pesuño), que era portugués:

—Mire usted, amigo mío: eso de doña Cloqui con q y doña Cloti con t, y eso otro de las hermanas doña María de la Pérgola, la flaca hedionda, y doña Genara Magdalena, la gorda barbuda, queda muy confuso, se lo juro, y no digamos lo de los siete admiradores de las dos primeras, que eran una punta de grullos.

—¿Y usted qué quiere que le diga? Mi vida es un erial, como ya se rumoreaba en tiempos de Gustavo Adolfo Bécquer.

—¿El vate de las rimas?

—Sí, señor, y el de los sinsabores sin fin.

—¡Vaya por Dios!

El lusitano don Práxedes propuso a la uruguaya doña Práxedes disecar a los siete admiradores ya mencionados, pero acabaron desistiendo del propósito por si le parecía mal al señor juez.

—¿Y usted cree que disecar contribuyentes está prohibido?

—Pues no lo sé, pero lo más probable es que sí, sobre todo si es contra su voluntad.

—Claro. ¿Y por qué no les preguntamos?

—No iba a servir de nada; la gente es muy supersticiosa y no suele dar facilidades para la taxidermia.

—Sí; en eso tiene usted razón, la gente no es propicia al estudio ni da pábulo al conocimiento, y los países, a fuerza de volver la espalda a la ciencia y a la investigación, van manga por hombro y a trancas y barrancas.

—¡Qué vergüenza! ¿Verdad?

—¡Y tanto, mi buen amigo, y tanto! La cultura está dejada de la mano de Dios y la taxidermia, considerada como faceta de la cultura, está en mantillas y no encuentra el ambiente adecuado para su desarrollo. ¿Qué malo tiene disecar a seis señores y un mocito estando el planeta tan poblado?

—Eso es lo que una dice. ¿Qué malo tiene, si se va con buena intención?

A doña Práxedes Méndez la dejó plantada su esposo a la entrada del metro de Antón Martín; habían quedado citados a las seis y media de la tarde para ir al cine, y doña Práxedes, como su esposo no acababa de comparecer, esperó día y medio y después se largó, porque además hacía un frío horrible.

—Yo creo —se decía para su coleto— que ya no viene. Para mí que, una de tres: o le dio un infarto de miocardio, o le atropelló un taxi, o se largó con la Purita y ahora están haciendo las cochinadas en Ciudad Real, en el solar de sus mayores.

—¡Vaya usted a saber, amiga Práxedes! ¡Los hombres son insospechados!

—Del esposo de doña Práxedes no volvió a saberse jamás.

—¿Y no estará en Nueva Zelanda?

—¡Anda, pues es verdad¡ ¡O en Mozambique, que también cae bastante a trasmano! El esposo de doña Práxedes siempre fue muy juguetón y ocurrente. ¿Se acuerda usted de cuando asistió a la romería del Rocío vestido de polichinela? ¡Dios, la que se armó!

—¿No voy a acordarme si incluso tuvo que intervenir la benemérita? Algunos romeros, llevados de su fervor mariano, hasta quisieron trocearlos y hacer chicharrones con sus despojos; a mí quizá me hubiera parecido algo excesivo, pero la verdad es que se lo había buscado. Las fiestas tradicionales deben ser respetadas, porque al menor descuido lo fríen a usted en minúsculas porciones. A Galileo Galilei, sin ir más lejos, le frieron en minúsculas porciones, la más grande sería del tamaño de una peseta, perdonada sea la manera de señalar, por tomar a cachondeo la fiesta de moros y cristianos de Copenhague, en la provincia de Granada. Galileio Galilei se defendió como un león, e incluso tiró coces horrendas, pero no le sirvió de nada su valerosa actitud, porque, ya le digo, terminó troceado y en la sartén. ¡Pobre hombre! ¡La verdad es que era un forastero muy simpático!

La uruguaya y el portugués, para olvidarse del dolor ajeno, iniciaron unas duraderas relaciones prematrimoniales. El amor fluye como las fuentes, cuando menos se espera.

EL PROBLEMA SEXUAL

Sebastiana Clotilde del Gran Simpático y Juárez, ramera de profesión, ramera retirada se entiende, porque llevaba ya más de cincuenta años en activo y, claro es, cumplió con creces e incluso buen aprovechamiento todos los plazos y requisitos que marca la legislación, le dijo a su nene Casiano, que era protésico dental del cuerpo de carabineros:

—Oye, Casianín, hijo, acércate a la tienda de ultramarinos finos y dile a doña Ruperta que te dé una muñeca hinchable al fiado.

—Es que me da mucha vergüenza, mami...

—¡Pues aunque te dé mucha vergüenza, hijo mío! A los sesenta y dos años que vas a hacer, ya es hora de que resuelvas de una vez para siempre el problema sexual.

—Como quieras, mami; pero yo te aseguro que estoy bien así, vamos, que ya me las voy arreglando como puedo.

—No, hijo, no; ya sabes que a mí no me gustan las chapuzas. Lo mejor es proceder con método, ya lo decía Lutero...

—¿El luterano?

—¡El mismo! Ya lo decía Lutero: el método es lo mejor que hay. Anda, dile a doña Ruperta que te fíe una muñeca hinchable, la que más te guste, que ya me pasaré yo por su casa a arreglar cuentas. Las tipo Jacqueline se llevan mucho y las tipo Raquelita no están nada, pero que nada mal. Elige la que más satisfaga a tus instintos.

—Como gustes, mami, ya sabes que yo no soy demasiado exigente, a mí todas me vienen bien, y además instintos, lo que se dice instintos, tampoco tengo.

—Mejor, hijo, mejor..., así me gustan a mí los hijos: obedientes y de buen conformar. Pídele también un bombín, porque hinchándolas a soplidos, amén de sufrir del fuelle, se pican con la salivilla.

—Lo que tú mandes, mami.

El nene Casiano se puso la bufanda para no enfriarse y se llegó a la tienda de ultramarinos finos.

—Oiga, doña Ruperta, que dice mi mamá que me dé usted una muñeca hinchable.

—¿Traes los cuartos? —inquirió doña Ruperta mirándole con ademán provocador.

—No, señora, dice mi mamá que ya se pasará por aquí.

—Bueno, pues cuando ella se retrate ya hablaremos, que ahora, con esto de la crisis, no fío ni a mi sombra ni a la de nadie. De momento vas a tener que conformarte con el género vivo. ¿Por qué no le dices algo a la Rómula?

—¡Por Dios, doña Ruperta! ¿No la encuentra usted un poco bigotuda?

—¡Pues anda, qué exigentón me has salido! ¿Y qué malo tiene que luzca algo de bigote, tampoco tanto?

—No sé..., yo lo decía porque seguramente pica un horror.

—Sí, eso sí; vamos, me figuro que sí. Pero también tienes que tener en cuenta la economía; yo creo que la Rómula se conforma con poco, con una fanta de limón, por ejemplo.

—¿Y no pedirá nada para mojar?

—No creo; la Rómula es una chica muy mirada.

—Bueno, lo pensaré. ¿Usted cree que le gustará que le dé un paseo por detrás del cementerio?

—Puede que sí, la Rómula es muy espartana.

—¿Y abnegada?

—¡Huy! ¡Lo que más! La Rómula, no es porque yo lo diga, es más abnegada que las collejas que brotan en el agreste páramo.

—¿Tanto?

—¡Ya lo creo!

—Bueno, pues le voy a decir algo a la Rómula y que sea lo que Dios quiera.

Entonces el nene Casiano se llegó a la Rómula y la dijo:

—Rómula.

—¿Qué?

—Te amo.

—Bueno.

—¿Y tú a mí?

—No.

—¡Pues anda, hija! ¡Qué cardo!

—¡Mejor!

El nene Casiano se quedó algo cortado.

—¿Como la leche en el mes de agosto?

—Pues sí, una cosa así.

El nene Casiano sacó fuerzas de flaqueza.

—Rómula.

—¿Qué?

—¡Vete a la mierda!

QUE USTEDES LO PASEN BIEN

Les deseo a ustedes que lo pasen bien y les juro que yo con ustedes no lo pasé nada mal durante las ciento veinte semanas que convivimos, ustedes y yo, con mis títeres, mis marionetas y mis cristobitas. Ciento veinte semanas así, contadas sábado a sábado, son mucho tiempo, y a las conversaciones, como al amor, ha de ponérseles coto, porque nada se debe prolongar más allá de los prudentes límites en que las cosas pueden alcanzar a aburrir al prójimo y aun a uno mismo.

Ahora me voy, señoras y señores, con la música a otra parte y mi organillo a diferentes pagos. Si uno sólo de mis pacientes lectores llega a echarme de menos, me daría por muy satisfecho —y más que pagado— de haberme atrevido a contarles las andanzas y malaventuras de mis casi nunca contritos y casi siempre zarandeados personajillos de humo y miseria y oropel.

Historiar los héroes que jamás han sido, los fantasmas que se llaman con nombres disparatados y que acometen empresas mínimas y demenciales, es algo que se me da bien porque siempre los miro con tanto rubor como misericordia. El tartamudo que quiere ser orador, el cojo que aspira a ganar el Cross de las Naciones y el esmirriado y feo que no se explica por qué las mujeres no le comen en la mano, como palomas, y no se le rinden enamoradas, están más cerca de mi corazón que el galán que mira a la amada por encima del hombro y con gesto altanero y perdonavidas, porque la literatura, mal que a algunos les pese, se hace con retales de tres al cuarto y piececillas de a ochavo la docena.

Sí, el centón de paladines de la miseria se viene conmigo a seguir tañendo la ocarina de las esperanzas Dios sabrá dónde y con qué fuelles, melodiosos o amargos. Éste es un oficio de vagabundos, de hombres que siempre soñamos con encontrar la dicha, como de milagro, tras la ventana cerrada a cal y canto que puede esconder el amor de una doncella, pero que también puede guardar el cadáver de un usurero muerto de asco y piojera y tiña. Si el mundo no fuera misterioso y mágico y dulzarrón, los escritores no podríamos vivir ni dar mal ejemplo al vecindario.

Nadie debe engañarse; la vida sigue como si tal cosa y el mundo continúa dando vueltas sobre su eje. Con no muchos materiales más se puede componer un tango suficiente para encandilar viudas cuarentonas, ¡Dios las bendiga!, que suelen ser un subproducto medio angélico y medio cachondo de la sociedad de consumo. En el tiempo que nos ha tocado vivir la casualidad nunca puede ser germen de esperanza.

—¿Y por qué piensa usted eso, don Camilo?

—Pues ya usted lo ve, Paulita, quizá porque estoy un poco triste.

Lo que acabo de decir a Paulita no es cierto, sino falso, porque a Paulita, que es tierna y un sí es no es metida en carnes, no se le debe decir nunca la verdad, para que no sufra; Paulita es muy mirada. A las jóvenes tirando a macizas se les suele hablar siempre con la mentira, y si merodean ya la madurez, aun más todavía.

—¿Por eso de la caridad?

—Sí: por eso de la caridad y por aquello otro de la buena crianza.

Vicente Bermejo, el sacristán de la Purísima Concepción, fue siempre muy curioso y entrometido.

—Dispense, don Camilo. ¿Y quién es Paulita?

—¡Vaya usted a saberlo!

Les decía que me voy a silbar por el campo abierto, por la mar abajo e incluso por la ciudad cerrada. Si se saben fruncir bien los labios, esto de silbar no es difícil.

—¿Y tiene usted preferencia por algún silbo?

—No, ninguna; me basta con que suene bien y no desentone.

Lo dicho. Queden ustedes con Dios. Que ustedes lo pasen bien, y hasta que volvamos a encontrarnos. Les aseguro que ésa es mi voluntad.

ÍNDICE

Impreso en el mes de marzo de 1993
en Talleres LIBERGRAF, S. A.
Constitución, 19
08014 Barcelona